必中の投擲士
～石ころ投げて聖女様助けたった！～
2
餅々ころっけ
イラスト　松堂

キリク
イリス

ゼイン
クルゥ

ダリル
カルナリア
オルディィス
シュリ

必中の投擲士

～石ころ投げて聖女様助けたった！～

2

餅々ころっけ

イラスト　松堂

新紀元社

CONTENTS

CHARACTER

イリス・フォールミナ・セントミル

女神ミルの寵愛と加護を受けている聖女。類稀な美貌と優しさを持った少女。泣き虫。

シュリ

奴隷として育てられた獣人の少女。白狼族の出身で、獣化することができる。

キリク・エクバード

モギュ村にある牧場の次男坊。石ころを投げて遊んでいるうちに投擲術を身に付ける。

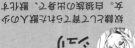

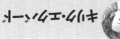

あらすじ

幼い頃から石ころを投げて遊んでいるうちに、狙った標的は外さない“必中”の腕前を持つようになったキリクは、聖女イリスの窮地を救ったことをきっかけに、彼女の護衛としてともに旅をすることに。しかし、キリクたちを待ち受けていたのは巨大な陰謀で——!?

アシュリアル・ラグドール

通称アッシュ。勇者に憧れ、勇者になるために研鑽を積んでいる。実力ある剣士。

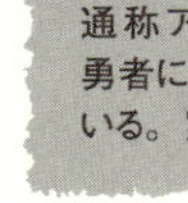

トマス

アルガード大教会で見習い神官を務めていたが、聖女を陰謀から救うため旅の仲間に。

一章　まだ遠き平穏

（一）賑やかな帰郷

異教の身ながら、セントミル教にて司祭の座に就いていたジャコフ。アルガード領を統治する領主であり、異教に与していたヘルマン・アルガード伯爵。よからぬ企みを抱く彼らの魔の手から聖女イリスを助け出し、俺たちは領都であるアルガードの街を脱出。一旦は追手を振り切れたと安堵した矢先、逃避先であるティアネスの町を異形の化物が襲った。

俺は自慢の投擲術を武器に、化物の討伐戦に参加。町は甚大な被害を被ったものの、多くの人の協力があってどうにか討伐に成功した。昏睡の術で眠らされていたイリスも無事目を覚まし、束の間の安寧を得たのである。

今はギルドマスターに呼び出され、負傷したアッシュを除く、俺、イリス、シュリ、トマスといった面々が顔を揃えている。

アッシュは療養を余儀なくされており、欠席。大人しく別室のベッドで横になっている。イリスが神聖術で彼に治癒を施したのだが、目覚めたばかりで彼女も調子が悪いのか、並の使い手と同等の成果しか得られなかった。もっとも傷が完治したところで、術による治癒では失われた血や体力までは回復できないそうだ。万能とも思えた神聖術にも、意外な欠点があったんだな。アッシュの全快には、まだまだ時間を要するだろう。

それはそうと、呼び出した張本人であるギルドマスターが同席していない。部屋に案内してくれた受付嬢の話によると、町の復興を話し合う会議に出席していて忙しいようだ。帰りが遅いのは、会議が長引いているからなのだろう。

机に供されたお茶請けの菓子は、とうに空っぽ。なお誰とは言わないが、お菓子の大半は同席する少女の胃に収まっている。食欲旺盛なようで、うまうまと平らげる姿に安心した。

待たされることしばらく。ようやく会議を終えたギルドマスターが、壮年の女性を伴って現れた。

「待たせて悪かったな、思いのほか時間がかかっちまった。まず、お前さんたちに紹介したい人がいる。こいつはサリー。聖女様にかけられていた術を解いた魔導士だ」

ギルドマスターが連れて来たこの女性が、イリスを起こしてくれたのか。彼女は木の杖を持ち、ぶかっとした黒のローブに身を包んだ、いかにも魔女といった外見。だが数少ない露出部である尊顔は、格好とは裏腹に落ち着いた大人の淑女である。

丁寧なお辞儀に恐縮しつつ、こちらも順に自己紹介を済ませる。彼女は今朝方ティアネスへと戻ったらしく、変わり果てた町の惨状に目を疑ったそうだ。すぐさまギルドへ行って事情を知り、それからイリスの容態を診てくれたのだと。昏睡の術を解いてくれたことに感謝し、俺からも礼を述べておく。

「んで、こいつを連れて来た理由だが……」

「マスター、私からお話しいたしますわ。まず結論から申し上げます。聖女様には昏睡の魔法とは別に、私にも解除できない強力な封印がかけられております」

「ふぇ!?　封印ですかぁ!?　……私のなにを封じているんでしょうね？」

「なにをって、ミル神の加護とやらじゃないのか？」

「ぼくが盗み聞いた話からして、間違いないと思いますよ」

イリスには自覚症状がないらしく、俺が指摘してトマスが肯定する。とはいえ、加護を封じた意味はなんなのか。そもそも加護の恩恵がよくわからん。

「本来であれば、聖女様が魔法で眠らされるなんてことはあり得ないはずです。毒を盛られようとも無毒化し、病気にも罹りません。御身に危機が迫った際には、救いが差し伸べられるように運命が動く。それらはひとえに加護による賜物……と、先代の聖女様から聞き及んでおります」

なるほど、そういった恩恵があったのか。つまりあの日俺とイリスが出会ったのも、加護によるお導きか。……神に選ばれたといえば聞こえはいいが、実際は都合よく使われたって気がする。

「サリーさんは、隠居した先代様をご存知なのですか？」

「はい、私とあの方は同郷の馴染みでして。彼女の立場もあり現在は疎遠となっておりますが、昔は一緒によく野山を駆け回った仲だったのですよ」

「うわぁ！　そうなのですか⁉　先代様との昔話、ぜひぜひ聞かせてください！」

身を乗り出し、目を輝かせて催促するイリス。俺は先代の聖女は名前しか知らない。だがイリスの様子を見るに、えらく慕われているようだ。

「ふふ、また別の機会にゆっくりとお話ししてさしあげますわ。……加護を封印された今の聖女様は、ただの人も同然になります。恐らく、神の領域にまで達していた神聖術も恩恵がなくなり、これまでのようにはいかなくなっているかと存じます」

「あ！　だからアッシュさんに治癒を施したとき、効果が薄かったんですね……」

「でも、さっきわたしが転んで膝を擦り剥いたときは、すぐ治してもらったのです」

サリーさんの説明を受け、思い当たる節ありありのイリス。けれどシュリは理解が足りていないのか、疑問に感じてしまったらしい。

「そりゃ擦り傷程度なら、そっちの見習いボウズでも治せるだろ？　なにも使えなくなったわけじゃねぇんだからな。聖女様から、普通の神官に降格したって感じかねぇ」

「え、イリスは聖女じゃなくなったのか？　じゃあもう敬わなくていいな」

「聖女ですよ⁉　まだ現役ですよ⁉　といいますかキリクさんは、最初から私のことをあまり敬っていないですよね⁉」

ギルドマスターの例えに俺が悪ふざけで乗っかると、心外だという顔で抗議するイリス。真に受けないでもらいたい。

話を聞く限り、命には別状がないようなのでよかったというべきか。しかし本来あるべき力を失っているというのは、決していい状態ではないよな。

「冗談だって。イリスが聖女であろうとなかろうと、これからも態度を変えるつもりはないから安心しろ」

「ならいいんですけど。……ん？　それもどうなのでしょう？」

ぷんすかと頬を膨らませたかと思えば、今度は首を捻り考え込むイリス。念のために言っておくが、一切敬っていないわけじゃないぞ。態度を改めろというのならば従うつもりだ。……たぶん。

「それで、イリスにかけられた封印はどうやって解けばいい？」

「単純に術を用いて解除するのであれば、王城に勤める宮廷魔導士クラスの力が必要でしょう。ですが王都まで行かずとも、放っておけば解けますよ」

「なるほど、王都にって……は？」

「ですので、時間が経てば自然と解けるはずです。強力な封印術ではありますが、女神様より授かるご加護とは比較になりません。しばらくの間だけ、力を抑えておくのが目的だったのでしょう」

深刻に考えて損した気分。俺だけじゃなく、周りも同様だった。いっそ封印が解けるまで、山か森の奥地にでも身を隠そうか。

「あのあの！　時間はどのくらいかかるのでしょうか？」

「申し訳ありません、聖女様。詳しくはわかりかねます。ですが、王都までかかる日数とそう変わらないかと思いますわ」

「ってことは半月以上かかるな。解けるまでの間はギルドの総力を挙げて護衛を、といきたいところだが、町の現状がなぁ……」

被害を受けた町の復興のため、ひとりでも人手が欲しい状況だ。どちらを天秤にかけるか難しい判断である。俺たちからすればイリス優先だが、生活のかかった町の人たちにとっては、復興の遅れは死活問題となる。

「私も聖女として、怪我をされた方々の治療を施したいのですが……」

「そりゃ神聖術を使える人手は欲しいが、この町にとどまり続けるのは危険かもな。領主が兵を動かせば、町の戦力じゃどうにもならん。隣領からの救援もまだまだ来やしないぜ」

「ぼくは早く避難したほうがいいと思います。領都を離れて、随分と時間が経ちますから。聖女様も目を覚まされましたし、これ以上の長居はすべきじゃないかと」

残って手伝いたいというイリスの気持ちは理解できるが、ギルドマスターとトマスは難色を示している。かくいう俺も、同じ意見である。

「追手をまくための偽装工作はしておいたが、時間稼ぎにしかなっていないだろうな。すぐ準備を済ませて、ティアネスを出発しよう。行き先は……とりあえずモギユ村でいいか」

「おいおい、あんな奥地でいいのか？　追い詰められたら、逃げる場所がないじゃねぇか」

「そうでもないさ。もしものときは森に逃げ込めばいい。村周りの森は俺の庭も同然だ。不慣れな奴が不用意に踏み込めば、迷って遭難するだけさ」

狩猟を始めてから、森の奥深くまで散々探索して回ったんだ。森の地理を把握していない奴ら相手なら、逃げ切るのは容易い。……現に遭難した経験のある本人が言うんだからな。あのときは三日彷徨って、命からがら村に帰ったんだっけ。

「モギユ村ですと、確か近くに聖地の泉がありましたわね？　聖性の高い泉の水で身を清めれば、より早く加護の力を取り戻せるかもしれませんわ」

「そういうことならちょうどいいのか。領主も躍起になっているだろうから、領外に通じる道は兵を配置して見張っているかもしれん。下手に動くよか、報せを受け取った外部から人が来るのを待つべきか。ならば追手がこの町に来やがった際には、すぐモギユ村へ報せを送るとしよう」

「そうしてくれると助かる。……町が大変なときに力になれず、すまない」

「気にすんな。避難先から住人を呼び戻しているし、近隣の村へも支援を要請している。徐々に人手は増えるはずだから、こっちはこっちでなんとかなるさ。お前さんがいてくれたからこそ、被害の拡大を食い止められたんだ。むしろ俺のほうこそ、ろくに力になれずにすまねぇってもんだ」

ギルドマスターから、逆に謝られてしまった。俺としては安心して休息をとれたし、古いが貴重そうな篭手まで譲り受けた。イリスにかけられた術も解いてもらえて、アッシュを死の淵から救ってくれもしたんだ。これでまだ不十分だと喚いたら、それこそ罰が当たる。

町が受けた被害は決して小さくないが、ギルドマスターは大丈夫だと断言している。……こちらを気遣っている言葉なのだろうけど、ここはお言葉に甘えるとしよう。

日の高いうちに町を出たいため、話はここで終わりに。各々が荷物をまとめ、早急に仕度を済ませる。洗濯された篭手はまだ乾ききっていなかったが、仕方がないな。

「それじゃアッシュ、先に行ってるな」

ギルドを出る際、すやすやと眠るアッシュに別れを告げる。できるものなら無理矢理にでも連れて行きたいが、弱った体を思えば酷だ。運ぶための馬や荷馬車も、今のティアネスに貸し出す余裕なんてないのだから。奴らの狙いは聖女イリス。ゆえにアッシュなら残しても問題ない。

アッシュを除く全員が揃い、ひっそりとティアネスの町を発った。


「わぁ！　ここがキリク様の故郷なのです？」

「ああ。たいして自慢できるものがない、いたって平凡な田舎村さ」

仲間を連れて、久々に帰ってきたモギユ村。シュリは大はしゃぎで、顔をキョロキョロと動かしては村の景色に目を輝かせている。俺が村を離れていたのはひと月ほどで、短い期間だったはずなのにとても濃厚な旅だったと思う。全てを終えて華々しく凱旋……ではないのが残念だ。

「この村は勇者様の故郷でもあるんですよね？　それって十分自慢できますよ。ぼくの故郷の村こそ、本当になにもないですし」

「……その勇者様は、村を出てから一度も帰ってきちゃいないからなー。おかげで田舎過ぎるのも相まって、名所にすらなっていないし」

華やかな都会暮らしが快適すぎて、もう忘れてしまったのかもな。でなければ忙しい勇者業だろうと、旅の途中で立ち寄るくらいはしているはず。

名所といえば、聖地認定されている泉も近場にあったな。だが、ときおり聖職者が巡礼に訪れる程度。わざわざ辺鄙な場所まで足を運び、泉や勇者の出生地を拝みに来る物好きなどいやしない。

……おっと、そういやアッシュとかいう変わり者がいたっけか。是非とも連れて来てやりたかったが、あいつが復帰するまでおあずけだな。

「身を潜めての移動を優先したせいで、もう真っ暗になっちまったな」

「仕方がないですよ。相手の出方がわからないのですから、警戒するに越したことはないです」

「頼れるアッシュ様もいなくて、不安なのです……。はっ⁉　もし襲われたら、前に立つのはわたしひとりだけなのです⁉」

とんでもない事実に気付いたとばかりに、おろおろとしだすシュリ。トマスも強がってずっと気を張ってはいるが、ぷっつりと糸が切れてしまわないかが心配だ。

「頑張れ、シュリ。道中だって襲ってきたゴブリンを相手に、しっかりと戦えていたじゃないか」

「はぅ～……。ほとんどキリク様が瞬殺していたので、わたしはなにもしてないのです……」

「まぁ、数だけの雑魚が相手だったからな。でもシュリが前に立ってくれているからこそ、俺は安心して攻撃に専念できるんだぞ？」

「そうなのです？　えへへ～。……でも、武装した人相手には自信がないです」

以前にシュリが対峙した、鎧で完全武装したアントンの存在がまだ心に残っているのか。速さでしか相手に優るものがなく、虚を衝かれたとはいえ最終的に組み伏せられていたからな。荷が重く感じるのも無理はない。

シュリの不安はもっともで、腕の立つ者や多人数が相手となれば、ひとりじゃ無茶にもほどがある。けれど頼りになる剣士様は療養中につきお休みだから、なにかあった際には頑張ってもらわないと。二対一の状況ですら立ち回れるアッシュの存在は大きすぎたな。

「シュリちゃん、ファイトですよ！　キリクさんがすぐなんとかしてくれますからね！」

「俺任せかよ。でもイリスの言う通りだ。だから安心して盾を構えときゃいいさ」

「……はい！　キリク様のこと、信じてるです！」

イリスの励ましに応え、自身を奮い立たせるシュリ。俺がなんとかしてくれると、本気で信じてくれているようだ。

「ぼくも戦う技術を持っていれば……。この機会に、杖術の練習をしようかなぁ」

後ろに控えるしかできない自分が不甲斐ないのか、憂いた表情でトマスはぼやく。悩める少年のぼやきは、聖女様の耳にも届いていた。

「あ！　杖術なら少し扱えるので、私が教えてあげますよ？」

「えぇ!?　聖女様直々に!?　きょ、恐縮です！」

え、意外だ。イリスに武術の心得があったとは……。だが聖女様を前線に立たすわけにはいかないし、なによりこいつ、手ぶらで杖なんて持ってねぇ。

聞けば実力は見習い程度でしかなく、護身できるかも怪しい。聖女様が棒を振り回す事態にまで陥らぬよう、やはり俺がしっかりせねば。

途切れぬ会話を続け、村の通りを進んでいく。こんな田舎村に、夜道を照らす洒落た街灯なんてありはしない。俺たちのほかに外を出歩く人影もなく、光源は手に持ったランプに灯る火のみ。小さな光りだけが、自分たちはここにいるのだと存在を主張している。

だから逆に都合がいい。昼間だったなら村の奴らに囲まれて、旅の土産話をせがまれるのは目に見えている。聖女の件について、なんと話せばいいものかわからん。まずは村長や神父様に事情を説明して、彼らの判断を仰ごう。

「キリク様のおうちはどれなのです？」

「ああ、俺の家ならあれだ。村はずれの牧場脇にある家。もう日も落ちているし、家族は全員揃っているはずだ」

窓やドアの隙間から、うっすらと光が漏れている。夕食時だからか、いい匂いが漂ってきては胃を刺激してくる。おかげで俺を含め、全員が同時に腹の虫を鳴らした。

自宅なのだからと躊躇いなく玄関を開こうとしたが、がっつり施錠されていた。夜だから用心するのは当たり前か。仕方なく扉を叩き、開かれるのを待った。

「はいはい、どちらさん……って、キリクじゃねーか⁉」

「ただいま、兄貴」

「おう、おかえり！　帰ってくるのが遅いじゃねーか！　……後ろにいるのはどちらさんで？」

「ああ、こいつらは俺のお客だ。わけあって、村に連れて来た」

怪訝な顔をした兄へ、皆を顔見せ程度に紹介する。

「そうか。立ち話もなんだし、中で話そうぜ。ささ、皆さんもどうぞ！　おーい親父、お袋！　キリクがやっと帰って来やがったぞ‼」

兄の呼ぶ大声で、何事かと両親も奥から姿を見せる。親父からは、これでもかと頭をぐりぐり撫でられ、母さんからは骨が軋むほど強く抱きしめられた。無事で帰って来て嬉しいのはわかるが、仲間の見ている目の前でこの子供扱いは恥ずかしい。とはいえ両親からすれば、俺はいつまでたっても子供なのだろう。

温かく屋内に迎え入れられ、席に着いてから連れて来た三人を紹介する。外套のフードをおろし、素顔を晒すイリス。見覚えのある少女に、うちの家族は驚きを隠せなかったようだ。

「キリク、お前は聖女様を送りに行ったんじゃなかったんか？　なのに、なんでまた連れ帰ってきとるんだ」

「そうだぜ、キリク。おまけに犬耳の可愛い女の子まで増えているし、どういうことだ？」

兄貴の俺を睨む目つきが割と本気だ。自分に女っ気がひとつもないからって、やっかむなよ。それにちゃんと、トマスという男も連れている。……子供だけど。

「いやさ、いろいろと事情があって。ちゃんと話すから……」

「あんたたち！　話すのもいいけど、先に夕飯にしちゃいましょう！　帰ったばっかでお腹すいてるでしょ？　すぐに用意するからね！」

食い気味に詰め寄られ、そろそろ手が出そうなタイミングで母から助け舟が出される。危うく、くだらない兄弟喧嘩が勃発するところだった。

「わぁい！　ごっはんー！」

「キリク様のお母様が作るごはん……ごくり」

「すみません。突然お邪魔したうえに、ぼくたちまでご相伴することになって」

イリスとシュリからは、遠慮の「え」の字も窺えない。対して最年少であるトマスの、なんとできたことか。とはいえ畏まる席ではない。歓迎の意味を込めた食事なのだから、前者であるふたりのほうがこの場では正しいのかもな。

本題は一旦頭の片隅に置いておき、親父と兄貴を交え他愛ない会話に花を咲かせる。だが俺の昔話を語るのは勘弁してほしい。おねしょとか何歳の頃の話だよって。

その間にも、続々と食卓に並べられていく家庭料理。立ちのぼる香草と焼けた肉の香り。視線を釘付けにする、山のようにおかずが盛りつけられた大皿。急な来客にも即座に対応する、母の見事な手腕たるや。どうやら奮発し、あるだけの食材を全て使ったらしい。

いつの間にかシュリは会話の輪から外れ、配膳の手伝いを行っていた。率先した行動はうちの母に受けがよく、短い時間ながら随分と気に入られている。気付いたイリスは出遅れたと歯がみし、遅まきながら自分もと名乗りを上げた。

「あのあの！　私もお手伝いします！」

「いえいえ、聖女様はどうぞ席に座って待っていてくださいな。もうすぐ済みますので。さ、シュリちゃん。これも持っていってくれる？」

「はいです！　お母様の料理、とても美味しそうで早く食べたいです！」

「あらあら、嬉しいことを言ってくれるわね」

「ぐ、ぐぬぬぅ……」

なぜか悔しがるイリス。どんだけ手伝いたかったんだよ。面倒なだけだし、座って待っているだけで食事が出てくるのならいいじゃないか。

「まあまあ、聖女様！　ささ、キリクの恥ずかしい昔話は山ほどあります。存分に語りますので、料理が出揃うまでお暇にはさせませんとも！」

「ちょっと待て、兄貴。俺の恥ずかしい話ってなんだ。冗談抜きにやめてくれ」

ツマミとして出されていた小粒な木の実。二粒を手にとって指で弾くように投げ、兄の鼻に詰めてやった。「ふごっ⁉」とおかしな声を上げ、変顔となった我が兄。その姿がイリスとトマスのツボに入り、口を押さえて笑いを必死に堪えていた。遠慮のない親父の大爆笑が、さらにふたりの笑いを誘引する。

狙ってやったわけではないが、おかげでイリスの気が逸れてくれた。そうこうしているうちに準備が整い、母さんとシュリも食事の席に着く。

食事が始まり、こうなればイリスの意識は食べることに集中する。次々と料理の盛られた皿に手を伸ばし、うまうまと平らげていった。


「――さて、飯食って腹も膨れたことだ。もういいだろう。聖女様を連れ帰ってきた理由を教えてもらおうか、キリク」

「そうね。聞いてあげるから、お母さんたちにちゃんと話しなさい？」

食後のお茶を飲み終え、両親がそろそろ本題を話せと詰め寄る。ちなみに食器の後片付けは、今度こそはとイリスが手を上げた。今はシュリと一緒に仲よく洗っている。

「わかった。だけどその前に、兄貴に頼みがあるんだ。村長と神父様も、家に呼んできてくれ」

「え？　ああ、いいけどよ。こんな遅い時間から、わざわざ呼ぶ必要があるのか？」

「兄貴たちが思っている以上に、厄介な事態になっているんだよ。ひょっとすれば、村中に迷惑をかけるかもしれない。……だからこそ、な」

「おいおい、穏やかじゃないな。とにかく、すぐ行ってくるからちょっと待ってろ」

俺とトマスの真剣な面持ちに、ことの重大さを察した兄は即行動に移ってくれる。兄が村長と神父様のふたりを連れて戻るのに、そう時間はかからなかった。

俺の帰還に喜び、そして傍らにいる聖女の存在に、うちの家族と同じく疑問を浮かべる村長と神父様。余計な前置きは抜きにして、挨拶はほどほどに早速本題を切りだす。

話を聞き終えると神父様は、アルガード大教会の不祥事を嘆き、村長は顔のシワを一層深くする。厄介者として扱われ、村から追い出されなくてよかった。それどころか、村の男衆が昼夜を問わず交代で警邏してくれるよう取り計らうと、約束してくれたのだ。狭い村社会とあって、見慣れない人物が目撃されれば即俺たちに報せがくる。おかげで素早く遁走できる。懸念があるとすれば、村の者ではギルドからの使いと不審者の見分けがつかないかもしれないって点だな。

時間も遅いので無駄話はせず、報告だけにとどめて今日はお開きに。神父様は予想だにしていなかった事態に、意気消沈していた。椅子から立ち上がったあとの足取りが危うく、念のため兄貴とふたりで村の教会へと送って行く。到着するなり、神父様はすぐさま寝所へと。老齢のお爺ちゃんだから、ショックのあまりにこのまま寝込まないか心配だ。

家までの帰り道は、久々に兄貴と兄弟でふたりきりとなった。星を見上げながら、だらだらと歩く。兄は鼻の下を伸ばし、イリスとシュリの容姿をこれでもかと褒め称え、最後にはなぜか俺に怒りを向けてきた。羨むくらいなら、無理矢理にでも旅についてくればよかったじゃないか。

帰郷した翌朝。母から村に滞在している間の予定を尋ねられたため、当面は聖地の泉に通う旨を伝える。昨晩は疲れからすぐ床についたので、ざっくりと大まかにしか説明していなかったっけ。細かい事情説明は省きつつ、聖女様が泉の水で身を清める必要があることだけを簡潔に伝えた。すると『泉』という単語に、話を聞いていたうちの家族が難色を示した。揃って眉をしかめ、表情を曇らせてしまう。

「……聖地の泉で水浴び、か。そいつは間の悪い時期に来ちまったな」

「そうねぇ。危ないから、あそこに行くのはやめておいたほうがいいわ」

渋面の父と母に、なぜ危ないのか理由を尋ねる。すると両親に代わって、兄が口を開いた。

「最近になって泉周辺にな、オークが数頭棲み着きやがったんだ。村に被害が出る前に寄付を募って、ティアネスのギルドに討伐依頼を出そうかって話になっていたのさ」

「でも、ティアネスの町も大変な状況なんでしょ？　困ったわよねぇ」

「依頼を出したとして、受けてくれるかどうかだかんなー。なぁ、親父。やっぱり村の男衆が総出で武装して、追い払うしかねえんじゃねーか？」

「金で解決できたならよかったんだが、無理となれば腹を括るしかねぇか。オークに村が襲われるよりマシとはいえ、働き盛りの男手にどれだけ被害が出るのやら……」

両親と兄の三人が、腕を組み頭を悩ませる。それもそのはずで、村はひっそりと窮地に陥っていた。まさか泉にオークが棲み着いているとは、思いもよらなかったな。

オークなら狩猟をやり始めた頃、森の奥深くまで潜った際に遭遇した覚えがある。茶色いだるんだるんの皮膚に、脂肪だらけの巨体。豚系の顔をした、人型の魔物だった。あのときは気持ち良さそうに日向で寝ていたので、わざわざ藪をつつく真似はしなかった。獲物として、食う気にはなれない見た目だったからな。

あの日以来、オークには遭遇していない。今にして思えば、魔石という戦利品が手に入ったかもしれなかっただけに、仕留めておけばよかったな。

「なら、俺が行ってくるよ。これでも一応、ギルドに籍を置く冒険者になったからな」

町を襲ったあの異形の化物すら仕留めたんだ。俺にとって、もはやオークは敵じゃないはず。

オークの特徴は、力が強く耐久面に優れること。生命力が高くて非常にしぶといので、駆け出し殺しの魔物とされている。

特に注意すべきは刃物を扱う前衛。生半可な攻撃は分厚い皮膚と脂肪に遮られ、まともに通らないからだ。一太刀で切り裂く腕がなければ、刃にべっとりと脂がついてすぐ切れ味が落ちてしまう。耐久に優れる反面、オークは動きが遅くて知能も低い。しぶとさが自慢なだけで、逃げるのは案外簡単らしい。

俺の使う刃物は投擲用のナイフだけで、一撃の威力に関しても自信がある。村を脅かす脅威をなくすため、聖地の泉を人の手に取り戻すためにも、ここはひと肌脱ごうじゃないか。

「おいおい、大丈夫なのか？　親としては心配なんだが……」

「キリク、お願いだからやめておきなさい。あんたひとりで行って、何頭も相手にできるの？　母さん、あんたが豚の餌になっただなんて報せは聞きたくないよ？」

　余裕綽々と勇む俺を、心配した両親が引き止める。不安なのはわかるけれど、少しは子供を信用してもらいたいね。

「お言葉ですがお母様。キリクさんはとってもお強いんですよ！　そりゃもう、めちゃ強です！」

「えー、本当ですか聖女様？　だってキリクっすよ？」

「だってってなんだよ、兄貴。言っとくがここ最近は、腕にかなり自信がついてきたんだぞ？」

　ぐりぐりと俺の頬をつつく兄。その指を、煩わしいからやめろとはたき落とす。

「嘘じゃありませんよー。私もご一緒しますし、もし怪我をされてもちょちょいのちょいです！」

「わたしも行くです！　キリク様には、わたしが指一本触れさせないのです!!」

「え、えっと、ぼくも行きますね。……囮として、少しの間引きつけるくらいならできますから」

　おいおい、こいつらもついて来る気満々かよ。気持ちは嬉しいが、ひとりのほうが身軽で動きやすいんだがな。前にゴブリンの集落を滅したときのような、木々に紛れて一頭ずつ処理していく戦法を考えていたのに。仲間を足手まといだと言うつもりはないが、やりづらいのは事実。

　俺の考えていた作戦を告げると、トマスは素直に納得してくれた。しかしイリスとシュリは断固としてついて行くと言い張り、覆さない。まぁ俺が不在の間に、イリスを狙った追手が村にやってこられては困る。となれば一緒に連れて行くほうが安心できるか。

　こうして急遽、オークの討伐が決定した。兄も同行を願い出たが、却下。泉での水浴びと聞き目の色を変えていたので、オークよりもそちらが目的なのだと察しがついたからな。

（二）聖地を汚す存在

早々に朝食を済ませ、オークの討伐に出発。厄介事は昼までに済ませてしまいたいからな。

泉の近くまで来たあたりで、お喋りはやめて警戒を強める。まず討伐対象であるオークの姿を確認するため、高い木に登り、てっぺんから泉周辺を見渡した。目のよさには自信があり、木登りも得意な俺の出番である。

「おー、いたいた。優雅に水浴びなんかしちゃって、呑気にしてやがる」

捕まえた獲物を貪る個体や、昼寝をする個体など、複数のオークが各々好き勝手に行動している。泉の畔は完全にオークの縄張りにされていて、家らしきボロの掘っ立て小屋まで建てられている始末。放っておけば、多くのオークが棲まう集落へと発展していくだろう。

「ここから狙って、さくっと仕留めちまうか？　いや、ちょっと難しいな……」

名案に違いないが、木の上という足場の悪さから断念する。地に足のつかない不安定な体勢では、踏ん張りが利かず満足に力を込めて投擲できない。それに木にしがみつきながらでは、素早い連投も難しい。半端に傷を負わせて、手負いのまま森に逃げ込まれては面倒だ。しぶとさに定評のあるオーク相手だからこそ、一撃必殺で確実に仕留めていきたい。

勇んで早まらず、敵情視察にとどめる。木から下り、偵察した結果を仲間に報告した。

「……目視できる限りじゃ、全部で七頭確認できた。あいつら棲み処に小屋まで建てていやがるから、早急に手を打つべきだな」

「定住する気満々ですねー？」

「イリス様が泉へ通うのに、邪魔なのです！」

まったくだ。こちらがお邪魔しますとひと言断ったからといって、はいどうぞとはいかない。相手は言葉の通じぬ魔物。格好の獲物が来たと、嬉々として襲ってくるだろう。

「聞かされていたより数が多いな。目撃されたのは四頭だけだったはずだが、増えていやがる」

「数が増えれば行動範囲は広がるでしょうし、このままではモギユ村も襲われかねません」

トマスの懸念はまさしくで、遅かれ早かれ時間の問題。悠長にどうしましょうと悩んでる余裕はなさそうだ。親父たちが思っていた以上に、事態は切迫している。

不安げな顔をし、俺の反応を窺うイリス。聖女様だけじゃなく、全員が俺の判断を待っていた。

「ま、なんとかなるさ。オークどもはいい棲み処を見つけて幸運と思っているかもしれないが、逆だ。運悪く、俺が帰郷したんだからな。迷惑な隣人には、正面から堂々と文句を言ってやる」

「キリク様、やるです⁉　やっちゃうです⁉」

鼻息荒く、目を輝かせるシュリ。俺が負ける可能性は微塵も考えちゃいないな。信じてくれるのは嬉しいが、いつだって万が一は起こり得る。最悪の事態も視野に入れる思考を持ってもらいたい。

「シュリ、お前もやるんだぞ？　俺と一緒に、盾役としてついてきてくれ。イリスとトマスは、離れた場所に隠れて待機な」

作戦ともいえない愚案。堅実にいくのなら、俺が木々に紛れ狙撃し、一頭ずつ仕留めていくのが確実だ。しかしここに至って、少し自分の実力を試してみたくなった。今の俺は、村を出る前のただ石ころを投げていただけの少年ではない。経験を積み、己の力を高める装備まで揃っているのだ。

「え、わたしもなのです⁉　わ、わかりましたです！　キリク様のことは、わたしが命を懸けてお守りするです！」

「いや、命までは懸けんでいい。やばくなったら俺を置いてでも逃げろ、いいな？」

意気込むのは結構だが、無茶はするなと釘を刺す。しょんぼりと耳を垂らしてしまったので、無言で頭をわしゃわしゃと撫でてやった。献身的な気構えは素直に嬉しいからな。

「ちょっとキリクさん、さすがに正面からは危なくないですか⁉　もっとこう、キリクさんの強みを生かして、遠くからこそこそでいいのでは……？」

「大丈夫だって。そりゃ勿論イリスの言う通りなんだが、いい機会だからシュリに経験を積ませておきたい。動きの遅いオークなら実戦にはもってこいだろ。もし駄目だと思ったらすぐ逃げるさ。俺もシュリも、身のこなしは軽いしな」

鈍くさそうなイリス。戦力として期待できないトマス。このふたりまで一緒だと、万一のとき逃げるのに不安が残る。けれどシュリならば心配はいらない。鈍重だというオークが相手なら、持ち前の素早さで翻弄することさえ可能だろう。

「はいです！　足には自信あるです！　……え、わたしの訓練なのです？」

「シュリにも強くなってもらわなきゃな。さ、善は急げだ。さっそく行動に移ろうか」

「……わかりました。おふたりとも、くれぐれも気をつけてくださいね？　危なくなったら、絶対に逃げてくださいよ？」

「ぼくも、シュリさんの無事をミル様へお祈りしておきますから！」

俺の無事は祈っておいてくれないのか、トマスよ。いや、心配する必要がないほどに、俺を信じてくれているのだろう。うん、そう思うことにしよう。

見送るふたりには、立ち去る背中越しに右手を上げて応えた。振り返りながら手を振るシュリに、気を引き締めろと促し、いざオークが棲み着く聖地へ。

「ブモォ！」「ブフゥ、ブモモォ」「ブモフゥ、ブギャフゥ」

焚き火を囲み、捕らえた獲物を屠る三頭のオーク。肉の焼けた香ばしい匂いが漂うが、ほかのオークたちは見向きもしていない。すでに食事を終えた満腹感で、くつろいでいる有り様である。

食事中の、和気藹々と談笑をしているさなか。大口を開き、肉にかぶりつこうとしたひと際大柄な個体の頭が、下アゴだけを残し突如弾け飛んだ。肥えた躯は血を噴き出させ、前のめりに火の中へと倒れこむ。

「ブギッ⁉」「ブギャ⁉ ブギャー‼」

突如として起こった惨劇に、輪を囲っていた仲間のオークが困惑した声を発する。騒ぎを聞きつけ、寝転んでいたほかの仲間も何事かと警戒した。人には理解できぬ言語で言葉を交わすオークたち。彼らの疑問が晴れぬなか、茂みから俺たちは姿を現した。

「団欒中にすまないが、駆除の時間だ。人間側の勝手な都合だが、ここに棲み着かれると迷惑を被るんでね」

左右の手、両の指間に挟み込まれた投擲ナイフ。併せて計六本。ちょうど残るオークの数と同じ。肉ダルマの巨体相手には頼りない刃だが、脳天深くまで突き刺さったなら話は別。

俺は視界に収めた六頭のオークへ向け、投擲する構えをとった。

こちらの姿を視認するや否や、襲撃者と判断し、次々に大きな咆哮を木霊させるオーク。なかには棍棒を持つ個体もおり、武器を振り上げて怒りを露わとしている。

「キリク様、やっちゃってくださいなのです！」

オークが一斉に、こちらに向かって走りだす。シュリの声を合図に、構えたナイフを放った。投擲されたナイフは最短距離を直進し、空間を詰める。六本全てが狙いを外すことなく、それぞれの眉間へと突き刺さった。

だが大地を揺るがし、倒れこんだのは三頭だけ。残る半数は足を止めたものの健在。眉間に生えたナイフは、刃先が三分の一ほどしか突き刺さっていなかった。転がる死体にはナイフの柄まで深々と刺さっているというのに、だ。恐らく脂肪と皮に阻まれ、頭骨を貫けなかったのだろう。

「キリク様、まだ生き残りがいるです！　倒しきれてないのです！」

「わかってるよ。やっぱ左手で投げると威力不足か……。シュリ、危ないから一旦俺の後ろに下がっていろ」

一撃で倒せないことは想定内。すでに右手には石礫が二個握りこまれており、篭手の怪力を使い手中で砕く。振りかぶり、細かな砂利となった小石群を生き残ったオーク目掛けて投げ放った。

投げられた砂利は空宙で広がり、散弾となって無差別に降り注ぐ。上半身を小さな穴ぼこだらけにし、強烈な痛みでのた打ち回るオーク。特に顔面の損傷は酷く、無残なほどぐちゃぐちゃになっている。この攻撃でもまだ仕留めきれなかったが、俺の狙いは相手の目を潰すことにある。

視界を奪われたオークは、闇雲に両腕を振り回し始めた。敵を前にし、現状できる限りの抵抗だ。その様は、まるで駄々をこねる幼子。微塵も可愛くはないが。

「よし、シュリ。あとは、お前があいつらにとどめを刺せ」

「はいなので……えぇ⁉　わたしがなのですぅ⁉」

「ちゃんと援護はするから安心しろ。それとも、振り回される腕をかいくぐるのは怖いか？　魔物とはいえ、自分の手で殺すのが怖いか？」

シュリに無理強いをさせる気はない。問いかけに頷くのであれば、俺の手でオークにとどめを刺すつもりでいる。なにせ要求が段階飛ばしであり、壁が高すぎるからな。

「……いえ、大丈夫なのです。ご命令とあらば、やってやるのです！」

臆することなく、決意の炎を目に灯すシュリ。別に命令したわけではないが、本人にやる気があるようでなによりだ。

シュリは腰に下げた、刀身が長めのナイフを左手で抜き放ち、静かに構える。心を落ち着けるため深く深呼吸をすると、近くのオークへと駆けて行った。

火をつけたはいいが、前に確認したシュリのステータスを鑑みるに、目を潰しただけではまだ不安が残る。念のため暴れるオークの腕を一本、石礫を投擲してもいでおく。追加された痛みに呻きながら、瀕死となったオークは輪をかけて激しく暴れ、動きまわった。

シュリは小柄な体躯と素早さを生かし、振り回される腕を器用にかいくぐり間合いを詰める。そしてとうとうオークの上半身に密着する。勢いのまま握ったナイフに全身の体重を乗せ、喉元へ突き立てた。捻るように刃を引き抜き、オークの肥えた胴体を足場に跳躍し離脱。開いた傷口からは大量の血飛沫が舞い、霧雨のごとく降り注ぐ。

「キリク様、ありがとうございますです！」

「まだ二頭残っているから、気を抜くな！」

「はいなのです！」

鮮血で濡れる体を意にも介さず、シュリは次なる獲物へと駆けた。残るオークも同じように、念のため先に片腕を吹き飛ばしておく。途中危うい場面こそあったものの、適宜シュリは右腕に装着した盾で凌ぎ、同じ流れで残る二頭も仕留めてしまった。

最後のオークが、膝から頽れて力なく大地へと倒れこむ。轟音と巻き上がった土煙を最後に、争いの喧騒が消え失せる。残ったのは、風が泉の水面を撫でる音と、鳥の鳴き声。そして勝者である少女の息遣いだけ。かくして、聖地に棲み着いたオークの討伐は終わりを迎えた。

想定よりもあっさり終わってしまったな。訓練と銘打ったものの、シュリの潜在能力には驚くばかりだ。初めて自分の手で敵を仕留めたとは思えない動きであった。戦闘に対する素養が高いのか、それとも白狼族という種ゆえなのか。なんにせよ、今後の成長に期待できる。

甲高く鳴る口笛の音が、広大な蒼空に響く。安全な場所で待機している、イリスたちへ向けての合図である。手ごろな岩にシュリとふたりして腰掛け、仲間の到着を待つ。横をちらりと見れば、いかにも褒めて欲しそうに目を輝かせる犬っ娘の姿。期待に応えるためにも撫でてやりたいのだが、頭から爪先まで、オークの返り血でべっとりである。

「……全身真っ赤だな、シュリ。敏感な鼻をしてるくせに、気にならないのか？」

少なくとも、隣にいる俺は気になる。それほどまでに血生臭さを漂わせていた。

「血の臭いなら平気なのですー」

「あ、そうなの。……とにかく、少しじっとしてろ。せめて顔だけでも拭いてやるから」

ハンカチを取り出し、血を拭ってやる。せっかく可愛らしい容姿をしているのに、これじゃ猟奇的すぎて台なしだからな。

「んー。……えへへ～、ありがとうなのです～」

「服は洗濯するとして、体と髪は水で洗い流すしかないか。あとでイリスに洗ってもらえ」

「はいです！」

シュリの顔に付着した血を綺麗に拭いきったところで、駆け足で息を切らせた待機組が到着。イリスは血塗れのシュリを目にし、顔色を蒼白にさせて心配した。トマスにいたっては卒倒寸前である。しかし全て返り血だとわかると、ふたりともほっと胸を撫で下ろしたようだ。

「本当に、おふたりだけで討伐されちゃいましたね」

「さっすがキリクさんですよね！　私は最初から信じてましたよ？」

「嘘つけ。心配してたじゃねーか」

口笛を吹く素振りをして、明後日の方向を向くんじゃない。ひゅーひゅー鳴るだけで、ちゃんとした音が出てないぞ。吹けやしないのに、無理するな。

「そりゃ心配しますよ。でも信じていなかったら、ぼくら絶対に止めていましたから」

「ですよねー？　でもおかげで、泉を利用できます！　ありがとうございます、キリクさん！」

オークの討伐はイリスのためだけにとどまらず、モギユ村のためでもあった。とはいえ礼を言われるのはやぶさかではないな。

イリスが泉で水浴びをする前に、トマスを助手にしてオークの死体を片付ける。泉の脇に転がしておいたままじゃ、気味が悪くて落ち着かないだろうからな。村に帰ったら村長に報告して、埋葬してもらおう。

　全ての死体を茂みの奥に移動させ、終わる頃には汗だく。というのもトマスが非力すぎて、ほぼ俺ひとりでやったといっても過言じゃない。篭手の力を活用し、なんとかといった具合だった。おかげでマナをがっつり吸われ、疲労感が強い。

「おふたりとも、お疲れさまです。さぁ、シュリちゃん。私が体を洗ってあげますので、一緒に入りましょうか？」

「はいなのです！　イリス様のお言葉に、甘えちゃうです！」

「どういたしまして。俺とトマスで見張りをしておくから、気兼ねせず行ってこい」

　本音を言えば俺も水浴びをして汗を流したいが、我慢する。子供じゃあるまいし、男女で一緒とはいかないからな。泉側を背にし、木の根元に腰をおろした。

「ではでは、私たちは水浴びをしてまいりますので、見張りをよろしくお願いしますねー。……覗かないでくださいよ？」

「誰が覗くか。ほら、さっさと行ってこいって」

　持参した荷物を持ち、シュリの手を引いて泉へと歩いて行くイリス。しばらくして聞こえてくる水音と、黄色い声。仲睦まじく楽しんでいるようだ。覗きはしないが、声と音を肴に情景を妄想させてもらう。これぐらいは許されるよな。

「……ん？　どうした、トマス。そわそわしてトイレか？　……あ、まさか覗きたいのか⁉」

「ななななに言ってるんですか⁉　そそそそんなことはありましぇん‼」

「いや、動揺しすぎだろ。だが俺も男だ、気持ちはわかる。黙っていてやるから、本能の赴くまま覗いてこい。トマスはまだ子供だから、ばれたとしても許されるさ」

なかば冗談のつもりで、トマスを外道に誘ったときのことだった。泉がある方向から、先刻聞いたばかりの大きな雄叫びが轟き、遅れてイリスとシュリの悲鳴が耳に飛び込む。トマスとふたりして顔を見合わせ、何事かとイリスたちのもとへ急ぎ駆けた。

泉ではオークが一頭、仁王立ちで怯えるイリスの前に立ちはだかっていた。先ほど討伐した個体が全てではなく、生き残りがいたのか。

獣化状態の白狼姿となったシュリが、オークの首元に牙をつき立て咬み付く。イリスを守るため、必死の攻撃をしている状況であった。全裸の状態では武器がなく、咄嗟に獣化するしか手がなかったのだろう。だが孤軍奮闘するも虚しく、シュリの牙は喉を喰い千切るに至っていない。

シュリはオークに首根っこを掴まれ、あっけなく引き剥がされる。そのまま些事だとあしらわれるかのように、水面へと投げ捨てられてしまう。

『ギャウンッ⁉』

「シュリちゃん⁉」

大きな水音と飛沫をたて、水面に打ち付けられるシュリ。その現場を目撃し、怒りで頭が沸騰して真っ白になった。

……気が付けば、眼下には水面に浮かぶオークの亡骸。死体の頭部には幾本ものナイフが針山となって突き刺さり、流れ出る血で周囲の水を赤く染め上げていた。腰につけた左右のホルダーは空。冷静さを取り戻し、過剰なまでに攻撃をしたのだと理解する。

「はぁはぁ……。大丈夫かイリス、シュリ⁉」

「は、はい！　私は無事ですが、シュリちゃんが……！」

「シュリ！　返事をしろ、シュリ!!」

「シュリちゃん！」

少女が沈んだ付近に向け、彼女の名前を叫ぶ。いくら呼べども反応がなく、俺もイリスも血の気が引いていく。冷えた頭に再び熱が宿り、やり場のない怒りが込み上げてくる。

目頭を押さえ、痛いほど歯を軋ませていると、水底から気泡が湧き上がった。次の瞬間水が大きな飛沫を上げ、獣化を解き人型に戻ったシュリが姿を見せる。

「げほっ、げっほ……！　あうぅ、水をたくさん飲んじゃったのですぅ……」

「シュリちゃん！　あぁ、よかったぁ。怪我は……うん、ちょっと大きなタンコブができているくらいですね」

水面に叩き付けられた際、シュリは泉の底で頭を打ち、軽く意識が飛んでいたようだ。駆け寄ったイリスがシュリの全身をくまなく調べた結果、大きな怪我はなくて安堵する。

「咄嗟に私の前に出て、守ってくれてありがとうございます、シュリちゃん」

「えへへ〜、当然なのです！」

照れる少女を抱き寄せ、優しく抱擁する聖女様。ふたりの姿は綺麗な泉の景観と合わさり、まるで名匠の描いた一枚の絵画を彷彿とさせた。……水面に浮かぶ、醜いオークの死体さえなければだが。この貴重な光景は、生涯忘れぬよう脳裏に焼き付けておかねば。

「……ところで。キリクさんはいつまで、私たちの裸を眺めているおつもりですか？」

食い入るように眺めていた俺の視線にようやく気付き、咄嗟に白い素肌を手で隠すイリス。見られた恥ずかしさで顔は赤面し、涙目でわなわなと体が震えている。

「キリク様もずぶ濡れなのです。一緒に入るです?」

「一緒には入りませんっ！　早く出て行ってくださぁーい!!」

イリスの怒声が鼓膜を揺さぶり、顔面に思いきり水をかけられた。これ以上この場にとどまってはまずいと判断し、あとずさる。

「これは失敬。さっさとお暇しますよっと。ほらトマス、行く……ぞ?」

トマスは泉の畔で、鼻から血を流しぶっ倒れていた。奇しくも水浴びの場へ乱入する事態となり、目にした肌色の光景は刺激が強すぎたらしい。トマスの服の襟首を掴み、オークの死体と一緒にずるずると引きずって退散だ。意識を失っちゃいるが、じきに目を覚ますだろうさ。今日の出来事はトマスにとっても、一生の思い出になるに違いない。

(三)　嬉しい追手

オークから聖地を奪還し、早数日。あの日からは毎日、朝の牧場仕事を全員で手伝っている。仕事を終えてからはシュリと訓練をし、昼食を済ませたら泉に赴いてイリスが水浴びをする生活だ。

俺とシュリが訓練をしている横では、イリスがトマスになんちゃって護身杖術を教えていた。傍から見れば、ただ闇雲に棒を振っているだけにしか……。表情は真剣そのものだったので、余計な水を差す真似はしなかったけども。

ちなみにオークの死体だが、翌日には村の男手たちによって森深くに埋葬された。なお魔石はちゃっかりと回収してある。巨体に似合わず、小指の先ほどの小さい魔石がふたつ。七頭からたったふたつだけだったが、売ればいい小金にはなるか。

今日も今日とて泉まで赴き、イリスの水浴びを済ませてのんびりと村へ戻る道中である。

「なぁ、イリス。まだ封印とやらは解けていないのか？」

「ふぇ？　んーと、そうですねー。村の人たちに、何度か神聖術を施す機会はあったのですが……。結論を言いますと、よくわからないですねー」

なんだそりゃ。自分の体のことだろうに。

「だって大怪我をされた方や、重病を患われた方は誰もいらっしゃいませんでしたのでー」

「鎌で指を切ったとかの、ぼくでも治せる軽い怪我の方ばかりでしたよね」

「わたしも擦り傷くらいしか、怪我してないのです」

なるほど、聖女様のお力を発揮するまでもなかったのか。まぁ死ぬほどの大怪我を負ったり、不治の病にかかっている人が、当たり前のようにいても困るんだが。

思えばうちの村の連中は、いつも元気な奴ばかりだ。病にかかろうが普通に畑仕事をし、誰も大人しく寝ていない。なにより神父様がいるから、大抵の傷病はすぐ治してもらっていたものな。

「あ。そういや、神父様が寝込んじまっているけど……？」

「すでに治療し終えてますよ。軽い風邪でした。神父様は気落ちなされているだけで、病気ではないのですよー」

「そっか。あのままぽっくりと逝っちまわないか心配だったんだが、大丈夫ならいいや」

しかしながら、ずっと寝込まれたままは考えものだ。なにかしら、発奮させる出来事があればいいのだけれど……。今は時間という薬に頼るしかないか。

村へ戻ると、入り口で村長とうちの兄が俺たちの帰りを待っていた。どうやら俺たちが留守の間に、村で騒動があったらしい。

「おぉ、やっと帰ってきおったか！」

「ああ、ただいま。ふたりして、こんなところでどうしたんだよ？」

「いやの、お前さんらが出かけとる間に、村を訪ねてきおった者がおるんじゃ」

「よくわからん変な奴でよ。ひとりだけだったんで、有無を言わさずとっ捕まえてやったのさ」

えぇー……。問答無用で捕らえるとか、なにしてんだよ。それじゃこっちが暴漢だぞ。捕らえた人がギルドからの使いだったり、ただの旅人であったりする可能性は考えなかったのか？

呆れながらも問い詰めると、ちゃんとその懸念は持っていたらしい。けれど難しいことは後回しに、とりあえず捕まえてから考えるという、短絡すぎる結論に至ったそうだ。

「やたらとキョロキョロしておったからの。まぁ、疑わしきは罰せよじゃ。ほかにも怪しい奴が潜んでおらんか、村周辺に男衆を放って探らせておる。……誰からも報告は来ておらんがの」

「勇者がなんだとか、気味悪く興奮してやがったしなぁ」

ん？　なんだか聞き捨てならない単語が聞こえたぞ？　勇者と興奮、どうも引っかかる。

「なぁ、兄貴。ちなみに、そいつはどんな奴だったんだ？」

「あ？　んー、特徴としては長めの赤毛で、女装したら似合いそうな女顔の野郎だったな。あ、誓って言うが俺にそっちの趣味はねぇからな？」

いや、兄貴の趣味は聞いていない。心底どうでもいい。

「キリク様。ひょっとするとその人、わたしの知っている人かもしれないのです！」

「私も、心当たりのあるお方がひとりいらっしゃいますねー……」

「ぼくもなんとなく想像が……じゃなくって予想が、です！」

トマスよ、お前はなにを想像したんだ……。それにしても奇遇だな、俺も特徴に当てはまる人物ならひとり知っている。全員に心当たりがあり、さらに勇者出生の地であるモギユ村に来て興奮しそうな人物とくれば……。

「兄貴たちが捕まえたそいつは、今どこに？」

「村の蔵に、見張りを立てて監禁しているぜ」

蔵か。あそこは共有の農具などが置かれている、石造りのボロ小屋だ。しかし実際のところ、使わないけれど、捨てるには忍びない物がしまい込んであるだけ。中は真っ暗でかび臭く、村の子供たちの間では「お仕置き小屋」と呼ばれている。理由は言わずもがな。

「なら、すぐ迎えに行こうか。たぶん、俺たちの知り合いだろうから……」

俺が先頭に立ち、首をかしげる兄を含めた皆で村の蔵へと向かった。監禁されてからどれだけ経つのかはわからないが、もしあいつだとすれば、今頃さぞ心細くなっていることだろう。

「……ん？　おう、キリ坊。やっと帰ってきやがったか」

「フレッドも一緒ってことは、もう話は聞いとるんだな？」

扉脇で見張りに立つのは、ご近所さんである顔見知りのおじさんがふたり。なんでも、中からずっと俺やイリスの名を呼ぶ声がしていたらしい。勝手な判断をできないため、一切取り合わず俺たちの帰りを待っていたそうだ。時間が経つにつれ、声は次第にすすり泣くものへと変わり、だんだん不気味になってきたのだと。

『……しくしく……しくしく。うぅ、暗いよぉ……』

扉へ耳を当てると微かに聞こえてくる聞き覚えのある声に、心当たりが確信へと変わる。

「あ、間違いないな。おじさん、捕まっている奴に会いたいから、鍵を開けてもらえるか？」

「ああ、わかった。しっかしキリ坊の知り合いだとしたら、悪いことしちまったな」

「いい奴だから、ちゃんと謝れば許してくれるよ」

錆び付いた鍵が鍵穴に差し込まれ、かちりと音を立てる。頑丈な扉に手をかけ、そっと開く。扉は重い音を響かせ、徐々に開かれた隙間からは光が差し込んでいった。

暗い蔵内に差し込む光の先には、縄でぐるぐる巻きにされ、寝転がされている人影。こちらに気付くと上体を持ち上げ、みるみる顔に喜色が溢れていく。

「うわーん！　キリク君、やっと来てくれたんだねー‼」

「やっぱりお前だったか、アッシュ」

手足を縛られながらも器用に飛び跳ね、再会の喜びを体で体現するアッシュ。牢獄じみた蔵の中で、よほど心細かったのだろう。俺にも覚えがあるだけに、気持ちがわかる。すぐ縄を解いてやり、体を自由にしてやった。

「あちゃー、弟の知り合いだったか。こりゃすまねぇな」

「僕、ちゃんと言ったんだけどね……。キリク君や聖女様の仲間だって……」

「いやな、そう騙って近付く腹積もりかと思ってよ。ま、勘弁してくれや」

笑い飛ばせばなんでも許してもらえると思っているのか、兄からあまり反省の色は感じられないな。もっとも俺たちのことを思っての行動なので、咎めづらいのだが。

「悪かったな、アッシュ。ほら、俺たちの置かれている状況が状況だけに、さ。それよか体はもう大丈夫なのか？」

「うん、おかげさまでね。ずっと寝ていたから、鈍ってしょうがないくらいさ」

軽く柔軟体操をしてみせ、アッシュは気遣い無用とばかりに元気さを表現する。

「アッシュさんがお元気になられて、ぼくはとても嬉しいですよ！」

「ふふふー。アッシュさんが戻られて、嬉しくない方なんていませんからねー」

「ですです！　アッシュ様が一緒だと、すごく心強いのです！」

「いやぁ、皆にそう言ってもらえて僕も嬉しいなぁ！」

代わる代わる握手を交し、仲間との再会を喜び合う。放っておけばいつまでも終わりが見えないので、頃合を見て割って入った。

「アッシュ。お前がモギユ村までわざわざ来たのは、観光するためじゃないだろ？」

もし「早く逃げろ」という話ならば、呑気にしている場合ではない。急ぎ仕度を済ませ、村を離れる必要がある。

「僕としては、じっくり観光したいところだよ？　悪い報告を持って来たわけじゃないから、安心してほしいな。むしろ朗報だからね！」

「へぇ？　そいつは楽しみだな」

ふむ。アッシュの朗らかな表情から、切迫した気配は感じられない。もし危険が迫っているのであれば、こんなにも悠長にしてはいないか。

「なんにしても、こんなカビ臭い場所で話し込むことじゃないよな」

「だねー。僕も喉が渇いちゃったし、その……お花をその……摘みにいきたいんだよね」

「あん？　花なら村のどこにでも咲いて……」

「キリクさん！　違いますよ！」

「へ？　あぁ、すまんすまん！　すぐ案内するよ」

ったく、ややこしい比喩表現なんかするなっての。むしろ男らしくそこらで済ませば……って、大きいほうなら仕方がないか。

アッシュは敵ではないと証言し、身柄を解放してもらう。ひとまず自宅に連れ帰り、アッシュが所用を済ませてから、のんびりミルクでも味わいながら話を聞くとしようか。


「――町の復興、順調に進んでいるみたいだな」

「でしょ？　あちこちからたくさんの人が集まって、手を貸してくれているからねー」

ティアネスの町中ではいたるところに資材が積み上げられ、そこらじゅうに家の骨組みができ上がっていた。汗を流す人たちの顔はやる気に満ち溢れており、いつまでも悲しい過去には囚われていない様子が見て取れる。

あの日伝令役として、モギユ村まで俺たちを追いかけてきたアッシュ。そのアッシュが不審者として囚われる展開こそあったが、無事再会を果たし、彼がギルドマスターより託された言付けを受け取った。内容を端的にまとめると、もう逃げ隠れしなくとも大丈夫とのこと。この報せを持って来たのがアッシュでなければ、十中八九罠だと判断したろうな。

話を聞いた翌日は、アッシュにとっての聖地であるモギユ村を、一日かけてたっぷり堪能させてやった。さすがの俺も引く興奮っぷりで、不審人物と称されたって仕方がないほどだった。

そして今回ティアネスに舞い戻ってきたのは、ギルドマスターからの召集があったからである。

「お話に聞いていた通り、アルガードの兵士もいますね。ぼくたち、本当に大丈夫ですよね？」

ティアネスに常駐する衛兵と違って、均一に整えられた装備。彼らの鎧に刻まれた、アルガード所属を示す刻印。治安維持のためか、衛兵とともに町中を巡回している姿が見られる。

「アッシュ様が嘘をつくとは思えないですが、ちょっと不安なのです……」

「一応念のためだ。イリスはフードで顔を隠して、俺の後ろにいとけ」

「は、はい！　もしものときは頼りにしてますからね？　キリクさん」

信頼の表れか、もしくは単純に不安からなのか。後ろから俺の服の裾を掴むイリス。子供っぽい怯え方だが、本人がそれで落ち着くのならいいか。

先頭を堂々と歩き、足速に道を進んで行くアッシュ。俺たちは挙動不審になりながら、彼の背を追う。アッシュが騙しているとはまず考えられないが、それでもアルガードの兵士に対しては警戒してしまうのである。

「あはは、大丈夫だってばー。彼らは領主や教会の深部とは、本当に無関係だった人たちだよ？」

「そうは言ってもなー。この町を襲った化物だって、アルガードの教会から現れたんだろ？」

「らしいよ。すでに皆にも話したけど、あの日から領主様と司祭様は行方知れずなんだって。ふたりともちょうど教会にいたらしいから、たぶん化物に食べられちゃったんじゃないかなー」

アッシュらしく、あははーと笑いながら軽く語る。もし本当に化物に食べられていたのだとすれば、ご愁傷様。悪事を働こうとしたのだから、因果応報である。

「ほかにも、多くの神官がいなくなっているんですよね？　ぼく、教会を離れていて本当によかったですよ……」

「でも不思議ですねー。化物さんは、どうして教会から現れたのでしょうね？」

「教会で飼っていたのです？」

いくらでかいアルガード大教会とはいえ、あの巨体を飼育できる環境があったとは思えないぞ。なによりあんなのが教会内に存在したならば、醸し出される強烈な臭いで近隣から苦情が殺到している。シュリの発想は悪くないが、答えとして現実的ではないな。

「ごめんね、そこまでは僕も知らないんだ。後ろ暗い人たちなんだし、怪しい実験でもしていたんじゃないかな。聖女様を奪われて、焦りから実験動物を解放しちゃったとかかもね」

「人の手で生み出された、人造の魔物ってことですかね？　教会には、ぼくみたいな下っ端だと立ち入れない部屋がいくつかありましたし、あながち否定できないですね」

そりゃ下位神官のトマスには知りえない機密ぐらい、いくらでもあったはず。それこそジャコフ司祭を筆頭とした、ほんのひと握りしか承知していない秘密もあっただろう。

「聖女を逃がすくらいなら、あの化物を放っていっそ殺してしまえって発想か？　おっかねぇな」

「どうだろうねー。聖女様だけは、無事に確保する手立てがあったのかもしれないよ」

だが、結果は失敗。ろくに制御できず、暴走させたってところか。功を焦るあまり、逆に自分たちが食われてこの世からおさらばしたんじゃ、笑うに笑えないな。

「……化物さんは、私を追ってきたのですよね？　私のせいでこの町は襲われて、犠牲になってしまった人が……」

「イリス、深く考えるなよ。もう済んだことなんだから」

「あくまで僕らの予想であって、そうと決まったわけじゃないからね。真相は闇の中、だよ」

イリスはフードを被った状態で俯いてしまい、その表情が窺い知れない。察するに責任を感じ、落ち込んでしまっているのだろう。盛り上げ役が沈んでしまい、流れる空気が重く感じる。

「えとえと……あ！　イリス様、串焼きの屋台があるです！」

「あ、本当だね。この状況でも店を出す商魂、さすがだよね！」

「むしろこういう状況だからだろ。ほかに営業している店も少ないだろうし、稼ぎ時だわな」

言葉を交わさずとも一致団結し、暗い話題から逸らしにかかる。落ち込むイリスを元気付けるため、イリスが好きそうな屋台の食べ物の話を中心に、会話を盛り上げた。

「い、いい匂いがしてきますね！　ぼく、すごく食べたいなー！」

「ちょうど小腹もすいてくる時間だし、行こっか！」

「わーい、なのですー！」

幼いながら気遣いのできるトマスが、率先して子供らしくおねだりしてみせる。アッシュとシュリがうまく合わせ、屋台の串焼きを食べる流れをつくった。

「……」

「ほれ、行くぞイリス」

食魔人らしくなく、なおも俯いたままの聖女様。俺はおもむろにフードの上から、頭を乱暴に撫でてやる。

「あうぅ～⁉　やめてくださいぃ～」

「お前も腹が減ってきてるだろ？　好きなだけ食っていいから、行こうぜ」

「……本当ですか？」

「ああ」

「何本でも？」

「……常識の範囲でお願いします」

ようやく食い気に意識が移りはじめたのか、イリスのお腹が可愛らしい音を発する。何度も経験して聞き慣れてしまった音だが、本人はいまだに恥ずかしいらしい。照れを隠すため、先を行くアッシュたちを追って駆けて行ってしまった。

「キリクさーん！　おいてっちゃいますよー！」

「わかってるって！　ったく、現金なやつだな」

一切を気にするな、というのは土台無理な話。だが、気持ちの切り替えはできたみたいでよかった。屋台を見つけたシュリを、あとで褒めてやらんとな。

「――はぁ～、美味しかったです！　ご馳走さまでしたぁ！」

「いやお嬢ちゃん、よく食べたねぇ！　気に入ってもらえたみたいで、おっちゃんも嬉しいよ！」

「いやいや、ひとりで二十本は食いすぎだろ」

俺、常識の範囲でって言ったのにな？　軽食のつもりが、ひとりだけがっつり食ってやがる。こんなにもお腹をぽっこり膨らませやがって。

「えっと、これでも遠慮したつもりなのですよ？」

「え……」

「え？」

俺たちの食べた串焼きは、角兎《ホーンラビット》の肉を秘伝のタレとやらに、じっくり漬けこんでから中火でじっくり焼きあげたもの。香草を焼いた煙で香り付けがされてあり、隠し味に木の実が肉と肉の間に挟まれていた。串にはぶつ切りの大きな肉が四きれも刺さっており、一本だけでも十分な食べごたえ。それを二十本ぺろりだ。うーむ、あらためて聖女様の胃袋、恐るべし。

「あはは、さすがイリスさんだねー」

「店のおじさんがお代をまけてくれてよかったですね。それにしても聖じょ、ごほん！　……イリス様が食べられたものは、どこに消えてしまうのでしょうか？」

おっとそうだった。アッシュとトマスがイリスのことを聖女様と呼ぶので、用心のため名前呼びに変えたんだったな。アッシュは最初の頃は普通に呼んでいたので、すぐに切り替えて順応。けれどトマスはなかなか慣れない様子だ。

「太っちゃいないし、おおかた胸と尻にいってるんだろ」

「余分な肉にならないって、素直に羨ましいよねー」

世の女性にとっては、誰もが羨む体質に違いないな。アッシュが羨むのはどうかと思うが。

「むむ、む、胸、ですか……ごくり」

「おいトマス、目がちょっと怖いぞ」

「もう！　皆さん私のどこを見ているんですか⁉」

イリスは顔を真っ赤にし、手で自慢の胸部を隠してしまった。全員の視線が一身に注がれたものだから、当然の反応か。

胸と言われれば、泉で見たあの光景を思い出し、つい重ねてしまう。恐らく、トマスも同じ想像をしているんじゃなかろうか。……鼻を摘んで背を向けたあたり、予想は当たりだな。

「……わたしもいつか、イリス様のように大きくなれるです？」

イリスと比べ起伏の乏しい膨らみに手を当て、自分の未発達な体を憂うシュリ。この娘は気にしない類だと思っていたが、ちゃんと悩める乙女だったのかと認識を改める。

「大丈夫ですよ、シュリちゃん！　いっぱい食べれば、きっと大きくなりますから！」

「シュリちゃんもトマス君も、まだまだ成長期だからねー」

「だからって、イリスの真似はするなよ？　こいつが特別なだけで、普通の人はオークになるぞ」

正しくはオーク体型になる、だな。できるならシュリには、そのまま細身の体型でいてほしい。

「あわわわ！　オークになっちゃうです⁉　狩られちゃうのです⁉」

「シュリさん、キリクさんが言ったのはあくまで例えですから。でも、もし仮にそうなったとしてもぼぼ、ぼくが……！　あ、いえ決して変な意味ではないですよ⁉　シュリさんに、安心してほしいからであってですね。下心があるとか、そんなわけじゃなくて……」

「おーい、トマス！　なにひとりでぶつぶつ言ってんだ、おいていくぞー？」

「え、あれ⁉　あ、ちょっと！　待ってくださいよー‼」

屋台の串焼きをのんびり堪能しすぎたな。真っ直ぐギルドに向かうつもりでいたのに、予定外の寄り道をしたため遅くなってしまった。

ギルドの建物へ入ると、中は閑散としていた。引く手数多のこの町で、暇を持て余している人材はいないのだろう。カウンターには、いつもの眼鏡をかけた受付嬢がひとり、脇目を振らず、黙々と書類作業をこなしている。声をかけると彼女はようやく俺たちの存在に気付き、作業の手を止めた。カウンターを飛び出すと、嬉しそうに駆け寄ってくる。

「キリク様、お久しぶりでございますね！　皆様もおかわりないようで、なによりです！　あ、こうしてはいられません。マスターにお伝えしてまいりますので、少々お待ちくださいませ」

挨拶を済ませるとすぐさま踵を返し、奥へと引っ込んでいく受付嬢。彼女を待つ間、暇つぶしがてら依頼書の貼り付けられたボードを眺める。するとどこからか視線を感じた。

視線の主は、三人の子供であった。それもまだ、両の指で足りるくらいの年の幼い子供。彼らは一様に生気のない虚ろな目でこちらを見ており、部屋の隅で身を寄せ合って座り込んでいた。普通なら、元気に外を走り回っているはずの年頃。子供らしい活気溢れる姿とはほど遠い。

「あの子たちは、先の一件で家族を失った孤児なんですよ。ほかに身寄りがないので、落ち着くまではギルドで預かっているんです」

ちょうど戻った受付嬢が、彼らの事情を教えてくれる。少なからず犠牲者が出たのだ、こういった悲劇が生まれるのも必然か。

「……化物を倒して、大団円とはいかないんだな」

「でも孤児の保護って、本来ならば教会の役目では？　ぼくの記憶違いじゃなければ、この町にも小さいですが教会がありましたよね？」

「残念ながら神官の方々もろとも、建物ごとあの化物に潰されてしまったのです。ですのでひとまずうちに、となりまして……」

孤児を保護する受け皿がなくなってしまって、かといって見捨てるわけにもいかない。所有する建物が大きくてかつ無事に残っており、組織的にも被害の少ないギルドで引き受けたのか。

突然の悲劇に見舞われた子供たちを、イリスは放っておくことができなかったのだろう。怖がらせないようにゆっくり近付くと、しゃがみこみ目線の高さを合わせてから優しく声をかけた。

「こんにちは、私はイリスっていいます。みんなのお名前、お姉ちゃんに教えてくれますか？」

「……」「……」「……」

努めて明るく振る舞い、慈愛に満ちた笑顔を振りまき語りかけるイリス。だが子供たちはなにも答えず、ちらりと視線を向けるだけ。子供らしからぬ感情の消えた反応に堪らなくなったのか、イリスは彼らをぎゅっと抱きしめた。

「三人とも明るい子だったそうなのですが、あのように塞ぎこんでしまって……。町は復興作業で忙しなく、かまってあげる余裕がないのですよね」

「胸が締め付けられるね……。だからといって、僕らになにができるのかとなるとね。偽善だけで、気安く口を挟めないもの」

「ちゃんと保護してもらえてるですから、十分だと思うのです」

すかさずシュリにでこぴんをかましておく。お叱りの意味を込めて強めにしたため、デコを押さえて蹲ってしまった。たとえその通りであったとしても、なにも口に出す必要はない。本心であろうとなかろうと、気遣う言葉が大事である。

「……空気を読まず申し訳ありませんが、マスターが部屋でお待ちになられてます。ご案内させていただいてもよろしいでしょうか？」

「いや、こちらこそ横道に逸れてしまってすまない。案内を頼むよ」

孤児となった子供たちは見ていていてかわいそうだが、俺たちもご多聞に漏れず忙しい。ギルドマスターとの話が終わったら、そのときは遊び相手になってやろう。

「あの、キリクさん。私はここに残っていてもいいでしょうか？　この子たちのお傍にいてあげたいんです」

「……ああ、いいぞ。ぜひそうしてやってくれ。話は俺たちで聞いてくるよ」

「キリク様ー……。わたしもご一緒したいのですが、この子が尻尾を離してくれないですー……」

受付嬢のあとに続こうとすると、俺に助けを求めるシュリのか細い声が届いた。見れば子供たちのひとりが、彼女のもふもふ尻尾にがっちりと抱きついてしまっている。子供らしく興味を惹かれたか。シュリは俺に助けを求めて手を伸ばすが、引き剥がしてさらに落ち込まれてはかなわん。

「よし、シュリもここでお留守番な」

「はう⁉　見捨てられたです⁉」

「ならぼくも、彼らとは比較的年が近そうなので残ります」

シュリが抜けたと思えば、今度はトマスまで。とはいえ話をするだけだし、俺とアッシュのふたりでこと足りる。孤児たちの遊び相手を三人に任せ、先で待つ受付嬢のあとを追いかけた。

二章　隣領からの使者

（一）地を駆る鉄の車輪

草原に果てしなく伸びる道を、土煙を上げながら疾駆する一団があった。知らぬ者が出くわせば、驚かずにはいられない異様な光景。輓獣《ばんじゅう》を用いず自走する、三台からなる鉄馬車の集団である。

「ねぇ、ダリル。もっと速度は出せないの？」

「お嬢様。現状、すでに馬よりも早く駆けておりますよ」

「でもこれ、全速じゃないわよね？」

「それは仰る通りですが。しかしある程度抑えておかねば、熱暴走すると技師殿が言っておられたでしょう」

整備された道を進んでいれば、自ずと行商人や旅人とすれ違う。鉄馬車の集団相手にいずれも例外なく目を丸くし、逃げ惑う者や腰を抜かす者までいた。彼らは初めて見る鉄馬車を、新手の魔物と勘違いしたのである。

「くすくす……。今の見た？　ダリル」

「ええ、お嬢様。さぞかし驚かれたのでしょうね、ひっくり返っておられましたよ」

「笑ってしまって申し訳ないのだけれど、さっきの人には悪いことをしたわね」

「我々は先を急ぐ身。私としましても下車してお詫び申し上げたいのですが、致し方ありません」

先頭を走る鉄馬車。御者席と思しきふたりがけの席に、男女が並んで腰掛けている。先頭の鉄馬車を操るのは、ダリルと呼ばれた男。彼は馬を操る手綱や鞭などを持たず、代わりに両手が掴むのは円形の輪。操縦輪を左右に回し、巧みな操作で鉄馬車を御している。

ダリルの装いはぴっちりとした黒の半袖インナーに、同色のズボンと茶色い革のブーツ。まるでご近所にでも出かけるかのような、動きやすくて簡素な格好である。くすんだ金の髪は短く刈り上げられ、顔に皺が見え隠れし始める年頃の紳士だ。彼が生来から持つ恵まれた体格は鍛錬によってさらに磨かれ、顔のみならず全身に刻まれた無数の古傷が戦士としての経歴を物語っていた。

一方で隣に座る女性は、ダリルと同じく動きやすい装いをしながらも、布地に使われている素材は上等な物。下々の者とは一線を画す、高貴な雰囲気をまとわせていた。彼女の肌は白くきめ細かで、青みを帯びた紺の髪は腰まで届く長さ。後ろで一本の大きな三つ編みとして緩く束ね、髪の乱れ防止に装飾のない簡素なヘアバンドを着けている。誰もが振り返る端麗な顔立ちで、右の目尻には大人びた印象を与える黒子があった。名をカルナリア・ヴァンガル。ヴァンガル領を治める侯爵のひとり娘であり、齢十五ながらに鉄馬車の集団を束ねる長である。

「……お嬢様は今回の件、どうお考えで？」

「そうねぇ……。にわかには信じられないわね」

真面目な話題があがり、先ほどまでの陽気な雰囲気は一変。カルナリアは緩んだ頰を引き締め、真剣な顔つきとなる。

彼らの目指す先は、隣接するアルガード領内に位置するティアネスの町。

「正直に申し上げますが、片田舎のしがないギルドマスターからの報告を、真面目に捉えてよろしかったのでしょうか」

「あなたの疑念もわかるわ。でもね、相手はされどギルドマスターなのよ？」

「ただの平民とは違い、それなりに立場のある者が妄言など吐かぬ、ということですか」

「そういうことね。使者の話では、王都とベルゼス領にも使いを出したみたいよ。けれどベルゼスの領主はあなたと同じく、妄言と捉えるでしょうね。王都にいたっては、まだ届いてすらいないんじゃないかしら？」


高速で通り過ぎる草木には目もくれず、カルナリアの瞳は正面の遥か彼方を見据える。王都側、それもセントミル教の総本山である大教会は、聖女絡みとあれば是が非でも動くはず。だが前述の通り、隔てられた距離は大きい。事実、ティアネスが出した使者は、彼女の予想通りいまだ王都に辿り着いてすらいなかった。

対して、同じくアルガード領と隣接するベルゼス領。こちらはカルナリアの言葉通り。催される立食会などで、彼女は何度かベルゼスの領主と接する機会があった。そのため領主の人柄を、熟知とはいかないまでもある程度は心得ている。ベルゼス家のすでに没した先代領主は、名君と謳われるほどの人物だったが、跡継ぎである現当主はというと……。貴族主義であり、差別的。下々の声を聞く気がない。下手をすれば、使者の報せは領主の耳に届いているかすらも怪しい。


「……我々を除き、ほかは動きませんか」

「内容が突拍子すぎるもの。だからこそ、私たちだけでも事態の真偽を確認しなきゃね」

「けれどですよ。小隊とはいえ、兵を動かしたのです。お嬢様の父君には無断で、勝手に拝借してしまいました。間違いでしたじゃ済みませんよ……」

痛いところを突かれたとばかりに、カルナリアは聞こえなかった素振りで窓の外を眺める。

「……ふふ、空が青いわねぇ」

「お嬢様、目を背けないでいただけますか？」

普段の温厚な性格と大きな体躯から、モギュウのような男だと比喩されるダリル。さすがの彼も今回ばかりは、主君の娘カルナリアの勝手な行動と、それを止められなかった不甲斐ない自分に苛立ちを隠せずにいた。

勝手な行動とはまさに文字通りで、使者からの報告を耳にしたカルナリアは、領主である父親が判断を下す前に独断で出陣したのである。

ヴァンガル家は武を誉れとし、侯爵の地位を授かる名門の貴族。彼女は指導者としての経験を積むため、若手の兵で組織された小隊を任されていた。未熟なカルナリアの補佐にと、彼女が幼少期から親しみがあり、信頼厚く兵としての経験を積んでいるダリルがお目付け役に就いたのである。

とはいえ彼ですらカルナリアを御しきれず、常日頃から振り回されてばかりなのだが。

「もう！　ならダリルは、聖女様が殺されちゃってもいいのかしら⁉」

「ならお嬢様は、今回の件が誤りであった場合はどう責任をとるおつもりで？　道中の糧食費にこいつを動かす燃料費と、かかった費用は馬鹿にできませんよ？　全て領民の血税から賄われているのです。ましてやこいつは、お父君が買われたばかりの――」

「もう、もう！　お説教は聞きたくないの！　ダリルはしばらく黙ってて！」

「はいはい、畏まりましたよ……」

大人びた雰囲気とは裏腹に、子供っぽく両頬を膨らませたカルナリア。こうなってはなにを言おうがもはや無駄と諦め、ダリルは口を一文字につぐむ。そんなふたりのやりとりを見て、後部に同乗する部下たちが茶化した。

「だははっ！　ダリルさん、お嬢の機嫌損ねてやんのー！」

「いやいや、ダリルさんの言い分はもっともだろ。普通は先に人を送って真偽を確かめてから、兵を動かすもんじゃないの？」

「教科書通りじゃ間に合わないから、お嬢は先走ったわけっしょ？　まぁ、間違いなら間違いでいいじゃないっすか」

彼らの発言に対し、ダリルは一文字の口を今度は半月に湾曲させ、無言のまま笑みを浮かべる。そして心に誓うのだった。最初に発言したお調子者の部下は、晩飯抜きだと。横目で眺めていたカルナリアはダリルの心中を察し、後ろでおどける彼の末路を哀れむ。

「でもまさかヘルマン小父様が、怪しい異教に手を出していたなんて……。話を聞かされた今でも信じられないわ」

流れていく遠くの雲を目で追いながら、カルナリアは呟く。ヴァンガル領とアルガード領は隣接する関係上、ご近所さんとして交流が盛んであった。彼女も領主のヘルマン・アルガード伯爵とは幼き頃から面識があり、親しい間柄であった。

この国、いやこの大陸においてセントミル教は広く普及し、深く根付いている。ほかにもいくつか小さな宗教は存在するが、それらは少数部族や一部の国に限った範囲で信仰されていた。セントミル教のお膝元であるこの国において、伯爵の地位にいながら異教を崇拝するなど、もってのほかなのである。

亜人種を含む、人類の平等と慈愛を説くセントミル教。小競り合いこそ数あれど、国家間の大規模な戦はここ数十年起きていない。今日の平和が保たれているのも、ひとえに平和を願う教えの賜物である。

反対にほかの教えでは、人間もしくは亜人至上主義と偏った思想が多い。酷いものでは、魔物を聖獣と定め崇める教えまで存在する。いつの世も争いの火種となるのは、こういった異教に与する者の手によって生まれていた。

「お嬢様の父君と同じく、名君として評判のいいお方でしたからね」

「奥様とご子息を亡くされてから、しばらく塞ぎこまれていたでしょう？　それがあるときから以前のように明るくなられて、私も安心していたのだけれど……」

「よこしまな者が甘言をもってして、空いた心の隙間につけ込んだのやもしれません。心が弱ったときほど、なにかに縋りたくなりますから」

「聖女様の保護は勿論だけれど、できるならヘルマン小父様と直接お話をしたいわ」

もし脅されているだけなのなら、利用されていただけなのなら、あなたは間違っていると指摘し、自分が正さねばならぬ。カルナリアはそう考えずにはいられなかった。伝え聞いた僅かな情報だけでは、ヘルマンがすでにこの世を去っている事実を、彼女は知りようがなかったのである。

「お嬢様。わかっておられるとは思いますが、もしアルガード伯と争いになった場合、我々の数では対応できません。……できる限り、穏便にお願いいたしますよ？」

「わかっているわ。無駄に刺激しないように、でしょ？」

「安心してくださいよ、お嬢。なにがあろうと、俺たちがお守りしますって」

「もし剣を抜く事態になっても、やばくなったらこいつに乗って逃げりゃいいんすよ！」

「そーそー。全力を出せば、早馬であろうと追いつけやしないんですから」

「だははっ！　違いねぇ！」

若さゆえの浅慮からくる余裕か、恐れも悩みもない笑いが車内に響き渡る。ひとり渋い顔をするダリルは、年長である自分がしっかりせねばと、改めて気を引き締めた。主君の娘であるカルナリアを任された身として。争いごとだけは是が非でも避けたいのである。

遠方に微かに見え始めた、アルガード領を代表する街の街壁。一行は進路を変え、整備された道を外れる。鉄馬車の集団は街には寄らず迂回して、道なき草原を突き進んだ。ここまでくれば、目的地のティアネスまではもう目と鼻の先となっていた。

(二) 抱く疑心

俺とアッシュが受付嬢に案内された一室。そこはギルド長室であった。扉にかかるプレートには、『俺の部屋』と力強く書かれている。

受付嬢が扉をノックすると、入室の許可が返ってくる。受付嬢が扉を開き、彼女に促されるまま俺とアッシュは部屋の中へ誘われた。

「よぉ、元気そうだな。ろくなもてなしもできずに悪いが、適当に腰掛けてくれや」

室内では見かけに似合わず、忙しなく事務仕事をこなすギルドマスターの姿があった。彼の机の上には、山と積まれたおびただしい数の書類。処理すべき仕事量の多さに同情してしまう。なにしろ顔はやつれ、目の下に隈が色濃く浮かんでいるからな。

「では、私はこれで失礼いたします。のちほどお茶をお持ちいたしますね」

「おう、頼むぜ」

受付嬢はぺこりと頭を下げ、部屋を退出。ギルドマスターはここらが休憩時と判断したのだろう。太い指には似つかわしくない細いペンを置き、まるで力仕事を終えたとばかりに大きく伸びをした。

「悪いな、足を運んでもらってよ。俺が村まで赴きゃよかったんだが、生憎余裕がなくてな。お前さんらには悪いが、そっちから出向いてもらったのさ」

「それはかまわないが、随分と忙しそうだな」

「マスター、あんまり無理しちゃダメだよ？　もう若くないんだしさ」

俺とアッシュは彼の体を気遣い、労わりの言葉をかける。……が、帰ってきたのは耳をつんざく怒声だった。もっとも本気で怒っている様子はなく、見くびるなといった意味の怒声だ。

「馬鹿野郎！　一線を退きはしたが、俺はまだまだそこらの若造にゃ劣らねぇっ!!　……だがまぁ、心配してくれてありがとよ。なにせうちだけじゃなく、アルガードの街も大変な状況でよ」

「街の運営に携わる上層の奴ら全員、消えた領主のあとを追うように失踪したんだってな」

「ああ。で、いなくなっちまった奴らのなかに、あっちのギルド長もいてな。おかげでしばらくの間、俺が代役で掛け持ちすることになってよ。まいっちまうぜ……」

椅子の背もたれに身を預け、大きなため息を吐く姿はまさに初老。ギルドマスターの性分からして、事務仕事は好きじゃなさそうだしな。外に出て、体を動かすのを好むタイプだろう。

それにしても、あの街には随分と異教を信仰する輩が入り込んでいたようだ。領地の頭が異教の信者であったのだから、好き勝手し放題なのも当然か。

なおアルガードの街は一時混乱した状況に陥るも、残された衛兵たちが苦労して治めたそうだ。彼らは街の情勢が落ち着き次第、飛び立った化物の動向を調査するため、ティアネスまで兵を送った。なにせ化物はこの町の方角へ飛んで行ったのだ。襲われていやしないか心配になり、安否を確認しに来てくれたわけである。

「ティアネスの惨状を目の当たりにして、アルガードから来た兵士たちは顔を青くしてたねー」

「自分らの街から野に放たれた化物が、ほかの地で惨劇を起こしていたんだからな。そりゃ目を覆いたくもなるさ」

とはいえこれ以上被害が広まる前に、すでに俺たちで討伐済み。予期せぬ朗報に安堵した彼らは、人員不足に陥ったティアネスの衛兵隊を手伝い、協力して治安維持に尽力してくれることになった。アルガード兵がティアネスに常駐しているのは、こういった経緯からである。

「そうだ、キリク。アッシュから言付けは聞いているな？　お前の村にいる神父に、ちゃんと話は通してくれたか？」

「ん？　あぁ、神官の数が足りないから、アルガード大教会に来てくれないかって話な。それなら大丈夫だ。神父様は快く了承してくれたよ。けど仕度に手間取ってて、遅れて来るってさ」

この話を伝えたとき、気落ちして虚ろとなっていたのが嘘のように、使命感に燃えた目をしていたっけな。老骨の身が最後に役立てるのなら、と息巻き、必ずや清く穢れのない教会に戻すと宣言していた。神父様なら、アルガード大教会を立て直すのにきっと一役買ってくれる。……今度は気合の入れすぎで、また倒れてしまわないかが心配だが。

「助かるぜ。教会には下っ端の神官しか残ってねぇらしくてな。なに、追い出された神官たちが戻るまでの間だけさ」

ジャコフの思惑によって、布教の旅に出された人たちのことだな。行き先がわかる者から順に、教会に帰還せよと報せを送っているそうだ。

機会を見計らっていたのか、区切りのいいところで受付嬢が紅茶と茶菓子を持って現れた。彼女に礼を述べ、さっそく差し出されたカップに口をつける。淹れたての紅茶は鼻腔をくすぐる上品な香りが立ち、ほのかな渋みが混然となって口中に広がっていく。紅茶に親しみのない俺からしても、美味いと素直に言える落ち着く味。

ギルドマスターもまた、自分の机の上に置かれた、時間が経ちすっかり冷め切っているカップに口をつける。半分ほど残っていた中身を飲み干すと、受付嬢によって空いた器におかわりが注がれる。給仕を終えた受付嬢は、失礼しますと再び部屋を去っていった。

ギルドマスターは新たに注がれた淹れたてをひとくち流し込み、長閑に流れた沈黙を破って口を開く。

「一件落着とは言えんが、ひとまずの脅威は去った。ヘルマン領主らの企みは露見し、失敗に終わったからな。一旦は身を潜めるしかないだろうさ」

「領主と繋がりのある人が大勢、逃げるように姿をくらましたんだもの。それがいい証拠だよね」

アッシュの言う通り。もし相手がまだ諦めていないのであれば、とっくに次の行動を起こしているはず。しかしいたって平穏で、今日まで平和そのもの。すでに幾日もの時が経つが、周囲で不穏な影は見られなかった。ギルドマスターが俺たちを呼び寄せたのは、危険はないと判断したからにほかならない。

「前置きが長くなっちまったが、話としては聖女様の今後についてだな」

これからについて、か。今後を左右する重要な話だな。

正直なところ、俺自身も悩んでいた。いつまで逃げ続ければいいのか、どこに逃げればいいのか。けれど話を聞いた今となっては、逃げて身を隠す理由はなくなった。だからといって俺はともかく、聖女であるイリスがずっとこの地にとどまり続けるわけにいかない。

「これからイリスをどうすべきか……」

「じきにお隣のヴァンガル領かベルゼス領から、人が送られてくるはずだ。聖女様の今後の保護は彼らに託して、お前らは元の生活に戻ってもいいんじゃねーか？」

元の生活ねぇ……。これまで通り、家業の手伝いをしながら狩猟をする生活に戻るか。もしくは新たな道として、冒険者稼業に本腰を入れて独り立ちしていくか。

「僕は最後までお供したいな。それこそ、イリスさんから不要だと言われるまではね」

腕を組んで思案に耽る俺を横目に、アッシュは迷いなく自身の思いを言葉にした。情に厚く熱心な奴だと感心する。最初と違い、約束された報酬はなく、無償の奉仕となりかねないのにな。

「キリク君はどうなのかな？」

「俺？　俺はそうだなぁ……。ここまで一緒にいたんだ。お前と同じで、最後まで付き合うさ」

もっとも、同じ選択をした俺にも言えることか。金銭などもはや関係なく、純粋にイリス個人を放っておけなくなってしまった。あいつひとりでは、ひもじくなると平気で拾い食いすらしそうに思える。……いくらなんでも、さすがに聖女様に対して失礼か。

期待してましたと言わんばかりにアッシュは顔を明るくし、手を強く握ってくる。先ほど悩む素振りを見せたせいか、俺がここで辞退するのではと不安になったらしい。

「そうか。ま、お前さんらが決めたんなら、俺は口出ししねぇさ。だが、これから来るであろう隣領からの救援はどうする？　俺としちゃ、彼らの援助や保護は受けたほうがいいと思うんだがな」

「うーん、確かに守り手は多いほうがいいと僕も思うんだけれど……」

「……見知らぬ奴を信用できるのか、だよな。ヴァンガルだかベルゼスだか知らないが、俺らは一度、裏切られているようなものだから」

聖女を任せて大丈夫と判断した司祭に、見事に騙されたのだ。だからどうしても猜疑心が湧いてしまう。さすがに次もまた、同じ目に遭うとはか限らないが……。

「どちらの領主も面識がねぇから、信用して大丈夫とは言えねぇ。ヴァンガルの領主は噂を聞く限り、信望厚い人柄の人物らしいがな」

これまで俺が出会った人の中で、掛け値なしに信頼できる人物といえばこのギルドマスターだ。そのギルドマスターが、大丈夫と太鼓判を押してくれないとなれば、不安しかないわけで……。

「問題を起こしたうちの領主も似た評価だったたから、不安だな」

評判のよい表の顔が隠れ蓑となり、裏で暗躍する。アルガードの領主がそうであったように、ヴァンガルの領主も同類である可能性を否定できない。だからといって、民衆の間で悪評が立つような領主は悩む以前の問題なのだが。

ちなみにベルゼスの領主だが、こちらはよい評判を聞かないらしいので論外だ。

「もし仮に、このまま俺たちだけでイリスの護衛を続けるとなれば、次はどう行動すべきだ？」

「そいつはヴァンガルにベルゼス、どちらも信用しないでいいんだな？　ならあとはもう、セントミル教の総本山、王都オラティエにある大教会まで連れて行くしかねぇわな」

ふむ、セントミル教の本拠地か。本来イリスがいるべき場所だな。確かに、そこに連れて行くのが最善か。勿論総本山とはいえ、鼠が入り込んでいないと言い切れない。だが地方の大教会と違い、芯まですげ替えられているなんてことはあるまい。

「なら、僕らだけで王都に行っちゃう？　ここからだと長い道のりになっちゃうけど、身を隠してのんびり行けばいいしね！」

「止めはしないが、本当にいいんだな？　もう一度言っておくが、援助を受けられるとなりゃ、これほど心強いもんはねぇぜ？　なにせ領主、力のある貴族だ。俺みてぇな、地方のしがないギルド長とは比べもんに――」

今後の舵取りに頭を悩ませていると、扉を叩く音が響いた。続いて返事を求め繰り返される、主を呼ぶ慌てた声。部屋の主が入室を許可すると扉が開かれ、血相を変えた受付嬢が現れた。

「お取り込み中に申し訳ありません！　ヴァンガル領から、お客様が参られております！」

「はぁ⁉　おいおい、いくらなんでも到着が早すぎるぞ！」

……噂をすればなんとやら。確か隣接するヴァンガル領は、普通ならば片道十日はかかるって話だったな。これは徒歩だけでなく、道中で乗り合い馬車なども利用したうえでの大まかな所要日数。馬を乗り換えながら休みなく進み続ければ、幾分か短縮できるだろうが……。

「よりにもよって、お前さんらを招いた日にやって来るとはな……。ったく、いったいどんな方法を使ったってんだ」

「ねぇ、キリク君。こうなったら、一度会ってみるのはどうかな？　ちょっとでも信用できないと感じたら、逃げちゃえばいいし」

「……だな。直接見極めてやるか」

見た目や言動が少しでも胡散臭ければ、即却下しよう。人を見かけで判断しちゃいけないと教えられたが、第一印象は大事な要素。内面が滲み出た姿こそが、外見だともいうからな。

意見がまとまり、ギルドマスターは客人を自室へ通すよう受付嬢に伝える。彼女が退出した扉の向こう側で、廊下を小走りに駆ける足音が遠ざかっていった。


「――失礼いたしますわ、ギルドマスター様」

待つことしばらく。とうとうお待ちかねの来客とご対面である。

傲慢で偉そうな中年親父を勝手に想像していたのだが、意外や意外。現れたのは、高貴な雰囲気のある大人びた少女だった。彼女の後ろに控えるのは、ひと回りは歳が離れた家臣と思しき男性。温和な顔つきの人で、こちらも悪人には見えない。

「あんたらが、ヴァンガルから来てくれた使者さんかい？」

「初めまして、私はカルナリアと申します。領地を治めるヴァンガル家が当主、バルドスの娘ですわ。この度は多忙である父の代役として、馳せ参じました」

「私はお嬢様の付き添い人、ダリル・ダランと申します」

つい見惚れてしまう美しい所作で、丁寧なお辞儀をするカルナリア嬢。彼女につられるようにして、俺たちは恐縮しつつも自己紹介を済ませる。

それにしても、まさか領主の娘が直々にやって来るとは。ギルドマスターも慌てて言動を訂正するが、普段通りでかまわないとの申し出に安堵していた。どうやら度量は広い人物のようだな。

全員が腰掛けたところで、受付嬢が彼女らに紅茶の注がれたカップを差し出す。互いに喉を潤し、場が整ったとみるやギルドマスターが早速話を切りだした。

「それにしてもお嬢さん方、随分と来るのが早かったな？　報せが届いてまだ数日程度。身なりも土埃で汚れちゃいねぇし、馬を使い潰してきたってわけでもないだろ？」

いったいどのような手段を用いたのか。ギルドマスターは燻ぶる疑問を晴らすため、カルナリア嬢に問いかける。

「あら、私たちは魔導車に乗って来たんですもの。馬より速くて当然じゃない」

少し高飛車な物言いで、答えはあっさりと返ってきた。さも当たり前のように彼女は答えていたが、魔導車という単語は初耳である。しかし隣に座るアッシュとギルドマスターは、目を見開いて驚いた顔をしていた。

「魔導車って、遺跡で発掘された古代の遺物だよね？　大型魔道具の一種で、貴重な代物になるんじゃ……？」

古代の遺物で、貴重な大型の魔道具？　駄目だ、俺みたいな一般人には次元の違う話だった。なんとなく乗り物だとは想像できるが、現物はどのような代物なんだか。

「ふふん、いい表情ね。あなたが仰った通り、本来なら大変貴重な物よ。でも、私たちが乗ってきたものは複製品。……あ。もしかして、解析が進んで量産に漕ぎ着けたってお話自体、ご存知なかったかしら？」

「おいおい、本当か⁉　事実なら物流に革命が起こるぞ……。やはり東のドワーフ国、シュタルアイゼンが？」

『シュタルアイゼン』。別名、火の粉舞う鉄と鋼の国だったか。人口の大半をドワーフという亜人種が占め、手先が器用であり鍛冶を得意とする彼らの種族特性から、今も昔も技術大国として君臨している国。

もっとも、俺が知っている情報はこの程度。行ったことがなければ、実際にこの目でドワーフを見たことすらない。博識な神父様や、各地を旅する行商人から聞いた受け売りの知識だ。

「仰る通り、我が領主様が知己を頼って彼の国から輸入したのです。ですが、複雑な構造ゆえ生産数は少なく、周知されるほど広まるのはまだ先でしょう」

「国内だと王族を除けば、所持しているのは我がヴァンガル家くらいだものね！」

豊かに張った胸を反らし、フフンと鼻息を鳴らすカルナリア嬢。微塵も隠す様子のない誇らしげなどや顔に、羨ましいとか以前になんだか呆れてしまう。

魔導車について、彼女らの話をまとめ端的に表現するならば、馬より速く休みなく走り続けられる馬車……といったところか。ならば革命が起こるというのも頷ける。一般の商人にまで普及すれば、流通事情が大幅に変わるな。戦においても兵や物資、はては兵器の運搬と、素人の俺であってもさまざまな運用方法を考えつく。

「……魔導車、か。お嬢さんらが、これだけ早く到着したのも納得いったぜ。おかげで疑問が晴れてすっきりとした。さて、では本題に入るとしようか」

まずはギルドマスターからカルナリア嬢とダリルさんに、報せを送ったあとの出来事が説明される。おぞましい化物に町が襲われたところから始まり、現在に至るまでをだ。

「町に入った際、建物が崩れていたりしたけれど、そのような悲劇があったのね。亡くなられた方々の魂に、女神ミル様のお導きがあらんことを……」

カルナリア嬢とダリルさんはごく自然な動きで手を組み、犠牲者を弔う祈りを捧げる。彼女たちの黙祷によって流れる沈黙。静寂を破ったのは、祈りを捧げていたカルナ嬢であった。

「ヘルマン小父様……」

ぼそりと呟かれた言葉。声の主を見やれば、頬を雫が伝っていた。涙の理由を問うに、うちの領主とは浅からぬ縁があったそうだ。隣接する領主家同士、交流があってなんらおかしくはないのだから当然か。

「キリク君、どうだろう？　このお嬢様、僕の見立てでは悪い人じゃなさそうだよ？」

小さな声で俺に耳打ちをするアッシュ。先ほどの死者を憂う女神への祈りは、裏表のない穢れなき行いだった。アルガード大教会にいた偽シスターの祈りと比べ、まさに天地の差。思い起こせば、あいつの祈りはなんだかぎこちなかったな。うちの領主と接点があったというので、もしやと訝しんだものの、杞憂だったか。

ちらりとギルドマスターへ視線を送ると、あちらも示し合わせたように頷き返してくる。

「あー、そのなんだ。そちらさんは、これからどう行動するおつもりで？」

「聖女様を保護するため、わざわざ来たのよ？　勿論、言葉通りに行動するつもり」

「異教の者が姿を消したといっても、楽観視してはいけません。近くで身を潜め、機会を窺っている可能性は高いです。小隊を率いる我々ならば、聖女様を確実に護衛する自信があります。なのであとのことは、我々に任せていただきたい」

随分と自信満々なんだな。とはいえ統率が乱れ、不信感の残るアルガードの兵士よりかはまだ幾分か信頼できる。なによりダリルさんの言うように、脅威は去ったと楽観視するのは早計だった。

「こちらとしては、聖女様を王都にお送りするべきだと思うのだけれど？」

奇遇にも、カルナリア嬢は俺たちと同じ考えをしているらしい。って、普通なら真っ先にその考えに行き着くか。

つまるところカルナリア嬢は率いてきた小隊を伴い、足の速い魔導車とやらにイリスを乗せ、王都まで護送してくれるってわけだ。まさに願ったり叶ったりの申し出である。俺たちもイリスの護衛を継続し、同行したいと主張する。するとカルナリア嬢は快く了承してくれた。後ろ暗さの見られない反応は好印象だな。

「最後に、お嬢さんにはこいつに署名してもらいたいんだが……。構わねぇか？」

ギルドマスターが持ち出したのは、一枚の上等な羊皮紙。

「これは……？」

「命約書つってな。魔道具の一種で、契約者の命を担保とし、記載された内容を遵守させるって代物だ。内容を簡潔に説明するなら、『私は聖女様に一切の危害を加えません』となっている」

実は事前に、ギルドマスターの提案でこの命約書を使い、嘘か真か見極める手筈になっていた。もしカルナリア嬢に悪意があれば、拒否なり動揺なり、なんらかの反応を示すはず。

「珍しい魔道具ね。かまわないわ、ここにサインと……血印を押せばいいのかしら？」

「お、おう。頼むぜ」

「お嬢様⁉　内容をよく読まず、そうぽんぽんと……ああ、もう……」

躊躇なく名前が書き込まれ、あっという間に書類が完成。血印が押された瞬間に魔法陣が浮かび上がり、契約の証しとして紙面に焼きついた。

……とまぁ仰々しく語ったが、実はこの命約書は真っ赤な偽物である。ギルドマスターが相手の真意を確かめる際に使う、所詮ジョークアイテムだ。とはいえ実際過去に実在した魔道具であり、偽者とはいえ本物と瓜二つのできなのだとか。

おかげで俺たちは、ようやくカルナリア嬢を信頼に足る人物だと認められた。領主の娘に対し、何様だとは思うが勘弁願いたい。

いつティアネスを発つかなどの予定決めは、全てアッシュたちに任せ、俺はひとり部屋を出る。ロビーに戻ればイリスとシュリは部屋の片隅に敷物を敷き、子供たちと一緒に寝入ってしまっていた。幸せそうな寝顔をしており、きっと遊び疲れてしまったのだろう。

俺の存在に気付いたシュリが、目を覚まして自慢の白い尻尾をぱたつかせる。なぜか獣化した白狼の姿であり、彼女の柔らかなお腹を枕に女の子が寝息を立てていた。

『キリク様～。動けないですー。助けてほしいのですー』

「すまんな、シュリ。そいつは無理な相談だ」

『そんなぁ～……』

助けを求める声を受け流し、椅子に座って机に突っ伏すトマスの隣へ腰掛ける。こちらもうたた寝をしていたようだが、隣に俺が座った音で目を覚まし、慌てて涎に塗れた口元を拭っていた。

「キリクさん、お話はもう終わりですか？　途中から、お客さんも交えていたみたいですけど」

「ああ。あの人たちはイリスのため、ヴァンガルから駆けつけてくれたんだ。なんと領主家のご令嬢様が直々だぞ」

驚くトマスに、先ほど話していた内容を大まかに伝える。当事者であるイリスにも聞いてもらいたかったが、子供たちと眠る無垢な寝顔を見ると、起こす気にはなれなかった。待っていれば自然と目を覚ますだろうから、あとで話せばいいしな。

「じゃあ、次は王都に行くんですね。……キリクさん。ぼく……その……」

考え込むようにして、トマスは表情を暗くして口籠もる。なにか思い悩むことでもあるのか。こちらから問いかけるか躊躇っていると、トマスが決心した顔つきで口を開いた。

「ぼく、一緒には行けません。アルガードに残ります」

(三) 小さき勇者との別れ

「……準備はもういいのか?」

「ああ、もともとたいした荷物はないから。忙しいのに見送りありがとな、ギルドマスター」

ティアネスの町を出てすぐの、アルガード方面に向かう道。道端の草地に列をなす鉄の魔導車は、誰もが二度見してしまう光景だった。長い距離を移動してきたため整備点検が必要らしく、終わり次第出発する予定となっている。

とはいえ見送りに来てくれたギルドマスターと話し込んでいるうちに、いつの間にか出発の準備は整っていた。整備のため動き回っていたヴァンガルの兵士たちは、全員車内へと姿を消している。

「キリク、出発するわよ！ もたもたしてないで、早く乗りなさいな！」

集団の長であるカルナリア嬢から、早くしろとの命令が下る。イリスたちもすでに乗り込んでおり、残るは俺ひとり。置いて行かれたらたまったもんじゃない。

「じゃあ、行ってくる」

ギルドマスターに別れを告げ、急かすカルナリア嬢のもとへ駆ける。しかし直後に、後ろから待ったの声がかかった。

「おい、キリク！ 最後に……あれからも篭手は使ってくれているか？」

「ああ、ずっと使わせてもらっているぞ。今じゃいい相棒だ」

右腕に装着された漆黒の篭手。空に向けて突き出し、ギルドマスターに見せつける。何度も洗って天日干しをしたおかげか、最初の頃にあった嫌な臭いは消え去っており、最近ではシュリも鼻を摘むことはなくなった。……篭手を着けた腕で頭を撫でると、若干渋い顔をするが。

「そうか。なら……鬼の声は聞いたか？」

鬼の……声？ なんだそれ、初耳だぞ。投げかけられた不可思議な問い。必然、俺の顔には疑問の表情が浮かぶ。

「知らないか。ならいい、気にせんでくれ。だがもしこの先、語りかけられることがあれば……」

「ちょっとー！ 早くしなさいな!!」

少しばかり苛立ちの籠もった呼び声。お嬢様らしく、待たされるのはお嫌いなようで。というか魔導車はすでに動き始めている。走れば余裕で追いつける速度ではあるが、出発早々に汗だくは勘弁してほしい。

「ちょ⁉　待ってくれって‼　話の途中ですまん、行ってくる！」

「あ、おい⁉　いいか、もし聞こえても相手にすんなよ！　恐らく、ろくなことにならんからな！」

去り際に気にかかる言葉を残されるも、急ぐ状況ゆえに問いただすことができなかった。


列をなし、土煙を上げ街道を疾走する魔導車。外観や内装をひと言で例えるなら、鉄製の箱小屋。先頭車には、俺を含め仲間とカルナリア嬢にダリルさんと、計七人も乗り込んでいる。おかげで車内は狭苦しく、乗り心地も決してよろしくない。

気分を紛らわすため、両側に備え付けられた窓を開く。新鮮な空気が凄い勢いで吹き込み、景色が驚くほどの速さで流れていく。

「ふわぁ！　はやいです～！」

「長旅になるって覚悟していたけど、これなら王都まであっという間だろうねー」

「ふたりとも元気だな……。さすがに何時間も乗っていると、尻が痛くなってきたんだが。いい加減、景色も見飽きたしな」

車内に乗り込んだ当初は、自分でも驚くほどに興奮した。けれど楽しかったのは最初だけで、現在は窮屈さと硬い椅子に体が悲鳴を上げはじめている。車体は常にガタガタと揺れ、たまに車輪が石でも踏んだのか、追い討ちとばかりに跳ね上がるのだ。

「おい、イリス。気分はどうだ？　大丈夫か？」

なかでも一番堪えていたのは、俺ではなく隣に座る聖女様。顔は青白く、呼吸が荒い。死んだ魚のような目で、ずっと力なく俺の肩へと寄りかかっている。

「ふぇぇ……だいじょう、ぶじゃ、ないです……。ぎもぢわるい……です……」

今にも吐き戻しそうなイリスに、頑張れと励ます。実は道中で何度か下車し、そのたびに茂みで……いや、思い出すのはよそう。俺にまで飛び火しかねない。とにかく、イリスの胃の中はもはや空、とだけ。

「すみません。ぼくが未熟なばかりに、気休めにしかならなくって……」

イリスの反対隣では、トマスが適度に休みを入れながら彼女に神聖術を施している。だが悲しきかな、回復の兆しはみられない。本人の言うように、未熟さゆえ体内にまで効果が及ばないのだとか。イリスが自分自身に神聖術を施せればよかったのだが、体調を崩して乱れた精神状態では、唱えることすら困難となっていた。

途中、調子の優れないイリスのため、休憩がてら例の女将が経営する宿に立ち寄ってもらった。商人のファルミスさんにあらためてお礼を言いたかったけど、とうの昔に宿を発っており、残念ながら叶わなかった。

ファルミスさんには会えなかったが、馬屋でロバートと久しぶりに再会する。元気に過ごしていたようでなによりだ。実家に連れ帰ってやる予定だったが、結局機会を作ることはできずじまい。しばらくこの地を離れるため、女将に頼み込んでこのまま引き取ってもらうことになった。

休憩をとったおかげで、イリスは少しばかり体調を持ち直してくれた。けれど再び魔導車に乗って揺られれば、また同じように顔を青ざめさせてしまう。こまめに休憩を入れ、騙し騙し進んで行くしかなさそうである。

「聖女様。アルガードの街が見えてきましたので、もうすぐですわ。到着したら、また少し休みをとりましょう」

カルナリア嬢も護衛対象がずっとこの調子だから、心配で仕方がない様子。しきりに操縦するダリルさんへ、もっと静かに走れと文句を飛ばしていた。

もうすぐと告げられてからは早かった。うっすらだった街影はあっという間に近付き、気付けばもう目前。徒歩であったならば、街壁が見えてからもまだまだかかるのにな。

「もうアルガードまで来たのか。速いのはいいけれど、座ったままじゃ体が凝るなー」

「んー……！　なのですー」

「この街も、あの日以来だねぇ……」

アルガードの街、その門外。恐らく、初めて目にするであろう魔導車に驚く門番を横目に、ぞろぞろと鉄の箱から降りていく。

空に向けて腕を大きく伸ばし、軽く柔軟をして体をほぐした。何時間も同じ姿勢で座っていたのだ、体を動かすだけで気持ちがいい。シュリとアッシュも同様。さらに周りを見渡せば、後続車に乗っていたカルナリア嬢率いるヴァンガル兵たちも、皆一様に同じ動きをしていた。

「あー……地面がひんやり、心地いいですぅ……」

ただひとり。草地に倒れこむように寝っ転がる聖女様を除いて。随分とはしたないが、ここまで我慢して頑張ったのだ。大目に見てやろう。

「カルナリア様。ぼくのためにわざわざ街へ寄ってくださり、ありがとうございます」

「気にしなくていいわ。食料を買い込むついでだもの」

そう。ここへ立ち寄ったのは、わざわざ休憩を取るだけが目的ではない。トマスを送ってから、長旅に必須である、日持ちする食料を買い込むためだ。なにかと物資が不足しがちなティアネスだと、大量買いは憚られるからな。だからお嬢様にしてみれば、本当にただのついでしかない。だが俺たちからすれば、この地に残ると選択した小さな英雄と別れの訪れでもある。

「なぁ、トマス。本当に残るのか？」

「はい。神聖術の扱いは未熟、戦う心得も持たない。そんなぼくが一緒にいたって、足手まといですから」

本人は自身を卑下するが、俺はそうは思わない。イリスを救い出せたのも、アッシュが命を繋ぎ留めたのも、全てトマスの功労あってこそ。この少年がいなければ、物語は人知れず悪い結末を迎えていたはずなのだから。

「見習いとはいえ、ぼくはアルガード大教会に勤める神官ですからね。荒れた教会を立て直すのが、ぼくの成すべき役目だと思っております。……兄の遺した家族も、放ってはおけませんしね」

……そうだったな。あの夜、イリスを追うバスクたちに対し、トマスの兄は最後まで開門を拒んだそうだ。そのために、斬り捨てられた。全てはアッシュがバスクから聞いた話であり、派兵されてきたアルガードの兵からは事後の確認をとっている。残念ながら、部下の人たちによる救命処置は功を成さず、ほぼ即死の状態であったそうだ。

「……少し時間をもらって、花を添えに行こうか」

買い物はカルナリア嬢に任せ、トマスの兄が眠る墓前、街はずれにある共同墓地に向かう。日の高いうちにまだまだ先へと進む予定なので、手早く墓参りを済まさざるを得なかった。

帰り道では誰も口を開こうとせず、無言のまま歩き続ける。目前に迫ったトマスとの別れに、なにを話せばいいかわからないのだ。今生の別れってわけじゃないのにな。

「あのキリクさん。お願いがあるんですけど……」

不意にトマスが服の裾を引っ張り、小さな声で俺にだけ話しかけてきた。ひと言断って皆には先に行ってもらい、トマスとふたりきりになる。

「……最後に、シュリさんとお話をさせてもらえませんか？」

「そんなの、わざわざ俺に聞かなくても……いや、わかった」

恥ずかしそうに顔を染める姿に、なんとなく察する。詳しく聞くのは野暮ってやつだな。シュリは形式上、俺が所有する奴隷となっている。トマスも承知しているので、俺に配慮したのだろう。

先に行った皆から遅れて門を出ると、草地を駆け回り蝶と戯れる少女を呼びつける。俺の呼ぶ声が耳に入ると、尻尾を振りながらこちらへと駆けてきた。

「はい、キリク様！　なにかごようなのです？」

「トマスとここでお別れなのは知っているな？　別れる前に、お前と話したいんだとさ」

それだけを告げこの場から離れ、ふたりきりにさせてやる。遠目で眺めるトマスは耳まで真っ赤に染まり、落ち着きなくしきりに指をもじもじとさせていた。まだまだ子供とはいえ、トマスが挑む男を懸けた一世一代の大勝負だ。

俺はシュリを束縛するつもりは毛頭ない。あの子の意思を尊重するつもりでいる。だからトマスの思いが伝わり、シュリが一緒に残ると決めたなら、そのときは笑顔で祝福してやらないとな。

まるで娘を嫁にやるかのような心境でいると、話を終えたのか、シュリは俺のもとへと駆け寄ってくる。トマスの様子はといえば……この世の終わりが訪れたのかと思うほど、うなだれていた。

「キリク様！　お待たせしましたです！」

「あ、いや……。シュリ、話はもういいのか？」

「シュリちゃん。トマス君の話ってなんだったの？」

察しているだろうに、興味本位でわざわざ尋ねるアッシュ。さりげにイリスもまた、声が届く位置まで近寄って耳を大きくしていた。

「ええっとですね、『ぼくと一緒に残ってくれませんか』って誘われたですー」

「それでそれで？　シュリちゃんは、なんてお返事したのですか？」

とうとうイリスまで輪に加わり、口を挟んできた。……聞かずともわかるだろうに。まったく、具合が悪かったんじゃないのか、耳年魔な聖女様よ。

「私は『キリク様のお傍にいたいです』って、答えたです」

「あー……ご愁傷様だね、トマス君」

本当にご愁傷様だ。イリスとアッシュが慰めの言葉をかけるも、トマスは白く固まったまま……かと思いきや、存外晴れやかな顔をしていた。本人曰く、無理だと承知のうえで決起したそうだ。だから、受けた精神的被害は最小限で済んだのだとさ。

「皆様の旅のご無事を祈っております。皆様の旅路に、女神ミル様のご加護があらんことを！」

走りだした魔導車は徐々に、祈りを捧げ続けるトマスを小さくしていく。遠ざかる少年の姿はやがて砂粒より小さくなり、最後は見えなくなった。けれど影すらも見えなくなる最後の最後まで、トマスはずっと見送ってくれていた。

三章　魔鳥の王

（一）暴食の翼

　トマスと別れ、アルガードの街を発ってから早五日。王都に向かうには、隣接するベルゼス領を通過するのが近道らしく、現在は領境を目指している。

　本来なら魔導車の速度で五日も走り続ければ、とっくにベルゼスの領内へと入っているはずだった。だが護衛対象である聖女様が、長時間の移動に耐えられず、頻繁に進みを止めては休憩を取らざるを得なかったのだ。現在も見晴らしのいい平地に陣取り、早めの野営をしている最中である。

「うぇぇ……。気持ち悪いですぅ……」

「イリスさん、つらそうだね。馬車酔いと同じ症状みたいだけど、なんとかならないかな？」

「なんとかできるその本人が、あの調子だからなー」

　結論から述べると、どうにもならない。そもそも、これまで馬車に乗ったときはどうしていたのだろうか？　本人に尋ねてみると、どんな乗り物に乗っても、今回のように気分が悪くなったのは初めてらしい。魔導車に限ってだけなのか、それとも……。

「もしかして、まだ加護の封印が解けていないからか？」

　加護の恩恵があれば毒は効かず、病気にも罹らないとサリーさんは話していた。つまり実のところイリスは乗り物に大変弱い体質で、これまでは加護のおかげで酔わなかったのじゃなかろうか。

俺の考察が正しいとすれば、早々に出発したのは失敗だったな。日が経てば加護自体の力で、自ずと封印は解けるとも聞いている。だから王都行きを優先してしまったが、これならばモギユ村に滞在し、日がかかってでも封印が解けるのを待つべきだった。結果的にどちらが早く辿り着けたかまではわからないが、少なくともイリスにかかる負担は大きく減らせていたはず。

「申し訳ございません、聖女様。私の部下に、神聖術を扱える者がいればよかったのですが……」

衛生兵として、簡易的に外傷の処置を行える者は控えているが、彼は生憎と神聖術までは修めていなかった。教会に属する神官以外じゃ、おいそれと神聖術を扱える者がいないのが実情となっている。神官上がりの兵士はたまに存在しているが、そういった者は稀有だからな。

イリスを介抱するカルナリア嬢が、食べやすく胃にも優しいようにと調理されたスープを、木のスプーンですくい彼女の口元へと運ぶ。旅立ってからの数日。日に日に弱り、今では常にこの状態であるため、イリスはろくに食事をとれていない。あの食いしん坊が、だ。頬はやつれ、張り艶のあった肌も潤いを失ってしまっている始末である。

「お嬢様、このままでは聖女様のお体が心配です。地図ではもう少し進んだ先に村があるようですので、しばらくそこで滞在し、休養をとるべきでは？」

「……そうね。願わくば訪れる村に、治癒士がいてくれればよいのだけれど」

ダリルさんの進言に、異論を唱える者はいなかった。集団の長であるカルナリア嬢も全面的に同意し、決定となる。

一旦の目的地を定め、さらに魔導車は進みようやくアルガード領からベルゼス領へ。再び野営を行い、翌朝から半日ほど進めば、ダリルさんの言っていた村が見え始める。農作を主とする一般的な村で、周囲には開墾された田畑が一面に広がっていた。

「……妙ね。どの畑にも、作物がなにひとつ実っていないようだけれど」

「それどころか、酷く荒らされておりますね。なにかあったのでしょうか？」

前の席に座るふたりの会話につられ、車窓から外を眺める。育っていた作物の茎や葉は、ことごとくがぼろぼろ。大地には、食い荒らされた作物の残骸が無造作に転がっていた。荒い痕跡からして、人の手による行いではなく、恐らくは獣や魔物による被害か。

「酷いな……。この様子だと、収穫がなにひとつないぞ」

「大切に育てていたのに、かわいそうなのです……」

もしや村も被害を受けているんじゃ……？　一抹の不安がよぎる。しかし心配は杞憂に終わり、村の入り口では通りを歩く村人が魔導車に驚き、腰を抜かしていた。村自体は健在な様子で安心する。けれど、村人たちの健康状態は良好とはほど遠い。

停車した魔導車からこぞって降り、話をつけるためカルナリア嬢が村人に長の所在を尋ねる。当の長は騒ぎを聞きつけ、こちらから伺わずとも現場に駆けつけてきていた。立ち話もなんだということで、村長宅へお招きに預かる。

壮齢の村長はぐったりとしたイリスの様子を心配し、こちらから言わずとも部屋を用意してくれた。来客用とはいえ、なかなか立派なベッドが置かれている。ご厚意に甘え、弱るイリスをベッドに寝かせた。久々の柔らかな寝心地に、彼女はあっという間に寝入ってしまった。

「イリス様の具合はどうかしら？」

「咳はしていないけれど、少し熱があるかな。まぁ、しっかりと休んで栄養をとれば、すぐに治る範囲さ。今はシュリが傍についてくれてるよ」

恐らくはただの軽い風邪。だが、これで俺の考えは確信へと変わった。加護の恩恵で病気に罹るはずのない聖女が、風邪を引いたのだから。

生憎とこの村に教会はなく、頼みの神聖術を会得した者はいなかった。となれば民間療法に頼り、自力で治癒してくれるのを待つほかない。もっとも、ある程度まで持ち直しさえすれば、イリス本人が自分で神聖術を使うだろうけど。

「なら、しばらくこの村でご厄介になる必要があるわね。いいかしら、村長？」

「へぇ、そりゃかまいませんが」

イリスとシュリ、ヴァンガル兵を除いた面々が村長宅の広間で机を囲み、供されたお茶をすすりつつ会談を交わしている。なかなかの大所帯で世話になるんだ。乗り物があれなだけあって、奇抜な一団でもある。だからこそきちんと話をつけておかないとな。

「すでにご覧になったでしょうが、畑があの有り様でしてな。申し訳ないのですが、金銭をいただいたとしても、あなた様方に食事をお出しする余裕はないのです」

収穫目前の作物だけでなく、まだ青い実や若芽まで根こそぎ食い尽くされたらしい。幸いにも土中にある芋や根菜の大半は無事であり、現状は村の備蓄と合わせて凌いでいるそうだ。

「大丈夫よ、こちらの分は自分たちでまかなうわ。だから気にしないでちょうだいな」

カルナリア嬢の言うように、実際食料は豊富に用意してある。なにせイリスが大量に食べると見込んで調達したからな。だが旅を始めてみればあの調子で、本人はほとんど手をつけることがなかった。おかげで想定よりも食料の減りが遅く、たっぷりと残ってしまっている。

……あのイリスがほとんど食べていないのだから、決して喜ぶべき事態ではないんだけどな。

「ねぇ、村長さん。よければ、僕らに事情を話してくれないかな？　お世話になるお礼ってわけじゃないけれど、手伝えるのなら協力するよ？」

「あの畑の荒らされ方からして、相手は相当な数の獣とみましたが？」

アッシュとダリルさんが尋ねる。広大な畑全域が、例外なく被害に遭っていた。ゴブリンの悪戯で済む規模じゃない。ましてゴブリンが犯人なら、土中の作物を見逃すはずがないしな。

「まことで⁉　そりゃ助かりますが……」

村長はこちらの申し出に喜色を浮かべるも、すぐ浮かない顔に戻ってしまった。俺たちだけでなく、この場に同席してはいないがカルナリア嬢率いるヴァンガルの兵士たちもいる。彼らの存在は村長も知っていて、戦力的には申し分ないはず。

「とにかく、事情をお話しいたしましょう。やつらが現れたのは、十日ほど前のことです……」

村長の言う「やつら」とは、アルバトロスという魔物であった。簡潔に説明するなら、大型の鳥だ。翼を広げた姿は成人男性四人分にも及び、体毛は白く、羽先や尾先だけが黒くて鋭い。瞳は光が差し込まぬ深淵の色をしており、精神の弱い者が迂闊に目を合わせると恐慌状態に陥ってしまう。

……と、ギルドでもらった魔物図鑑に書いてあるな。

その魔鳥が群れを成し、村近くの森を根城としてしまった。数がとにかく多いらしく、村人たちだけでは対処のしようがなかったらしい。

「数なら、こちらも負けてないわ。空を飛ぶ相手なのが厄介だけれど……」

「キリク君がいるし、大丈夫だよー。ね？」

なぜ俺でなくお前が自信満々なんだ、アッシュ。勿論相手が飛ぼうが速かろうが、姿さえ捉えていれば撃ち落としてやるが。

「ありがたい。ですがあなた様方に、満足にお支払いできるほどの報酬が用意できないのです。というのも、すでに冒険者の方々を雇っておりましてな。彼らに支払う分だけで精一杯なのですよ」

なんだ、すでに人を雇っていたのか。村で雇った冒険者は五人組で、いずれもCランクの中堅どころ。すでに村を発ち、森へと討伐に向かったそうだ。

アルバトロスはDランクの魔物ゆえ、多いと聞く数次第ではあるが、彼らだけで十分対処できるだろう。村としては、この地域から追い払うだけでもいいらしいからな。

「当面の宿を提供してもらえるだけで謝礼は十分なのだけれど、先客がいるのなら横取りはよくないわね」

魔物から剥ぎ取れる素材や魔石は、時には報酬以上の値段になる。自分たちの手に余る相手でない限り、あとからやってきて獲物を狩ったとなればいい顔はされない。相手によっては揉めごとにまで発展してしまう。

なんにせよ、この村に数日滞在するのはすでに決定事項だ。宿代として、金銭と余剰分の食料を提供するということで話はつき、村長宅の一室と空き家を一件借り受ける。大所帯ゆえ手狭ではあるが、贅沢を言ったって仕方がない。兵士たちは交代で車中泊とし、話はまとまった。

さっそく案内された空き家で、カルナリア嬢の指揮のもと掃除にとりかかる。年季の入った家ではあるが、人が住まなくなったのはつい最近らしく、思っていたより埃は積もっていなかった。

空が夕日で赤く染まり、腹の虫が悲鳴を上げ始めた頃。総出で取り掛かっていた掃除は、ようやく終わりを迎えた。炊事当番の兵士が鼻歌交じりに夕食を作る姿を横目に、暇を持て余した俺は夕焼けを眺める。

「……退屈だし、イリスの様子でも見に行くか」

シュリを世話役として傍に置いているから心配はないが、食事ができるまでの暇つぶしだ。イリスも起きていれば、寂しがっていそうだしな。

お見舞いに行くのなら、ついでにアッシュも誘うか。そう思い姿を探すと、アッシュはダリルさんや兵士の人たちに交ざって、剣術の訓練に励んでいた。かかり稽古の形式で熱心に腕を振るっており、盛り上がっている。水を差すのも悪いと思い、そっとその場をあとにした。

「ま、ひとりでいっか」

どうせ夕食までの暇つぶしだ。ほかにやることがあるのなら、無理に誘う必要はない。炊事当番にひと声かけ、イリスがお世話になっている村長宅へと向かう。

手を頭の後ろで組み、道中をぷらぷら歩いていると、前方から見知った人物がやってくる。

「あら、キリク。もうすぐ夕飯時なのに、どこへ行くのかしら？」

出会ったのは、ほどいた髪を優しく丁寧に布で拭うカルナリア嬢だった。髪をほのかに濡らした彼女の薄着姿は艶やかで……なんというか情操的によろしくない。

そういえばカルナリア嬢は掃除が終わる間際、残りをダリルさんに丸投げし、村長宅へお邪魔していたんだっけか。旅で汚れた体を拭いたいと、抜け駆けしてお湯をもらいに行ったのだ。最初は風呂に入りたいと我儘をぬかしていたが、そんな贅沢な設備が村にあるわけもなく、ダリルさんに窘められていたな。

「掃除が終わって、暇になったんでね。ちょっとイリスの様子でも、と思ってさ」

「ふーん……。ということは、夕食はまだできていないのね？　なら、私も一緒に行くわ」

言うや否や小走りでこちらに駆け寄り、隣で肩を並べられてしまった。思いのほか距離が近く、内心とまどってしまう。

「いやいや、あんたさっきまで村長の家にいたんだろ？　それなのにまた行くのかよ」

断る理由はないのだが、距離の近さに動揺を隠せない。貴族の女性らしく香水をつけているのか、いい香りがするのも一因だ。

「別にいいじゃない。あなたとふたりきりで話す機会なんてなかったんですもの、だからちょうどいいでしょ？」

「そう、だったかなぁ……？」

思い起こせば、俺がひとりきりになる状況がここ最近はなかったか。イリス、シュリ、アッシュと、常に誰かしら一緒にいた。唯一単独でいたのは、用を足すときくらい。このお嬢様も、ダリルさんや部下の兵士と常時行動をともにしていたので、なおのこと今の組み合わせは珍しくある。

「ねぇ、キリク。私、あなたに聞きたいことがあったのよね。いいかしら？」

「俺に？　かまわないけど……」

なんだろう。答えられる範囲ならばいいが。

「……ティアネスを襲った大きな化物。あなたが倒したっていう話、あれは本当なの？」

「え？　あー、どうだかな。自分で言うのはなんだが、討伐に大きな貢献はしたと思う。だけど、決して俺だけの手柄じゃない。ギルドマスターや名乗りを上げた冒険者、町を守る衛兵たちみんなが力を合わせた成果だ」

うむ、模範的な素晴らしい回答だ。つい自画自賛したくなるが、実際に言葉通りだからな。

俺が誇らしげにしていると、なぜか訝しげな目を向けられていた。なんとなく考えていることはわかる。俺を身なりから値踏みしたうえで、本当に強いのか疑問なのだろう。

俺の基本装備は右腕に装着する古びた篭手と、腰に下げた石用の小袋、あとは投擲ナイフを収めたホルダーだけ。篭手についてはずっと装着していると蒸れるから、普段は外している。鎧の類は纏っておらず、ただ服を着ているだけ。反面、俺の傍には、英雄譚に出てくるいかにもな勇者然としたアッシュがいる。あちらと比較されれば、俺は貧弱に見えたって仕方がない。

移動中は魔導車の速さゆえ、戦闘を行う機会がほとんどなく、野営中に幾度か魔物が襲ってきた程度。その全てを彼女の臣下である兵士たちで処理していた。だから俺の実力を披露する機会がなく、結果として疑わしく思えるのだろう。

「人は見かけによらないって、よく言ったものよねぇ……。だってあなた、どう見ても強くなさそうなんだもの。この村にも住人として、違和感なく溶け込んでいるわよ？」

ほら、やっぱりな。というか、これは馬鹿にされているのか？　本人は悪意のないとぼけた顔をしているが、素で言っているとしたらなんと性質の悪い……。

怒りのでこぴんをかましてやろうかと考えたが、イリスとは違い、このお嬢様は冗談抜きに怒りかねない。短気を起こさず、冷静になって思いとどまった。

「王都に着いたら、買える範囲で防具を揃えるよ。そうしたら、少しはまともになるだろ？」

普段から後ろに位置する立場ゆえ、あまり必要性を感じていなかったが、いざというとき身を守る防具はあったほうがいい。それは常々考えていた。今回みたく、見た目で侮られるのも癪だしな。

「んー……防具も大事だけれど、それよりも服のセンスね。だってあなた、いかにも村人って装いで野暮ったいんだもの。あ、よければ私が見繕ってあげましょうか？」

酷い言い草だな。これでも俺なりに、精一杯お洒落しているつもりなのだが。でもまぁ、田舎者なのは否定できない。せっかくのお嬢様から直々のご提案だ、お言葉に甘えるとしようかね。

「ならそんときはよろしく頼むよ、カルナリアお嬢様」

「ふふん、素直でよろしい！」

ものはついでだし、シュリの服も彼女に見繕ってもらおうか。新しい服を買ってやると約束したきりだからな。野暮ったい俺が選ぶより、きっといい。

それにしても、話していて身分の差をまったく感じさせないお嬢様だ。こちらの馴れ馴れしい言動に、眉をしかめるでもなく普通に接してくれている。ダリルさんを除く、彼女の臣下である兵士たち。彼らとのやりとりを見ていれば、おおらかなのも納得がいくか。前にひと騒動あったハイネルみたいな貴族もいれば、彼女のような貴族もいるんだな。

カルナリア嬢は、聖女と行動をともにしていた俺に興味が湧いたらしく、会話はやむことなく続いた。といっても、こちらが一方的な質問攻めにあっているだけなのだが。

村の入り口付近にさしかかり、穏やかではない喧騒が耳に入る。数人の村人が集まってざわついている状況に、嫌でも気が付いた。

「なんの騒ぎかしら？　ちょっと行ってみましょう」

カルナリア嬢に手を引かれ、何事かと足を運ぶ。事情を知るため、近くにいた村人に尋ねた。

「森の方角を見てみな。依頼を受けてくれた冒険者さんたちが帰って来たんだ。でも……」

どうやら夕暮れ時になって、依頼を受けた冒険者組が村へと帰還する最中のようだった。しかし依頼を果たした英雄の凱旋にしては、皆浮かない表情。彼の指さす先には、夕日に照らされたみっつの人影。

そう、影は三人分しかなかった。村長の話では、彼らは五人組だったはずなのに。目を凝らし、彼らの様子を窺う。ふたりがひとりを挟み込む形で肩を貸し、半ば引きずるようにして村を目指している。急ぐ彼らの足並みからは、焦燥感が見てとれた。

「キリク、あれ！　空を見なさいな！」

カルナリア嬢に促され、視線を上げる。そこには赤に染まった大空を飛ぶ、四つの影。普通の鳥にしては大きく、あらかじめ影の正体を知っていなければ距離を錯覚しかねない。

「あれって……例のアルバトロス⁉　ってことは、あいつら討伐に失敗したのか⁉」

魔鳥の狙いは冒険者らしく、逃げた獲物を仕留めるため、追いかけてきたのであろう。地を進む冒険者と、空を飛ぶ魔鳥。二者の速度は段違いで、彼らを隔てる距離が徐々に縮まっていく。

「このままじゃまずいな、あいつら追いつかれるぞ！」

「あ、ちょっと！　キリク⁉」

カルナリア嬢の制止する声を聞かず、村を飛び出す。魔鳥とはかなりの距離が開いており、篭手を装着していない素手の状態では、自慢の投擲でも届くか不安だった。おまけに夕日が逆光となって直視しづらく、狙いをつけにくい。だから少しでも距離を詰め、少しでも太陽の位置を正面からずらしたい。

道を外れ、目をつけていた場所へと辿り着く。そこは周りと比べ、少し小高くなった丘。逆光が厄介だった太陽は視界の端までずれ、幾分か狙いがつけやすくなった。

全力で走ったため、体は息切れ状態。休みを入れたいが、差し迫る状況が許さない。右手に石ころを掴んだ頃には、すでに先頭を飛ぶアルバトロスが、鋭い鉤爪で獲物を狙い急降下を始めていた。

必死で逃げる冒険者たちを、上空から襲う脅威。アルバトロスが身を翻し、彼らの背へと凶爪を向けた刹那、絶命の声を残し空中から魔鳥は姿を消した。飛び散った血肉が降り注ぎ、抜け落ちた数多の羽が空中に舞う。

「よし、間に合った！」

魔鳥を撃ち落とした……というより、吹き飛ばしたのは右手から放たれた石礫。まさに鉤爪が彼らの背に触れる寸前だった。逃げる冒険者たちだけでなく、空中で強襲の体勢をとっていた残りのアルバトロスさえも、事態を飲み込めず困惑して動きを止めている。

静止したおかげで、的がより狙いやすくなった。残る三羽も逃がさず次々に撃ち落とし、ほかに仲間はいないかと空を睨む。視認できる範囲に影はなく、脅威は去ったと胸を撫で下ろす。

「村の人たち、今晩は鳥肉をお腹いっぱいに食べられるわね」

背後からの声に振り返れば、いつの間にかカルナリア嬢が傍にいた。手には蒼い刃を光らせた、十字翼の槍を携えて。女性にしては長身なカルナリア嬢だが、手にした槍の長さは彼女の背丈と同等か、少し短い程度。手ぶらの軽装だったはずなのに、どこから持ち出したのだろう。まさかこの短時間に、取りに戻ったなんてことはあるまいし……。

「ここから一度も外さず全て命中させるなんて、いい腕をしてるじゃない。焦ってこの子を呼び出す必要はなかったわね」

　この子とは、彼女が手に持った槍のことかな。呼び出すと言ったあたり、あの槍にはなにかしら魔法的な仕かけがありそうだ。

「これぐらいの芸当ができなきゃ、聖女様の護衛は務まらないからな」

「ふぅん、なるほどね。素直に、手放しで称賛できる腕前だわ。……ねぇ。もしなんだけれど、あなたさえよければ……」

　俺の腕を褒め、優しげに頬を緩ませたかと思えば、急に凛とした面持ちをするカルナリア嬢。磨き上げてきた技術を褒められるのは純粋に嬉しい。しかし、俺さえよければとはなんだろうか。投擲の指南を受けたいのであれば、一向に構わないが。

「……聖女様を王都へ送り届けたあと、私に仕える気はないかしら？　というのも、うちの隊で満足に後衛を担える子がいないのよ。弓を扱える子はいるんだけど、まだまだ未熟なの」

　少し間を置いたのち、発せられた言葉はまさかの勧誘だった。貴族のお嬢様から腕を見込まれてとなれば、とても名誉なことと思う。

「だからって俺を勧誘するなんて、随分と物好きだな」

「あら、私の人を見る目は確かよ？　それに少しでも有望な人材は、手元に置いておきたいじゃない？　ちなみに、アッシュにも声をかけているわ」

　なに、アッシュにもか。あいつの口から、そんな話があったなんて聞いちゃいないが……。

「あっちはなんて？」

「……断られちゃった。聖女様を送り届けたあとも、あの方のお口からもう大丈夫と聞くまでは、お傍にいたいんですって」

「なるほどな。……悪いが俺の答えもアッシュと同じで、理由も一緒だ」

返事は同じく辞退。ありがたい申し出であったが、今は受けるつもりはない。

「そう、残念ね。あーあ、断られちゃった。うちの待遇、すっごくいいんだけどなー」

眉を八の字にし、わざとらしく残念そうな素振りを見せるカルナリア嬢。ちらちらと視線を送ってくるが、考えを改めたりはしないからな？

「期待に応えられなくてすまないな」

「ううん、気にしないでちょうだい。もとより半分冗談のつもりだったもの」

なら残りの半分は本気だったってことだな。でなければそもそも、勧誘なんてしてこないか。俺が断る可能性は念頭においていたのか、残念そうな表情を浮かべたのも束の間。すぐにケロッとした態度となっている。もっとも、彼女なりに配慮して、表には出さないだけかもしれないが。

「いつでも歓迎するから、気が変わったらいらっしゃいな。さ、彼らへ手を貸しに行きましょう？」

最後にそう言い残すと、カルナリア嬢は冒険者たちのもとへ駆けて行ってしまった。負傷しているのか彼らの歩みは遅い。怪我の程度はここからだと判別がつかないが、挙動からして満身創痍なのは明らか。俺も遅れまいと、彼女の背を追った。

「っ⁉　こいつはえぐいな……」

三人の冒険者のもとへ駆け寄ると、負傷した彼らの姿に、カルナリア嬢とふたりして絶句してしまう。ふたりがかりで肩を貸されている男に至っては、酷いを通り越し、まだ生きているのかと疑問に思えるほど。あちこちをクチバシで啄まれたのか、全身が血に塗れ赤く染まっていた。

彼は皮の簡素な防具を身に着けているのだが、すでに役目を果たし終え、鎧の体を成していない。皮鎧に保護されていない部位は特に酷く、ところどころに穴が空き、骨が見え隠れしてしまっている。

顔を覗き込めば片目をやられたのか、左目は窪んでいた。そのため、血の涙を絶やすことなく流し続けている。目だけでなく耳や鼻も激しく欠損しており、唇すらなくしていた。歯茎が剥き出しの口から漏れる小さなうめき声だけが、彼の生存を教えている状態だった。

肩を貸す仲間のふたりも決して無傷ではないが、彼と比べれば軽傷といえる。ただ疲労と憔悴から、助けを懇願するのが精一杯の模様。

「これは一刻を争う状態ね。ともかく、彼を連れて急いで村に帰りましょう！　キリク、この人を背負ってもらえる？　私は後ろから支えるから！」

「わかった！　さ、早くそいつを俺の背に……」

背をかがめ、瀕死の男を背負う。彼はしがみつく力すらないのか、人形のようにおぶさるだけ。立ち上がった拍子に横へとずり落ちそうになるのを、すかさずカルナリア嬢が支えてくれた。

「ほら、しっかりなさいな！　……あなたたちは自分で歩けるわね？」

カルナリア嬢の問いかけに、頷くふたりの冒険者。瀕死の男を背負いつつ、出せる限りの速度で駆ける。

村に戻ってからは成り行きを見守っていた村人の案内で、小さな集会所に怪我人を運び込んだ。用意された大きな机の上に、ひとまず瀕死の男を寝かせる。カルナリア嬢は息つく暇もなく、隊の衛生を担当する兵を呼びに走った。一刻を争う事態とあってものの数分で、彼女は魔導車に積まれていた医療品一式と、兵を引き連れ舞い戻る。

「酷い怪我ですね⁉　まずは先に、血を止めないと……」

ボロ切れに成り果てた防具と衣服類を剥ぎ取り、手際よく全身の血が拭われていく。処置を施され、最終的に全身包帯でぐるぐる巻きとなった男。だが血止めの薬を塗られたにもかかわらず、無数の啄まれた傷からは血が滲み、純白の包帯を赤く変色させていった。

「駄目です、お嬢。これ以上は手の施しようがありません……」

「そんな⁉　頼む、こいつを助けてやってくれ‼　俺のたったひとりの弟なんだよ‼」

お手上げ状態となった衛生兵に、仲間の茶髪男が食ってかかった。肩を掴んで激しく揺さぶり、涙ながらに必死に懇願する姿はあまりにも悲痛で、見ていられない。

「落ち着いてください！　神聖術を用いない以上、応急処置だけじゃどうにもならないんです！」

「……やめろって。つらいのはわかるが、とにかく手を離せ」

生き残ったもうひとりの仲間、金髪の男が割って入り、なだめる。仲間の声で彼はなんとか落ち着きを取り戻すと、力なく地面にへたり込む。肉親の絶望的な未来に、男は声を押し殺して泣きはじめた。もう助からない。死を待つだけ。共通の認識が、重い空気となって場を支配する。

「……あいつを呼んでくる」

唯一、瀕死の男を死の淵から救い出す希望がある。神聖術の使い手ならばひとり、この村に滞在しているからだ。

「ちょっと待ちなさいな、キリク！　聖……あの方は、酷く体調を崩されているのよ⁉　ご自身を癒やすことすらままならないのに、無茶よ！」

「だからといって、見捨てられないだろ。可能性があるなら、それに賭けるべきだ」

自分を癒やせないほど弱っているのはわかっている。連れて来たところで、助けられる確証すらない。もし駄目だった場合、体だけでなくイリスの心にも負担をかける。だからといって、なにもせず見殺しにするわけにはいくまい。

村に来て、イリスが村長宅で寝入ってからすでに数時間。幾分か体力は回復し、調子もよくなっているはず。よくなっていると、賭けるしかない。

「あのお方……？　この際誰でもいい、頼む！　どうか弟を救ってやってくれ！」

僅かに差し込んだ光明を求めて、今度は俺がしがみつかれてしまう。仲間の金髪が強引に引き剥がし、後ろから羽交い締めにしながら彼を窘めた。

「だから落ち着けって！　……その方は、神聖術を使えるのですか？」

「あ、ああ。高位の神官だから、なんとかなるかもしれない。だけど彼女がさっき言ったように、体調を崩して寝込んでいる状態だ」

だから、必ずしも助かるとは限らない。それどころか男が負った傷の深さを鑑みるに、万全の状態となったイリスでもなければ難しいだろう。

確実性に乏しいと念を押すも、当然のごとく返答は是であった。

「かまわねぇ、頼む……！　このまま見殺しにするよか、僅かな希望でも縋りてぇんだ！」

兄である男は仲間の腕を振り払うと、跪いて額を地面に何度もこすりつけた。もはや時間の問題、風前の灯火といえる命。難色を示すカルナリア嬢の意見を跳ね除け、村長宅へと走った。

俺としても、弱ったイリスを頼りたくはない、できるなら休ませておきたい。けれど弟を思う彼の姿が、うちの兄と重なりどうにも放っておけなかった。なによりイリス本人が、救いを求める声を無視するはずがないのだから。

　村長宅に着くや否や、ノックをし、返事を待たずに玄関の扉を開く。村長自身も騒ぎを聞きつけあの場にいたため、事前に入る許可はもらっている。だが自宅で待つ夫人は事情を知らず、突然の強引な押し入りに悲鳴を上げられてしまった。

「驚かせてすまない、物盗りじゃないから安心してくれ。お宅で厄介になっている、うちの神官に用があるだけなんだ」

　両手を上げて無害だと主張しながら、イリスとシュリが借りている部屋へと入る。扉を開けば、ちょうどシュリが様子を確認するため飛び出そうとしたようで、鉢合わせてしまった。

「はぶっ⁉　いたた、ごめんなさ……あ、やっぱりキリク様なのです！」

　勢いよく飛び込み、顔面からぶつかった少女。赤くなった鼻をさすり、痛かったのか少し涙目だ。

　咄嗟に抱き寄せ、謝罪のつもりで軽く頭を撫でつける。

「おう、俺だ。突然で悪いけど、イリスは……」

「慌てているみたいですけど、どうされたのですか？　キリクさん」

　ちょうどよく目的の聖女様は目を覚ましており、呑気に夕食をとっている最中だった。イリスの手には消化によさそうなスープ。熱々なのか湯気が立ちのぼり、腹の空く香りが部屋中に漂っている。見たところ自力で匙を使い、起き上がって食べられるまでには回復している様子だった。

「……イリス、体調はどうだ？」

「え？　そうですねぇ……まだ頭がふらつきますけど、おかげ様でだいぶよくなりましたよー。カルナさんから、解熱に効く薬をいただきましたし。ベッドでしっかりと休めたので、ようやく効いてきたみたいですねー」

心配させまいとしてか、優しい笑みを浮かべる。確かに最初と比べ、随分と元気にはなっている。けれどまだ顔は赤く、熱が下がりきっていないのは明らか。ベッド脇に立ち、覗き込むようにしてイリスの顔を凝視していると、さらに赤みは増していく。しまいには顔を逸らされてしまった。熱がぶり返したのかと心配して気遣うものの、本人は大丈夫の一点張り。視線が泳いでいるあたり、強がっているだけにしか思えない。

……事情を話し、無理をさせていいものか躊躇われる。決心がつかずまごついていると、シュリが自慢の鼻をひくつかせ、俺の背後へと回り込むなり大声を出した。

「すんすん……キリク様から、血の臭いがするのです！　もしかして、怪我をされたです⁉」

「ふぇ⁉　キリクさん、大丈夫ですか⁉　すぐに治療を……」

やはりシュリにはばれるか。血塗れの怪我人を背負ったのだから、当然着ている衣服には血がべっとり付着してしまっている。着替える暇すら惜しかったために、そのままだ。集会所を飛び出す前に、布を拝借して外套代わりに羽織っていたが、漂う血の臭いまでは隠せやしなかった。

イリスは慌てて立ち上がるも、足に力が入りきらないのかふらつき、転びそうになってしまう。すぐさま体を受け止め、支えてやりながらゆっくりベッドへ座らせた。

「安心しろ、これは俺の血じゃない。俺は怪我ひとつしていないから……」

「では、その血は誰の……？」

落ち着いて話を聞くよう前置きし、ことの顛末をざっくり説明していく。全てを話し終えると、イリスはなぜ俺がここに来たのかを即座に理解してくれていた。

「キリクさん。早く私を、その方のおられる場所まで連れて行ってください。急ぎ私の力が必要なんですよね？」

「ああ、その通りだ。その通りなんだが……」

イリスの体調が、まだまだ復調とはほど遠い。先ほど立ち上がった際にもふらついていたし、この調子ではとてもじゃないが、死に際の人間を救えやしない。

「イリス、確かにお前の力をアテにして来たんだが、正直に言ってくれ。……今の体調で、まともに神聖術が使えるのか？」

俺の問いかけにイリスは返事をせず、行動で示して見せた。詠唱を唱え、自らに神聖術を施し始めたのである。

「……はい、大丈夫です！」

術を施し終えると、ベッドから跳ねるようにして立ち上がり、くるりとその場でひと回り。もう心配する必要はないと振る舞ってみせる。

……しかし俺の目をごまかすことは叶わなかった。彼女が自らに施した神聖術、放たれた治癒の光は元気だった頃に比べ、明らかに弱々しかったのだから。

「さぁ、早く私を連れて行ってください！」

強がって急かすも、引けきらぬ熱で上気した顔に汗が浮かんでいる。間違いなく、痩せ我慢をしているな。このまま連れて行っていいものかと逡巡するも、結局選択肢はひとつしかなかった。本人がやれる、できると断言してくれたのだ。ならば多少の無理は承知のうえで、イリスを、聖女様を信じるほかない。

「……わかった。じゃあ急ぐぞ！」

イリスに神聖術を施してもらうと決め、お姫様抱っこをする形で体を抱き上げる。腕にのしかかる柔らかな感触と重み。……前より少し軽くなったな。

「はひゃっ⁉　ちょちょちょっとキリクさん⁉」

「病み上がりのお前を連れ歩くより、こっちのほうが速いからな。我慢してくれ」

「でもでもでも、恥ずかしいですよぉー……」

恋人同士じゃあるまいし、抱いている側の俺だって恥ずかしい。本当ならば背負って連れて行きたい。しかし布を纏っているとはいえ、俺の背中は生憎と汚れているからな。

「……イリス様が、ちょっと羨ましいのです」

羨望の眼差しで指をくわえ、尻尾を振る犬っ娘。羨むほどのものかは疑問だが、シュリの発言は軽く受け流しておく。イリスを抱きかかえ、瀕死となった男が待つ集会所に急ぎ舞い戻る。待望の神官が登場し、絶望に沈んでいた空気が僅かばかり軽くなった。

全員の視線が、俺の腕に抱えられた少女に集中する。静まり返る中、足音を響かせて歩く。瀕死となった男の近くまで行くと、彼が横たわる傍にイリスを降ろした。着地の際、ふらつきそうになったのを手で支えてやる。顔色が優れないのは明らか。だからといってほかに選択肢はなく、彼女に託すしかない。

「神官様、頼む……。どうか、弟の命を救ってくれ！」

切に籠められた、縋る男の祈り。イリスは振り返って彼に向き合うと、優しく微笑んだ。

「任せてください」

強い意思の宿る言葉。怪我人に向き直ると両手を翳し、神聖術を施し始めた。奮闘するイリスを横で見守る。やはり俺の見間違いではなく、放たれる治癒の光が弱々しい。それでもイリスは、懸命に神聖術を施し続ける。

周囲が固唾を呑んで見守り、時の流れが遅く感じられた。実際はまだ十分経ったかどうかすら怪しいのに、まるで一時間はすぎたかのような感覚に陥る。

イリスの対面側に立ち、補助に当たっていた衛生兵が治癒の経過を診るため、包帯をほどいていく。肉を啄まれ、骨が覗いていた傷は、痕こそ残っているがほぼ塞がっていた。滲み溢れ続けていた血も、綺麗に止まっている。だが同時に……。

「脈が……なくなりました。イリス様、これ以上の治癒はもう無意味かと。無茶をすれば、あなた様のお体にも障ります」

怪我人の右手首に指を押し当て、灯る命の終わりが告げられる。生きるため懸命に息を吸い、上下に膨張と縮小を繰り返していた男の胸板は、とっくに動きを止めていた。苦しげな呼吸の音は消え、静寂が支配する。

「ポール……！　そんな、あんまりだ……‼」

兄の男は物言わぬ骸と成り果てた弟を、人目を憚らず抱きしめる。掠れた声で呼び続けるのは、亡くなった彼の名であろう。

無念の結末となり、ただただ呆然と兄弟の姿を眺めるイリス。顔には憔悴が浮かび、光の抜け落ちた瞳は暗く沈んでいた。声をかけようにも、月並みな言葉しか浮かばない。しかしそれでもなにか行動を起こさねばと、イリスの肩に手を置く。

「ちょ、イリス⁉」

手が触れた瞬間、イリスはその場に崩れ落ちた。咄嗟に体を支え、呼びかけるも意識を失ってしまっている。息遣いは荒く、体が熱い。赤みを増した額に手を当てれば、せっかく下がりかけた熱が完全にぶり返していた。

「……すまん、イリスを休ませてくる」

「ええ、そうしてちょうだい。……あとは私たちでしておくから」

息苦しい空気の中を突っ切り、再びイリスを抱えて、重い足取りで村長宅に帰った。

「やっぱり、無理させるべきじゃなかったのかな……」

ベッド脇に置かれた椅子へ腰掛け、眠るイリスの顔を眺めながら後悔を呟く。結局ポールと呼ばれた冒険者は助からず、イリスの体調も悪化。最悪の結末となってしまった。

イリスならば、なんだかんだ奇跡を起こしてくれると信じていた。完治は難しくとも、命は繋ぎ留められるだろうと。

「聖女って肩書きを、盲信しすぎていたんだな……」

「当たり前なのです、キリク様！　イリス様だって、ひとりの女の子なのです！　聖女様であっても、万能じゃないのです！」

連れ出して無茶をさせた俺に対し、シュリはご立腹であった。おかげで珍しく、普段の立場と逆転し説教を受けてしまう。

「……返す言葉もないな」

イリスの体を気遣い、見捨てる選択こそが最良だったのか。認めたくはないが、結果だけを見るとそうなる。冒険者の彼らには申し訳ないが、死の運命からは逃れられないのであれば、最初から希望を持たせなければよかった。見捨ててさえいれば、持ち上げて落とすことなく、イリスにだって負担を強いずに済んだのだから。

「きっと、落ち込むよな」

言葉がため息と一緒に吐き出される。

「当然ね。これまで万人を救ってきた聖女様が、自分の手で命を取り零したんですもの」

気付けば後ろにカルナリア嬢が立っており、見下ろす目から、まるで責め立てられているかのような錯覚に陥る。

「とはいっても、未来なんて誰にもわからないものよ。あの状況なら、聖女様に頼るしか方法はなかった。キリク、あなたが取った選択は間違っていないわ」

カルナリア嬢はイリスに頼るのに否定的だったはず。なのにまさか擁護されるとは。冷ややかなお小言をいただくかと、思わず身構えたんだがな……。

「意外だな。イリスに無理をさせたから、怒るのかと思った」

「赤の他人だったから、冷静でいられただけよ。でもあれがもし自分の身内だったら、と考えればね……。助かる可能性が、手段があるのに、出し惜しみされたくはないもの」

自己嫌悪に陥りかけていたが、彼女の言う通りだ。たとえ僅かな希望であっても、むざむざ放棄すべきじゃないよな。

「……ありがとうな。少し気が楽になった」

「どういたしまして。それで、ここにはあなたを呼びに来たの。イリス様のお傍にいたいでしょうけれど、付き合ってもらえるかしら？」

当分、イリスが目覚める様子はない。俺が傍にいたとしても、できることは精々額の汗を拭き、手を握っていてやるだけだ。目を覚ましたらすぐ知らせてくれとシュリに伝え、カルナリア嬢に連れられてイリスの傍を離れる。

「それで、俺に用って？」

「魔鳥の件についてよ。これから話し合いをするの。キリクはアルバトロスを落とせる欠かせない戦力なのだから、参加してもらうわ」

帰還した冒険者たちの酷い惨状から、依頼は失敗したのだと察しがつく。ならば次は、こちらに白羽の矢が立つのも頷けるか。

カルナリア嬢から案内されたのは、同じ村長宅の居間。すでにダリルさん、アッシュ、村長、冒険者パーティの金髪の男と、主要な面々が揃っていた。どうやらあとは俺たちを待つだけの状況だったようだ。俺とカルナリア嬢は、空いた長椅子に並んで腰をおろす。

「お嬢様、お手数をおかけしました。キリク君、イリス様の容態はいかがですか？」

「突然倒れられたんだもの、あまりよろしくない……よね？」

ダリルさんとアッシュが、イリスの体調を心配してくれていた。部屋まで押しかけなかったのは、負担になると気遣ってのことだろう。

「深く寝入っているよ。シュリが傍についてくれているから、今は休ませてやろう」

簡潔にイリスの状態を伝えておく。今晩は様子を見て、快調の兆しがなければ手を打つ必要がある。カルナリア嬢に頼み込んで魔導車を動かしてもらい、近隣の集落から神聖術の使い手を探し、連れて来なくてはならない。

「神官様の体調は心配だ。俺たちのせいで倒れられたのだから、なおさらな。だが、目下速やかに対応しなければならないのは、彼女ではなく件の魔鳥だ。放っておくと農作物にとどまらず、村の住人にまで被害が及びかねん」

口を挟んだのは、同席する冒険者の男。彼にとっては、イリスの容態など所詮は他人ごとか。勿論彼とて、イリスを心配していないわけじゃない。仲間を失った直後であり、さらにはどうしたら失態を拭えるかで頭がいっぱいなのだろう。余裕のなさが言動に表れており、気が急いている様子だった。

「私たちもお世話になったのだから、手伝わせていただくわ。だから安心してちょうだいな」

「お嬢様がお決めになられたのならば、我々は従うまででございます。そうと決まれば、まずは情報がほしいですね。……おつらいでしょうが、お話し願えますか？」

ダリルさんが、冒険者の男に情報の提供を求める。周りは口を閉じ、自然と注目が彼に集まった。

「ああ、全て話す。その前に自己紹介がまだだよな。俺はスミス、よろしく頼む」

スミスと名乗った金髪の彼は、壊滅した冒険者パーティのまとめ役。もうひとり、先ほど息を引き取った男の兄であるマカトニは、しばらく弟とふたりきりにしてほしいと望んだため、この場には同席していない。ほかに弓士と魔導士の仲間がいたそうなのだが、ふたりは魔鳥の巣食う森にて帰らぬ人となっていた。

「あなたたち、冒険者ランクはCなのでしょう？　アルバトロス相手に、後れをとるだなんて思えないのだけれど……」

「相手を舐めていたわけじゃなく、ちゃんと勝つ算段をつけて挑んださ。数が多いとは聞いちゃいたが、十や二十程度なら対処できる範疇だったんだ」

彼らはパーティ単位であれば、Bランクにも匹敵するのだと豪語した。自信満々に語るのだから、嘘や奢りではあるまい。ならば実力ある彼らが、なぜ壊滅にまで陥ったのか。

「森の奥に一羽だけ、普通よりふた周りは大きい個体がいやがったんだ。断定はできないが、あれは恐らく……」

「王級《ロード》……ですか？」

スミスが最後まで言い切る前に、ダリルさんが先に答えを述べた。どうやら推論は当たりらしく、彼は静かに頷き肯定する。

『王級』。俺が以前狩った、ゴブリンロードのような存在。群れを束ねる王であり、通常より何倍も強力な個体となっている。通常種より最低でも二ランクは上に設定され、国やギルドからも見つけ次第、速やかな討伐もしくは報告を義務付けられている。

野放しにすれば王はより強く成長していき、同時に従える群れの規模は際限なく肥大化する。成長しきった王は他種の魔物さえ従え、軍隊規模で動かねば討伐すらままならなくなるという。

過去に幾度か、魔王と呼ばれる存在が歴史の合間に現れており、その正体は王級が最大まで成長しきった魔物であった。前回の魔王は先々代の勇者によって討ち取られ、彼が魔王を討伐する物語は英雄譚として、現代でも詩人によって広く語られている。

前に俺が討伐したゴブリンロードは、そもそもゴブリンという種自体が弱く、束ねる群れも小さな若い王だった。だからこそ、若造が単独であっても勝てたにすぎない。

「アルバトロスってDランクの魔物だよね？　王級であったとしても、たいした脅威にはならないんじゃないのかな？」

「俺たちもそう考えたさ。だからこそいけると判断して、結果この様だ……」

頭を務める自分が判断を誤ったのだと、スミスは肩を落とす。勿論仲間全員の総意があったうえでの行動だろうから、彼だけを責めるのは酷であるが。

「本当に情けねぇよ。なんせろくに手傷すら負わせられず、仲間の犠牲を利用して逃げ帰ったんだからな……」

「ふむ。魔導士や弓士の方がおられたのに、手も足も出なかったのですか？」

「おかしな話よね。魔導士がいたのなら、少しくらいは傷を与えられたはずでしょ？」

スミスたちの整ったパーティ構成で敗走という結果に、ダリルさんとカルナリア嬢は納得がいかない様子であった。

攻撃魔法といえば、ティアネスで見た火の大魔法が思い浮かぶ。脳裏に蘇るのは燃え盛る大地の光景。魔法というものは、たった四人だけでもあれだけの破壊を行える。個人単位ですら、相当な威力を発揮するはず。

「……風だよ。やつは風を纏っていたのさ。うちの魔導士は風魔法を扱うんだが、相手のほうが上手だったらしくてな。風の刃は相殺され、起こす旋風も羽ばたきだけでかき消されていた。頼みの綱だった弓に至っては、どれだけ矢を射ろうが全部弾かれちまって、本体まで届きやしねぇ」

「暴風の鎧ってわけだね？　うーん、厄介そうだなぁ……」

困った素振りをするアッシュ。けれど顔はさして困った表情をしておらず、しきりに俺へと視線を送ってくる。まるで「キリク君ならどうにかできるでしょ？」とでも言いたげだな、この野郎。

実際に試してみない限りなんともだが、篭手の力を使えば突き破るのは容易いはず。

「あの～、口を挟んで申し訳ねぇですが、その危険な鳥は討伐してもらえるんで？」

手を挙げ、おずおずと発言したのは村長。村長からしてみれば、危険な化物が村近くの森に潜んでいるのだ。村を治める者として、早急に対処してほしいに決まっている。なにより、もっとも恐れているのは食料。村の住人たちのではなく、魔鳥の群れの、だ。

「村の畑は化物鳥に食い尽くされ、なにも残ってはいやせん。手近な餌がなくなっちまい、次に狙われるのは……」

「間違いなく、村に住む人たちね」

これまで村人に被害がなかったのは、彼らが丹精込めて育ててきた作物があってこそ。身代わりとなっていた畑が全滅したのだから、防波堤がなくなったも同然。

「俺たちが確認した範囲じゃ、森の中でも動植物ががっつりとやられていたぜ。やつら以外、生き物のいない死の森になっちまってる」

根城となった森は、とうに蹂躙されていたか。ならやはり、村人が狙われるのも時間の問題だな。

「恐らくですが、群れは餌を食い尽くすごとに移住し、各地を転々としていたのではないでしょうか。でなければアルバトロス如きの王級が、それほどまで強く成長できるとは思えません」

ずっと同じ場所に定住し続ければ、いずれは見つかり討伐隊が組まれる。今回のアルバトロスロードは、危機が訪れる前に渡り鳥のように移住して難を逃れ生き延び、力をつけてきたのか。王級はおいそれと生まれる存在じゃないが、移動能力に長けた種は取り逃がしやすく厄介そうだな。

「鳥型の魔物って、こういうことがあるから厄介なのよね。まったく、勇者様はどこで油を売っているのかしら？」

ん？　なぜここで勇者の名が出てくるのか。カルナリアの言葉に対しての疑問が顔に表れていたのか、隣に座るアッシュがこそっと耳打ちで教えてくれた。

「キリク君。勇者様って、魔王の芽となる王級を狩るため各地を旅しているんだよ。ここ数十年魔王が現れず平和なのも、勇者様のおかげなんだよね」

初めて知った衝撃の事実。俺はてっきり、悪徳貴族なんかを成敗しながら、世直しのため旅をしているのだと思っていた。実は重要な使命を担っていたのな。

「言われてみればここしばらくは、ご活躍を耳にしておりませんね。ですがお嬢様、この場におられない方を頼っても仕方がありませんよ」

「わかっているわよ。でもよかったわね、村長。ここにはちょうど、討伐に十分な戦力が揃っているわ。だから安心して私たちに任せなさいな！」

この村にとっては僥倖だったな。なにせ偶然にも、彼女が率いる小隊が訪れたのだから。決して侮るわけじゃないが、成長した王級のアルバトロスであっても、数で挑めば討伐できるはず。さらなる成長をさせないため、逃がさずに必ずここで仕留めるべきだ。

「俺も参加させてもらうが、いいか？　せめて一太刀でも浴びせて、仲間の死を弔いたい」

酷い目に遭ったはずなのに、心が折れずに立ち向かえるとは強い男だ。

異を唱える者はなく、満場一致でアルバトロスの討伐が決定した。魔物とはいえ、相手は鳥類。

それゆえ夜間は活動せず、いつも早朝に農作物を荒らしに来るのだという。翌朝にも必ずやってくる保証はないが、今夜から準備をし、迎え討つ手筈となった。

(二) 日の出の討伐戦

まだ日も昇らぬ夜更け。村と森の中間に位置する草原で陣を敷き、いつでも迎え討てる準備が整えられていた。

「う～、寒いなぁ……」

もうじき霜の降りる時間とあって、気温が低く手がかじかむ。十分な防寒をして挑んだつもりだったが、甘かった。まだ足りないぐらいだ。

「キリク君、こちらをどうぞ。芯から温まりますし、眠気も覚めますよ」

「んあ？　あぁ、ありがとう」

ダリルさんから受け取ったのは、謎の黒い液体が注がれた木杯。湯気が立っていて、沸かしたてのようだ。手で持つ分には温かくて嬉しいのだが、その中身はいざ飲むとなれば躊躇われた。

「えっと、これは？」

「おや、ご存知ありませんでしたか。これはカフィーといって、煎った豆を煮出した飲み物ですよ。騙されたと思って、飲んでみてください」

大丈夫だと証明するためか、目の前でダリルさんは杯を飲み干していく。彼を見習い、俺もひと口。こわごわと、黒い液体を喉の奥へと流し込んだ。

「うげ、にっが……」

うん、はっきりいって不味い……。見た目通り、美味しい飲み物ではなかった。

「ははは！　なに、年をとればこれが美味しく感じられるようになるのです」

「あら、なら私はまだまだお子様だと言いたいのかしら？」

会話に交ざりこんできたのは、同じく木杯を手に持ったカルナリア嬢。彼女の発言からして、俺と同様にカフィーを美味しく感じられないんだな。

「ミルクと砂糖をふんだんに加えれば、とっても美味しくなるのだけれどね」

だが生憎、ミルクさんと砂糖様は不在。ないものねだりをしたって仕方がなく、彼女もまた顔をしかめながら、黒い液体を胃の中へと流し込んでいく。

「ま、この苦さは確かに目が冴えてくるな……」

せっかくいただいたのだからと、最後の一滴まで飲み干す。良薬は口に苦しだ。おかげで体は温まり、眠気もどこかへと吹っ飛んだ。

「僕はなかなかいけるけどねー。シュリちゃんは……聞くまでもないみたいだね」

「……アッシュ様にあげるです。わたしはもういらないです」

顔をしかめながら半分出された舌が、言葉にせずとも感想を物語っている。半分以上も中身が残った木杯を、アッシュはシュリから受け取り、一気に飲み干してしまった。

太陽がようやく顔を覗かせ、空が白み始めた頃。哨戒に立つ兵から、時の訪れが発せられた。

「お嬢、来ました！　数は……目視で十五！　なお、王級らしき個体は見当たりません！」

昨日スミスが、すでに相当数を狩ったと話していた。最終的に乱戦となったため、詳しい数は把握できていないらしいが、手足の指では足りないほどには討伐したと。だがまだ十五羽もの数が村目掛け飛来してきており、さらには王がまだ控えている。当然、王を守る個体も存在しているはずなので、見えている数の倍は想定しておくべきか。

「いよいよね。……いいこと、あなたたち。弓の腕がまだまだなのは私も知っているけれど、せめてひとり二羽は落としなさい？」

カルナリア嬢は臣下の弓兵三人を並ばせ、活を入れる。ひとり二羽だと計算が全然合わないが、よもや残りは俺頼みか？　訝しげな視線を送ると、ウィンクで返された。やはりわざとか。

「お嬢、俺たちをあまり舐めないでもらえますか？」

「そうですよ。下手な弓も、数撃ちゃ当たるって言葉知ってます？」

「だいたい、そいつは本当に役に立つんすか？」

同じ敵を撃ち落とす役目において、主人であるカルナリア嬢が、自分たちより付き合いの短い俺に信頼を寄せているのが気に食わないらしい。とはいえ、俺も自分の腕には絶対の自信がある。なんなら、全てひとりで撃ち落としてやったっていい。三人がかりで睨まれるのは少々堪えるが、毅然とした態度は崩さない。

「はぁ……。あなたたちの腕を自慢できれば、どれだけ誇らしいでしょうね……」

「お前たち、お嬢様を落胆させるんじゃない！　しかもなんだ、十射って一しか当てる自信がないのか!?　情けないぞ！」

普段温厚なダリルさんに叱咤され、彼らは俯いてしまった。しかしながら彼ら三人の弓兵は、弓をとってからまだ日が浅いそうだ。ならば腕が未熟なのも頷ける。

「なぁ、あれを全部討伐してしまっていいのか？　異変を察知して、王が逃げたらどうする？」

「キリク君の懸念はわかるけど、見過ごしたら村が襲われちゃうよ？　村長の家にはイリスさんもいるから、やるしかないよ」

　まだ寝込んだままのイリスは、村長夫妻に面倒を任せている。だからアッシュの言う通り、村を守ることはイリスを守ると同義の状況だ。念のため、カルナリア嬢が兵をひとり護衛に残してくれたが、一羽も通さないのが望ましい。

「尻尾を巻いて逃げだす王であれば、所詮その程度ね。民あってこその王でしょう」

　群れの配下が殺されれば、間違いなく姿を現すと断言するお嬢。王という存在に対し、随分と理想を抱いていやしないだろうか。いや、俺も王様の人柄なんて知らないけどさ。相手は人と違い、魔物。思い通りに動いてくれるとは限らないぞ。

「王を取り逃がしやしないか、危惧されているのですね。ですがなにも我々は、必ずしも王を討伐せねばならぬわけではありませんよ」

　追い払えれば御の字だと、ダリルさんは話す。討伐を目的に編成された部隊ではないのだし、できる範囲で行うしかない。被害を抑えることが主目的との判断には頷ける。

「討伐できればそれが一番だけどね。逃げられたとしても、速やかに近場のギルドなりに報告すれば十分だよ」

　ダリルさんの言葉にアッシュが補足を付け加えた。情報を伝えさえすれば、対象の魔物と相性のいい編成で討伐隊が組まれる。戦力が足りないなら、領主や国から派兵を要請できる。網を張っておけば、時間がかかってでも必ず見つけ出し、討伐してくれるだろう。人に発見された時点で、やつらの運命は決まっていたか。

「あちらも私たちに気付いたみたいね。いいこと？　まずはたくさん射って、注意を引きつけなさい。絶対に村へ向かわせちゃ駄目よ！」

「前衛はふたりひと組で、地に落ちた個体にとどめを刺すんだ。いいな？」

あらかじめ決められていた手筈であったが、カルナリア嬢とダリルさんが最終確認として復唱する。兵は威勢よく返事をし、アルバトロスの襲来に備えた。

「へへ、一番手いただき！」

功を焦ったのか、弓兵組のひとりが矢を放つ。アルバトロスとはまだ距離があり、性能面から考えて彼らの弓では到底届かない。

「お前、馬鹿だろ⁉　まだ弓の射程じゃないって、普通わかるっしょ⁉」

「いやははは……面目な――」

空の彼方を飛ぶ魔鳥の一羽が、羽を散らして垂直に落下していく。断末魔の悲鳴すらなく、落下する勢いのまま地面に叩きつけられていた。

「え、うっそ⁉　見たかよ、今の。俺やっぱ才能あるんじゃね⁉」

「いやいやまぐれだろ……？　でも、やるじゃんか！」

訓練の成果が実を結んだのだとし、気分を高揚させ喜び合う弓兵の三人。彼らのはしゃぐ姿に、カルナリア嬢が呆れていた。

「……水を差して悪いのだけれど、あなたの放った矢じゃないわよ」

「この距離から射程内とは、恐れ入りますね。お嬢様から伺っていた通り、素晴らしい腕前です」

実は先走ったのは弓兵の彼だけでなく、俺もである。といっても、こちらは気が急いて投擲したのではなく、単純に敵が狙える範囲へと入ったから。相手は言葉が通じる人間ではないのだし、問答無用で先制したって構わないよな。

ちなみに彼の放った矢だが、放物線を描き、虚しく地面に突き刺さっている。

「ほら、がっかりしている場合じゃないでしょ？　早く弓を構えなさいな」

「さっきの一撃で都合よく、僕たちを標的にしてくれたみたいだね」

空高く飛ぶ鳥影は、徐々に高度を落としつつある。あの飛び方は、村を目指す動きではない。

「狙い通り、上手くいってくれたみたいだ」

なんてな。実際そういった思惑はなかった。やつらが俺たちを無視して村を目指そうが、辿り着くまでに全て撃ち落とす魂胆でいたからな。

続けて二投目を放ち、さらに一羽の魔鳥を落とす。俺が行う投擲の一部始終を、まじまじと隣で目撃した弓兵組。「もう全部、あいつだけでいいんじゃないかな」などと思われていやしないか、やる気を失くしていないかが心配になってくる。

しかし彼らの根性は存外据わっているらしく、なにくそと発奮。魔鳥が弓の射程に入るなり、怒涛の勢いで矢を放ち始めた。彼らの見せた気概に、カルナリア嬢はいたく感心を示した。

「その調子で頑張りなさいな。……でも、矢は無尽蔵にあるわけじゃないのよ？」

命中率では敵わないと判断したのか、前言通り回転率を重視して次々放たれていく矢。下手な弓も～とはよくいわれたもので、数多放たれたうちの何本かを命中させている。ただしマグレ当たりにも等しく、いずれも急所には刺さらず、魔鳥は生きたまま地面に落下。すかさず地上で待ち受けていた兵が駆け寄り、容赦なく息の根を止めていった。

次第に空から悲鳴とともに姿を消し、地上で骸の数を増やす魔鳥アルバトロス。接敵から五分と経たず、もう終わりを迎えてしまった。自陣の人的被害はなし。むしろ、前衛組はろくに働く機会さえ与えられずといった結果。

戦闘終了後は、あちこちに散らばったアルバトロスの死体を一箇所に集める。体を動かし足りない前衛の兵士は、ここぞとばかりに作業を進めていた。

「死体とはいえ、目を覗き込むんじゃないぞ！　油断していると精神を持っていかれるからな！」

先ほどの戦闘があっけなく終わったためか、調子に乗り悪ふざけを始める兵士たち。歳若い者ばかりが集まっているので、すぐ有頂天になるようだ。そんな彼らに、ダリルさんから注意が飛ぶ。

アルバトロスが持つ深淵の双眸。一端の兵士ともなれば、よほどじっくり眺めない限り危険はないが、留意しておくべき注意点ではある。死体の処理は彼らに任し、俺は次に備える。奮迅の活躍を見せた弓兵たちは、カルナリア嬢に戦果の報告をしていた。

「お嬢！　命じられていた倍の数、四羽も落としましたよ！」

「ふぅー。俺は二羽だけど、割り当て分は達成したっす」

「……一羽、だけ」

彼らが落とした数は、三人で計七羽。あれだけの矢を放った割には、物悲しい戦果といえよう。

ちなみにだが、残る八羽を落としたのは俺。頭部を狙った必中絶命の一撃に、おかげで前衛組まで仕事が回らなかった。

「キリク様。本気ではなかったみたいですが、どうかされたのです？」

「はしゃぐあいつらを見てたらさ、なんだか遠慮しちゃってな」

意気揚々と当てた数を報告する姿が、なんだか子供の頃の自分を思い出し、微笑ましくなってしまった。とはいえイリスを守るためにも、一羽たりとて戦線を突破させやしない。彼らの取り零しを率先して狩るよう、心掛けていただけのこと。標的に対しては、微塵も手を抜いちゃいない。

「あなたたち。喜ぶのはいいのだけれど、矢の補充を急ぎなさいな」

図に乗る前にカルナリア嬢から戒められ、慌てて彼らは魔導車の荷台へと矢を補充しに走る。俺もまた、投げて消耗した分の石ころを拾い集めた。草地のためか小振りの石ばかり目立つも、こうやって簡単に補充できるのは強みだな。川原ともなれば弾の宝庫だ。

「……あ！　キリク様、あれ！　森のほうから、大きいのが飛んでくるです！」

せっかくなので暇つぶしに形まで厳選していると、シュリが大声で第二陣の到来を告げた。遅れて歩哨に立つ兵からも報告が届く。

「さっきの倍はいるかな？　それにしても、王級はわかりやすいね━。一羽だけ浮いているもん」

右手を水平にして、目の上で日除け代わりに翳し、遠く森側の空を眺めるアッシュ。真似て目を凝らせば、三十は超えるであろう数の黒い点。小粒に囲われた中心でひと際大きく、かつ異彩を放つ存在があった。

「あれらが群れの全てでしょうか」

「さあ、どうかしら？　でも王様が自ら出向いてくれたのですもの、歓迎しなくてはね」

数は先ほどの倍を超え、さらには王級という強大な存在。カルナリア嬢が引き連れる兵は、ダリルさんを除き場数の少ない若手ばかり。いざ王級を前にして、さすがに動揺が見られる。しかし不幸中の幸いか。第一陣が快勝だったおかげで、士気は上がったままだ。

「そろそろ俺の射程に入るな。どれ、まず挨拶代わりに……」

「待ちなさいな、キリク。手を止めてちょうだい」

先手を切ろうと振りかぶった途端、カルナリア嬢に腕を掴まれる。

「カルナリア様、どうして止めるです？　早くキリク様にやっつけてもらうです！」

「駄目よ、シュリちゃん。……いい？　王を先に倒してしまえば、従える群れが統率を失うわ。逃げずに向かってきてくれればいいけれど、そうでなければあとが厄介よ」

……なるほど。つまるところ、ゴブリンロードのときと同じか。生き残りが四方八方に逃げ去ってしまい、残党の処理が面倒になる、と。また、逃げた先で新たな群れを作りかねない。

「森狩りまでは面倒みきれないけれど、せめて確認できている範囲は殲滅しておかなきゃね」

「なによりキリク君の投擲が、風の鎧に通じるかまだわかりません。距離があるうちから手を出して、仕留め損なえば警戒して逃げられますよ」

ううむ、そうなると煩わしいな。一撃で仕留める自信があるからこそ攻撃を試みたが、万が一の場合も想定しておくべきだった。討伐の成功率を上げるためには、我慢が必要な場面だ。射程ギリギリからではなく、猶予ある距離をとってさえいれば、保険が利く。初撃をしくじったとしても、離脱される前に続く二投目で補えるからな。

「自信があるのは結構だけれど、勇みすぎるのはよくないわね。……あ。あなたたちは射程に入り次第、矢を射始めなさいね？」

どうせ当たらないから、と。弓兵の彼らには手厳しいことで。

彼らは平常運転で射撃を開始するようだが、まあ腕前は傍から見ていてもお察し。魔鳥側もデタラメに矢が飛んでくるだけなら、踵を返したりはしない。むしろ舐めてかかってくるかな。

「キリク君は切り札だからねー。言っておくけど、僕も負けないよ？　地上に降りてきたら、一太刀で仕留めてみせるから！」

「もしキリク様が襲われそうになっても、わたしが守るです！」

頼もしいね、俺の仲間は。ふたりが傍にいてくれるからこそ、安心して攻めに専念できる。

やがて王率いるアルバトロスの群れは弓の射程圏内に入り、五月雨のごとく矢が放たれる。前回より数が多く、また二度目とあって要領を掴んだのか、比較的命中率がいいようだ。もっとも矢が当たったからといって、必ず落ちるとは限らないが。

「いいか、お前たち！　ふたり組の状態を崩さず、必ず多人数で当たれ!!」

単独になれば危険、脆い部分が狙われるのが世の摂理。ダリルさんはしきりに声を張り上げ、複数での行動を徹底させていた。幸いにも俺にはアッシュとシュリという、優秀な剣と盾がついてくれている。弓兵組にはダリルさんとカルナリア嬢、冒険者のスミスが守りについて磐石だ。狙われようものなら、むしろ返り討ちにしてしまうだろう。

何羽ものアルバトロスが地上の標的を狙い、空から急降下。鋭い鉤爪を剥き出しにし、一斉に強襲を仕かけてくる。兵たちは盾役が攻撃を受け止め、相方が剣や槍で翼を狙う戦法を取り、空へ舞い戻る手段を絶っていく。

飛べなくなったアルバトロスは、地上では足で跳ね回るだけの雑魚と化している。鋭いクチバシを突き出してくるが、油断さえしなければ問題なく対応できる範囲。とどめは二の次とし、兵たちは着実に魔鳥の翼をもぎ地上へと繋ぎ留めていった。

しかし、いかんせん数が多い。兵士の連携は見事だが、少しずつ負傷者が出始めている。本来、魔鳥どもを空から引きずり落とすのは俺の役目。王を仕留める前に数を減らす必要があるのだから、いつまでも棒立ちしてはいられない。

「俺も攻撃に参加していいか？　いいよな？」

まずは戦場を無視し、村を目指した不届きな四羽を連続で仕留める。次いで篭手の力を引き出し、石ころを三つばかし握り潰す。砕かれて砂利となった石を、アルバトロスの密度が濃い場所を狙って投げ放った。拡散する無数の流星群となった砂利は、五羽のアルバトロスを蜂の巣にし、地上へと落とす。絶命させるには至らずとも、そこは地上で待機する兵があとを引き受けてくれる。

この攻撃を四度も繰り返せば、残すは王と数えるほどしかない雑魚のみ。大多数のアルバトロスが大地へと落ち、不利な地上戦で数を減らしていく。

「順調すぎて、拍子抜けだな。もうそろそろ王を討ち取って、幕を引いても……」

「キリク様、危ないです！」

突如上空から、風の刃が降り注ぐ。咄嗟にシュリが盾で庇ってくれたおかげで、ことなきを得る。無傷で済んだはいいが、風の刃は地面に無数の傷跡を残していた。

刃は地上にいた者に、等しく振るわれていた。兵士は揃いの軽鎧を着用しているのだが、まともに受けた者は血飛沫を上げている。薄い板金では防ぎきれず、何人かが浅からぬ傷を負い、戦線離脱を余儀なくされた。死者が出なかったのが不幸中の幸いか。

「気をつけろ！　盾に身を隠せ‼」

スミスから大声で、警鐘が鳴らされる。即座に盾を持つ兵が前に並び、壁となって守勢に入った。

「キリク様、アッシュ様。わたしの後ろに下がってくださいです！」

「ありがとう、シュリちゃん。僕なら自分で防げるから、キリク君だけに注力してあげて！」

アッシュはシュリの横に並び立つと、颯爽たる風姿で剣を振るい、飛来する風の刃を次々切り払っていく。おかげで俺のもとには、一刃たりとも攻撃が到達しない。

ふたりに守りを任せ、俺は王の姿を視界に収める。王の周囲を陽炎が如き木枯らしが覆い、微かに空間を歪ませていた。あれが風の鎧か。

これまで静観を決め込んでいた厳かな佇まいはなく、王は大地を睥睨し怒りを露にしている。群れの配下を大勢殺されて、感情を荒げないはずはないか。

王が持つ漆黒の瞳と目が合いそうになった瞬間、背筋にゾクリと寒気が走る。直感的に危険を察知し、咄嗟に視線を逸らした。

「キリク君、あの目は絶対に見ちゃ駄目だよ。王級ともなれば、簡単に意識を持っていかれるよ」

「すまん、気を付ける」

安易に頭を狙うのは避けたほうがよさそうだ。雑魚の個体と違い、王級が放つ眼光は桁が違う。気絶で済めばいいが、まともに直視すると果たしてどうなるのやら……。

王が翼に力を溜め大きく羽ばたけば、そのたびに地上へと刃が放たれる。盾で辛うじて凌げる威力のため、生身で受けさえしなければ致命傷には至らない。とはいえシュリの持つ盾は木製。頑丈に作られているとはいえ、いつまで役目を果たせるか。

「いい加減、上から見下ろされるのは我慢ならないな。風の刃も鬱陶しい。……落とすぞ」

上空で悠然と羽ばたき、時折刃を放っては戦局を見下ろすアルバトロスの王。ここらが頃合と判断し、石ころを構えた。

目を直視する危険を避け、まずは翼を狙う。鬼人の篭手にマナをこれでもかと喰わせ、対価の力を引き出す。力んで石ころを握り潰さぬよう細心の注意を払い、渾身の一投を放った。

空間が強引に裂かれる音を置き去りにし、悠然と羽ばたく魔鳥の王へ迫る剛弾。直撃する寸前、軌道が不自然に逸れた。そのため翼先を掠めて羽を数枚散らす程度にとどまり、礫は空の遥か彼方へと姿を消してしまう。

「くそ、しくじったか⁉」

狙いは正確で、微塵たりとも外していない。傲慢かもしれないが、必中の投擲が的を逃すはずがないのだ。直前で不自然に捻じ曲げられた弾道。恐らく、風の鎧の影響を受けてしまったのか。

悪い結果を引き当て、慌てて巻き返しを図る。連続して放った次弾は、風の鎧から受ける影響を考慮した。……だが時すでに遅く。魔鳥の王はさらなる高みに位置を移しており、開いた距離の影響で次弾は掠ることすら許されない。

一見力任せに思える必中の投擲は、その実寸分の狂いもない繊細な照準から成り立っている。王が纏う風の鎧は、絶妙な均衡を見事に崩した。想定より風の鎧から受ける影響は強く、微妙に角度をずらされてしまった。僅かな差であっても、距離が進めば大きなズレを生む。

不測の事態に歯を軋ませる。それは相手も同様で、掠った程度とはいえよもや自慢の鎧を突き抜けるとは思っていなかったはずだ。大きく開けられた距離が、警戒している証拠である。

遥か上空に身を移した王は、唐突に顔を別の方向へと逸らした。やつの視線の先にあるのは村。

「……まずいわね。標的を私たちから切り替えて、村を狙うつもりよ！」

「はぁ⁉　おい、ふざけんなよ！」

村にはイリスがいる。床に伏せ、身動き取れない状態でだ。

村人を餌として捕食するのか、はたまた配下を失った腹いせに蹂躙するつもりか。どちらにしろ、許すわけにいかない。なんとしてもここで落とさねばと、焦る思考を働かせる。

手持ちの小石では風の鎧に流され、軌道をずらされた。考えられる原因としては、軽さ。同じく手持ちの投擲ナイフでも、小石とさして変わらぬ重量から、結果に差はないと予測できる。

もっと重みがあり、投擲に適した武器が欲しい。望ましいのは、貫く形状。拳大の、鏃のように尖った石でも落ちてないか見回すが、目に付くのは期待に沿えぬくず石ばかり。

「キリク、これを！」

声に反応し、咄嗟に投げ渡された物を受け取る。それはカルナリア嬢が振るっていた槍であった。ずしりとした重みが、いけると確信を持たせる。刺突を主目的とした形状の穂先。蒼光を放つ刃なら、必ずや風の鎧を貫いてくれるはずだ。

「いいのかよ？　最悪、どこに飛んでいくかわからないぞ？」

自分では可能だと直感したが、現実が許すかは別問題。仮に上手くいったとしても、王の体を貫き、そのまま突き抜けて空の彼方へ……なんて可能性も大いにあり得る。

「いいから、逃げられる前に早くなさい！」

「本当にいいんだな？　どうなっても知らないからな‼」

再び篭手にマナを喰わせ、渾身の投擲を行う。豪速で放たれた槍。蒼光の軌跡を残し、幻想的な一本の細い光線が空に伸びていく。今度は多少逸れても当たるようにと、翼ではなく的の大きな胴体を狙った。貫けば致命傷になり、翼が健在であろうと飛び続けられまい。

数羽の配下とともに、天高く上空から村を目指すアルバトロスロード。逃がさぬとばかりに槍が高速であとを追い、やがて喰らいついた。風の鎧によって影響を受け、やはり僅かに軌道がずらされる。しかし胴体は外したものの、槍は左翼の中心を穿ち、大きな風穴を開けた。

王はけたたましい悲鳴を上げ、次第に高度を保てなくなり地上へと落ち始める。

「見たか！　空が飛べるからって、俺からは逃げられないって心得とけ！」

「吼えるのはいいから、早く追うわよ！」

負傷者を安全な場所に残し、戦える者だけが魔導車へ乗り込んであとを追った。

村を目前にして哀れ大地に堕ち、翼をばたつかせ、無様にもがく魔鳥の王。追いついたこちらの存在に気付くと、翼を大きく広げて威嚇してくる。深く息を吸い込み、高らかに咆哮を発した。

単なる威嚇だけでなく、空に残る配下への指示を含んだ咆哮。上で滞空するアルバトロスたちが、次々に急降下し強襲を仕かけてくる。

俺は真っ先に魔導車から飛び降り、迫るアルバトロスを淡々と迎撃していく。全てを撃ち落とし、雑音のない晴れ渡る空が広がる。気付けば、腰の袋は軽くなっていた。

残るは飛べない王だけ。続々と魔導車から兵が降車し、手負いの王を取り囲む。彼らは武器を構え、じりじりと距離を詰めた。しかしあと一歩を風の鎧が阻み、迂闊に近付けず膠着状態となる。

もっとも、所詮は時間の問題。俺は兵たちとは別に動き、最大限に投擲の威力が発揮できる位置を陣取った。この距離であれば、石ころであっても風を貫ける。

ようやく引導を渡すときが来たのだと、王の視線に注意を払いつつも強く睨みつけた。

万事休すとなった魔鳥の王は、不気味な雄叫びを上げる。ずっしりと頭に響く重低音。苦し紛れに発したのではなく、逆に挑戦的な意思が感じ取れた。

突如として纏われた風の鎧は勢いを増し、暴風を巻き起こす。力を蓄えられた風は、周囲へ一気に解放された。襲い来る強力な突風に姿勢を保てず、後ろへ吹き飛ばされるようにして転倒。地面を何度か転がったが、なんとか受身をとり、掠り傷だけで済んだ。

離れた後方の位置にいても、これほどの風圧を受けている。前衛に位置した兵による包囲網は、当然のごとく瓦解。全員が等しく体勢を崩していた。

しかし風の刃が飛来するわけではなく、ただの強風が放たれただけ。思いのほかあっけない。包囲を崩したところで、穴の開いた翼ではまともに飛べず、逃げるのは到底不可能。悪あがきにしてはあまりにもお粗末すぎる。

即座に体を起こし、体勢を立て直した。途端に体が強張り、意思とは裏腹に強制的に動きが止まってしまう。再び視界に収めた王は風の鎧を纏っておらず、代わりに胸元がぱっくりと開き、大きな黒い単眼を覗かせていた。

体が動かない理由を瞬時に理解する。恐慌の魔眼と深く目が合ったのだと、否応なく認識させられたのだから。不用意に目を直視しないために頭部へ注意を払いつつ、視線は胴体へと向けていた。まさにその心掛けが裏目に出てしまった。胸元からも目が現れるとは、誰が予想できようか。

強風によって全員が一度視線を外され、再び敵を視界に収めようとするのはごく自然な行為。つまりは、やつの思惑にまんまと引っかかってしまったわけだ。

視界に映る全員が、石像みたく動きを止めてしまっている。若手の兵に至っては、口から泡を吹き倒れる者までいる始末。

魔鳥の王は無様に動きを止めた俺たちを一瞥し、してやったりと、嘲笑とも思える短く小刻みな鳴き声を発した。予想すらできなかった危機的状況。言うことを聞かぬ体に、芯から湧き上がる得体の知れない不気味な恐怖感。全身から冷や汗が噴き出し、湿った衣服が肌に張り付く。呼吸さえままならず、満足に行えない。

王は胸元の単眼を開いたまま、鳥らしからぬ悠然とした足取りで歩きだす。王が赴いた先は、前方で兵を指揮していたカルナリア嬢であった。彼女こそが集団の長と認識し、真っ先に潰すべき相手だと判断したのだろう。

カルナリア嬢は尻餅をつき、地面にへたり込んでいる。恐慌状態から身動きひとつとれず、逃げることが叶わない。気丈にも意識を保っているからこそ、自身が標的になっているのだと自覚させられ、与えられる恐怖に、より拍車がかかっていた。

彼女の股元からはうっすらと白い蒸気がのぼり、風に乗って微かに鼻をつく臭いが流れてくる。言葉にもならぬ小さな悲鳴。見える横顔は絶望の色に染まり、目から涙を溢れさせていた。

王は彼女の無様な姿をひとしきり眺め、満足したのか歓喜に満ちた鳴き声を発する。

彼女を頭から喰らわんと首が伸ばされ、クチバシが大きく開かれた。開かれたクチバシは鋸状に鋭く尖り、あの鋭利さは骨すら容易く砕くだろう。ひと思いに済ませないのは、自身が相手に与えている恐怖を理解し、意地汚くも余さず味わうつもりだからか。

「お嬢、様……!!」

「カルナ、リア……さん……!!」

アッシュとダリルさんが、重い足を引きずりながらも駆けだす。自力で恐慌状態を解いたふたりだが、それでも辛うじて動ける程度。全身の強張る筋肉が意思の伝達を阻害しているのか、彼らのぎこちない走りが全てを物語っている。

後方で弓兵の護衛に当たっていたダリルさんと、同じく後方で俺の傍にいたアッシュ。隔たれた距離は遠く、とてもじゃないが届かない。

寸秒を争う状況で、距離の概念を意に介さぬ手段を持つのは俺だけ。今カルナリア嬢を救えるのは、俺のほかにいなかった。なのに体は動かない、動けない。実態のない恐怖に自由を奪われたまま、情けなくも体は不動を貫いていた。

懸命に動けと、右手に握った石を投げろと体に指示を送る、けれどまるで他人事とばかりに体は命令に背く。風の鎧が消えている今ならば、どんな攻撃でも通るというのに……!

開かれたクチバシの中に、カルナリア嬢の頭がすっぽりと入り込む。直前に目撃した彼女の顔は、恐怖に染まり救いを求めていた。

駄目だ、間に合わない。絶望の言葉が頭の中を埋め尽くす。覆せない現実から、顔を背けて瞼を閉じた。

……おかしい。瞼を閉じたはずなのに、視界が暗転しない？

瞳に映る世界からは色が抜け落ち、全てが静止していた。流れ落ちる汗すらも空中で止まり、まるで時が止まっているようだ。

理解の及ばぬ事態に困惑していると、脳内に誰とも知れぬ声が響いた。

『この……どで臆す……はなんと情……い』

聞き覚えのない、低い声色。掠れて途切れ途切れとなった言葉。まともに聞き取れず、無意識に声の主へ聞き返す。

『この程度で臆すとは、なんと情けない』

今度ははっきりと聞こえた、確かな声。いったい誰が俺に呼びかけているのか。

『汝が望むのであれば、我が力を貸そう』

望んでやまない提案。誰か知らないが、拒む余地などありはしなかった。覆せぬ現実を変えられるのならば、ゴブリンの手でさえ借りたい。たとえ悪魔の甘言であろうと、上等だ、受けてやる。

『ククク……。心得た』

思考を読み取っているのか、口に出さずとも俺の意思が声の主に伝わった。すると次第に声は遠のき、やがて消え入ってしまう。同時に世界に色が宿り、意識は現実へと引き戻された。

……先ほどのやりとりは夢だったのか。何事もなかったかのように、再び動きだす世界。変わらぬ絶望的な現実。これから奇跡が起きるとは、とてもじゃないが思えなかった。

カルナリア嬢の頭をくわえ込み、ゆっくりと閉じられていくクチバシ。都合よく救世主なんて現れもせず、事態は無情にも進んでいく。力を貸すとはでまかせか。もしくは現実逃避が招いた、都合のいい幻聴だったのかと嘆く。

ふと、右手に違和感を覚える。視線だけを動かし、違和感の正体を探る。すると篭手を纏った右腕が、自分の意思とは関係なくひとりでに動きだしていた。

いまだ体の自由が利かぬというのに、右腕だけが勝手に持ち上がっていく。腕はそのまま大きく振りかぶると、握っていた石を乱暴に投擲した。

放たれた礫は黒い靄を纏い、風を切る音すら発せず空間を貫いていく。

カルナリア嬢の首を喰い千切らんと、断頭台が閉じられる間際。上クチバシを根元から砕き、衝撃で王の体ごと大きく吹き飛ばした。鮮血が舞い、巨体は激しい勢いで倒れこむ。

息継ぎもなく轟いていた王の悲痛な絶叫は、駆けつけたダリルさんが胸部の魔眼を潰し、アッシュが首を刎ねたことで沈黙。首を失った魔鳥の王。アルバトロスロードは屍と化し、大きな翼が二度と空を舞うことはなかった。

――ようやく迎えた終結。王の死によって恐慌状態は解け、徐々に体は自由を取り戻していく。ふらりと立ち上がり、己の支配下へ戻った右腕を虚ろげに眺める。いろいろな方向へ曲げたり動かしたりしたが、全て自分の意思通り。違和感は感じられない。

「あの声の主って……」

別れ際に交わした、ギルドマスターとの会話を思い返す。鬼の声を聞いたか、もし聞こえても決して相手にはするな、との忠告を受けた。

「ろくなことにならんって、言ってたっけ……」

俺は忠告を破り、返事をしてしまった。選びようがない状況下で、甘言に乗らざるを得なかったのだ。声の主にどういった思惑があったかは定かでないが、借りを作ったのは事実である。不安が棘となって胸に刺さり、残り続ける。

急に意識が途切れかけ、足元がふらつく。誘いに乗った代償を、納得のいく説明すらなしに支払わされたのだろうか。不安に襲われるも、杞憂にすぎなかった。なんてことはない。前にも経験した覚えのある、マナの使いすぎによって起こる欠乏症の症状だった。いわば単純な疲労である。

「手を貸してくれた対価……ってわけないよな」

篭手には相応のマナを喰わせているので、力を使った分の消耗でしかない。倦怠感こそあるものの、動けないほどでもないしな。

「キリク様、お疲れ様なのです！　最後の攻撃はよくわからなかったですが黒くて凄かったです！」

「あれって魔法との複合技なのかな？　いつにも増して強力な一撃だったよね」

「俺はなにも……いや、なんでもない」

シュリとアッシュは、俺がなにか奥の手でも使ったと捉えたようだ。だがあの攻撃は、そんなご大層なものではない。嬉しいはずの称賛だが、素直に受け止める気になれなかった。自力で成したのでなく、まるで他人の成果を横取りした気分だったからだ。

自分に起きた不可思議な現象を、聞いた声を、仲間に相談するべきか。

……いや、よそう。臭いものには蓋をしろと言わんばかりに、篭手を手放すべきと忠告されるに決まっている。まだ俺にはこの力が必要なんだ。篭手を使って得られる恩恵なくして、今後も訪れるであろう苦難に立ち向かえる気がしない。

「あの、キリク。少しいいかしら……？」

仲間と勝利を喜んでいると、横からお声がかかる。ダリルさんに肩を支えられたカルナリア嬢だ。彼女は恥ずかしげに頬を染めており、腰には醜態を隠すようにして布が巻かれていた。

「おう、お互い無事でよかったな。王級も逃さず討伐できたし、これで村も安心だろ」

彼女の汚れた衣服をみるに、無事と評していいかは疑問に思われた。注目の集まるなかで集団の頭が、失禁という醜態を晒したわけだからな。体は無事であっても、心は大きな傷を受けたに決まっている。彼女に配慮して、ここは気付かぬ素振りで接すべきだと判断した。

「本当にね……。その、ありがとう。キリクのおかげよ。あなたが助けてくれたから、こうしてまた言葉を交わせているのですもの」

「私からも礼を述べさせてください。お嬢様の窮地を救っていただき、心から感謝しております」

うぅむ、むず痒いな。俺がお嬢を救ったと胸を張って断言できず、後ろめたい。傍からすれば、あの投擲を行ったのは間違いなく俺である。だが当の本人からしてみれば、自分がやったという意識がないわけで。説明に困窮し、流れのままに彼らの気持ちを受け取ってしまう。

「あー、そういえば借りた槍だけど……」

話題を変えたい一心から、ふと思い出す。カルナリア嬢から借り受け、大空に投げ放った槍の存在を。王の翼を貫いたあと、槍はそのまま空の彼方へと姿を消している。

蒼く光る刃からして、並の代物でないことは俺でも理解できた。すぐにでも探しにいかねばならないが、もはやどこに落ちたか見当もつかない。

「槍なら大丈夫よ。……帰っておいで、『リグレシオン』」

カルナリア嬢が空に手を掲げ、槍の名を呼ぶ。すると手元が光りを放ち、飛んでいったはずの槍がどこからともなく姿を現した。

「ふわ⁉　いきなり槍がでてきたのです⁉」

「ふふ、我が家に伝わる家宝なの。魔槍の一種で、マナを対価に召喚できるのよ。……そんな目をしても、あげないわよ？」

おっと、つい物欲し気な目をしていたか。心を見透かされ、先に釘を刺されてしまった。投げても戻ってくる槍となれば、俺が欲しくなるのは必然である。どこでも拾える石ころより強力で、なおかつ同様に金のかからない武器なのだから。

家宝とあらば諦めるほかないが、必要とあらばまた貸してもらえるだろうか。失う恐れがないのだから、強力な選択肢のひとつとして頭の片隅に置いておこう。

負傷者を回収し、村へと帰還する。日の出とともに開始された討伐戦だったが、終わり頃には太陽が高く昇り、とっくに正午をまわっていた。

（三）深緑の遺石

アルバトロス討伐を終えてから、早くも五日がすぎた。その間はずっと村に滞在し、世話になっている。命に別状はないまでも、王級との戦いで負傷者が多数出てしまった。イリスも療養が必要であり、すぐには移動を再開できなかったのである。

あの日、討伐が済んでからは村長に協力を仰ぎ、村総出で屍骸の処理を行った。大量に確保できた鳥肉のおかげで、連日連夜お祭り騒ぎ。食卓には鳥料理が山盛りで供され、当面は鳥肉を食べたくなくなるほど。それでも消費しきれない量で、傷む前に日持ちのする干し肉へ加工されることに。しばらくは作物に代わり、村人たちの腹を満たす糧となる。

討伐の翌日は冒険者のスミスを筆頭とし、動ける者だけで残党がいないか森を捜索。事前に聞いていた通り、森の中は酷く荒らされていた。生き物の鳴き声ひとつせず、不気味なほどの静けさ。群れの生き残りはとっくに逃げ去ったのか、もしくは討伐した個体で全てだったのか。アルバトロスは一羽たりとも発見できず、跡形もなく姿を消していた。

さらに奥へ進み、開けた場所でアルバトロスの巣を発見。木の枝で組まれた籠状のアルバトロスの巣である。大きな体躯を任せられる大木がないからか、巣は地面の窪みに拵えられていた。

巣の中には卵の殻や抜け落ちた羽、多種多様な動物の骨。そして……犠牲になったスミスの仲間の遺品が放置されていた。スミスは黙したまま、転がるそれらを一心不乱に拾い集める。仲間の形見を抱きしめ、うずくまる背。声を押し殺し、咽び泣く彼に、誰も声をかけられなかった。

明くる日、冒険者のふたりは仲間の形見とともに、討伐証明となる王級の素材を持って村を発った。ギルドを介さず個人的に受けた依頼であるが、王級討伐の報告と、犠牲になった仲間の死亡報告をしなくてはならないそうだ。見送った彼らの後ろ姿は、印象強く心に焼きついている。

さて、話は現在に戻って――

イリスは順調に回復し、すっかり元気を取り戻している。体調さえある程度戻ってしまえば、あとは自分に神聖術を施すだけ。復調したイリスは、怪我の治りきらぬ兵たちに治癒を施してまわり、次々と全快させていった。

あの日、イリスが取り零したひとつの命。それをずっと気に病んでいやしないかと心配だった。普段通り明るく振る舞っているが、やはりふとした拍子に思い出すようだ。時折彼女の顔に陰が差すのを、俺は気付いている。だからといって無闇に掘り返す話ではなく、あえて励ましてはいない。

だけどもしイリス自身が感情を抑えきれなくなった際には、俺の胸でよければ貸すつもりでいる。

そしてアルバトロス討伐から五日経った今日。ようやく仕度が調い、村を発つ日がやってきた。

「ふぇぇ、また魔導車に乗る日が来ちゃったんですね……」

「イリス様、頑張ってくださいなのです！」

魔導車はイリスにとって地獄の揺り籠。乗りたくないと駄々をこね始める。かわいそうだが乗らない選択肢はないので、我慢してもらうほかない。とはいえ、このままでは先の二の舞になる。だからイリスへの配慮として、休憩の頻度を増やし、一日の移動時間も短くすると事前に決められた。負担を少しでも減らせれば、との配慮である。

「皆様、お世話になりやした。村を代表する長として、礼を言わせてくだせぇ」

村長は頭頂部の寂しい頭を下げ、何度も礼を述べた。よほど感謝しているのか、放っておけば腰を痛めかねない勢いである。気遣ったカルナリア嬢が止めるまで、村長のお辞儀は繰り返された。

「おかげ様で次の実りまで食料の心配もなくなり、本当に助かりやした。しかしよろしかったんで？肉以外にも、羽毛や爪などの価値がある素材までいただいてしまって……」

「気にしないでちょうだいな。王級の素材だけで積み荷が限界ですもの。それに作物が全部駄目になって、食べるのが精一杯でとても税を納められないでしょう？」

村の食料難に目処はついたが、収入源である作物が全滅した事実は変わらない。税を領主に納めることが、彼らにはできないのである。村の規模からして、備えがあるようにも思えない。

勿論嘆願すれば、免除や減税といった処置はあるだろう。だが、全ては領主の匙加減。ベルゼス領を統治する領主の人柄は知らないが、嘆願が聞き入れられなかった場合、この村は女子供を身売りさせるなりして、口減らししなければ立ち行かなくなる。

そこで先日討伐し、大量に得た素材の出番となる。アルバトロス自体は低級の魔物ゆえ、一羽からとれる素材の量ではたいした額にもならない。けれど今回は大量にあるわけで。特に羽毛は、寝具や防寒着にと需要が高い。全て売り払えば、彼らが失った作物の分を賄ってあまりあるはず。

こちら側は王級をはじめとした、価値の高い素材をすでに確保している。処分に困るほど余った素材が、有効利用されるのなら御の字だ。

村総出で見送られながら、カルナリア嬢は魔導車へ乗り込む。ダリルさんは全員が乗車したのを確認すると、出発の合図を出した。走りだした魔導車はゆっくりと加速していき、ほどなくして、振り返っても村は見えなくなってしまう。

「とんだ災難に見舞われましたが、ここからは滞りなくいきたいですね」

「そうね。あ、でも聖女様。お気分が悪くなったら、すぐに仰ってくださいな」

「はい、ありがとうございます。今のところは大丈夫ですから、ガンガン進んじゃってください！」

本当か？　自分が原因で時間を食ったからと、強がっているんじゃないか？

訝しんで顔色を窺うも、血色はいい。特にこれといって、体調を崩してもいない。以前なら、とうに青くなっている頃合なのだが。

「イリス、まだなんともないのか？　嘘はつくなよ？」

「少し気分が悪い感じはありますが、我慢できます。不思議と、前に乗ったときよりも楽ですよ」

人って慣れるんですねー、と呑気にしているが、そう簡単に克服できるもんかね。もしかすると時間の経過によって、加護が力を取り戻しつつある兆候か？

「私の体調を気遣っていただけるのはありがたいですが、皆さんにこれ以上の御迷惑はかけられません。それに……ほら！」

イリスは自分に神聖術を施し、大丈夫だと主張する。治癒の光は病んでいたときと違い、以前の頼もしい輝きを放っていた。

「こうすれば元通り、魔導車酔いは治まります！　なので私に構わず、道を急ぎましょう！」

気分が悪くなり始めたら、その都度自分に神聖術を施す。重篤な状態に陥る前に対処してしまえば、いつまでも乗っていられると学んだらしい。

イリスにしてはいい思い付きだ。けれどどこの手段は、どのみち彼女に負担を強いてしまう。何度も神聖術を行使するのだから、マナの消耗が著しいはず。おまけに心なしか、徐々に術の頻度も多くなってきている。途中から数えだして、すでに回数は二十を超えてしまった。

短時間での過剰な術の行使は、別の意味で気分を悪くする。トマスのようにマナを枯渇させ、白目を剥いてぶっ倒れるイリスは見たくないぞ。心配して何度も具合を尋ねてみるが、大丈夫の一点張り。顔を近付けて強がっていないかを確認すると、青いどころか赤くなってしまった。

「イリスさん、すごいマナの量だねー。さすがは聖女様……なのかな？」

「ふぇ？　そうでしょうか？　王都の教会にいた頃は、毎日百人近い参拝者に神聖術を施しておりましたし、このくらいどうってことないですよー」

おぉう……。数を聞いただけで頭が痛くなる。普段からそれだけ神聖術を行使していたのなら、頻繁に使い続けても問題にならないか。イリスの胃袋が底なしであるように、保有するマナの量もまた桁違いなのな。もっとも、神聖術を施す間隔が短くなっているあたり、体は正直らしい。

ほどなくして、カルナリア嬢が休憩を取るべきと判断。見晴らしのいい場所で魔導車を停車させた。イリスだけじゃなく、操縦を担うダリルさんや後続車の兵士も、安全のためには適度に休みを入れる必要がある。

何度かの休憩を挟みつつ、気が付けばあっという間に夜。本日の移動はここまで。昼休憩の際、イリスは普段通りに昼食を平らげてたし、道中は本当に問題のない様子だった。

夕食も早々に食べ終え、皆で焚き火を囲いながら各自が思い思いの時間を過ごしている。

「キリク様、その綺麗な石はなんなのです？」

背後から俺にのしかかり、肩に顎を乗せて手元を覗き込むシュリ。焚き火に向けて翳し、明かりを透かして眺めていた魔石が気になるようだ。

「これか？　こいつはこの前討伐した、アルバトロスロードから手に入れた魔石だ」

さすがは王級とあってか、元がDランクとは思えない質の魔石。手の平からはみでる大きさで、深緑の色具合から、純度の高い代物だと素人目にも判断がつく。売る機会を逃したままになっていたゴブリンロードの魔石も取り出し、並べて見比べる。……はは、こっちはまるで小石だな。

「シュリも見てみるか？　ほれ」

光物に興味があるのか、見惚れるように眺めていたシュリ。手にとって直接見たいだろうと思い、投げ渡す。彼女はわたわたと落としそうになりながらも、両手でしっかりと受け取った。

「ふわぁ～……綺麗なのです……！」

「ほんと、とても立派ね。この大きさなら、Aランクの魔物からとれる魔石並みの価値があるかしら。純度も高いみたいだから、最低でも白金貨以上の価値があると思うわ」

向かい側に腰掛けていたカルナリア嬢が、わかる範囲で魔石を評する。彼女の目利きが正しければ、つまりあのアルバトロスロードは、Aランク相当の力を持つ個体だったと考えられる。元の種がDなのを鑑みれば、随分な出世だ。

「ねぇ、キリク君。その魔石はどうするの？　売るの？」

「そうだなぁ……。ひとまずは必要なときがくるまで、手元に置いておくかな」

そういえば魔装具は、魔石を素材に用いて作られるんだっけか。だったらこの魔石を使い、新しい魔装具を拵えるのもありだな。王都なら、きっと腕のいい職人がいる。ギルドマスターの使った盾や、カルナリア嬢が持つ槍のような、特殊な力を備えた武器にしようか？　もしくは防具に用いれば、あの風の鎧を再現できるかも。……俺が風を纏ったら、逆に投げる邪魔になりかねないか。

なんてことを考えながら、シュリから返された魔石を大事にしまっておく。夜も更けてきたので、そろそろ寝よう。明日も朝早いからな。

四章　聖女の本拠

（一）終点の地、王都

地平線の彼方にまで延びる、巨大な白の壁。汚れひとつ見当たらない壁面には、幾重にも精巧な模様が掘り込まれ、うっすらと淡い光を放っていた。

「ふふ、立派な城壁でしょう？　王都に初めて来たのなら、言葉を失うのも当然よね」

まさに仰る通りで。あまりにも雄大すぎて、語彙の足らない俺の頭じゃどう評していいのかすらわからない。

壁面に掘り込まれた模様を伝ってマナが流れており、壁には防御の術式が常時展開された状態。その範囲は半球状に空まで及び、王都全域を保護。物理的に飛来する攻撃と魔法、両方に対応した強力な結界となっている。普段は待機状態でマナの消耗を抑えているが、有事の際には如何なく効力を発揮するという。

……と、イリスが自慢げに語っていた。

「城壁の強固さは過去王都に襲来した竜の吐く火球を、容易く防ぎきったほどなんですよー！ふっふーん！」

「おお、そいつはすげぇな！」

興奮気味なイリスに合わせ、勢い任せな相槌を打つ。

竜の吐くブレスといえば、最強の一撃として名高い。……とはいえ実物を知らないので、実際にどれほどの威力かは想像すらつかないが。なんにせよ、とてつもなく堅い壁ということだけはしっかり伝わった。

国の心臓部に当たる首都であり、セントミル教の本拠となる大教会もここに居を構えている。都の中心部には王の住む城が聳えているので、鉄壁の守りを誇るのも当然だわな。

ちなみにギルドで買い取られた魔石の多くは、結界を維持する燃料として王都に卸されているそうだ。市販に出回る量が少なく、また価格が高価なのは、需要の大半を王都で独占しているのが最大の理由だろう。

「あの立派な壁は、私も訪れるたびについ眺めてしまいます。かくいうお嬢様も、初めてご覧になられたときは大層はしゃがれておりましたね。確か、あの日は雨が降った翌日。幼いお嬢様は気分が昂ぶりすぎて、大きな水溜りに気付かれず……」

「ちょっとダリル⁉　小さかった頃の恥ずかしい話を、皆の前で蒸し返さないでちょうだいな！」

カルナリア嬢の幼き頃を思い出したのか、悪びれる様子もなく遠い目をして微笑むダリルさん。

あそこまで語られてしまえば、おおかたの予想はつく。お転婆なお嬢様が、走り回った挙句水溜りに突っ込んだのだろう。お気に入りの洋服を泥まみれにして、泣きじゃくったに違いないな。

想像に容易い姿を思い浮かべ、俺たちも自然と頬が緩む。顔を赤くし、ぷんすかと抗議する彼女の姿がまた微笑ましい。

それにしても、王都全域を覆う強力な結界か。おまけにその強固さは、竜が吐く火球をも防ぐときた。普通に考えれば、個人による攻撃など歯牙にもかけないだろう。

「キリクさん。悪い笑みを浮かべてますが、もしやよからぬ企みをしているんじゃないですか？忠告しておきますが、絶対に試しちゃ駄目ですよ？」

「え？　お、おう。……俺の考えがよくわかったな？」

「さりげなく、右手を石袋に突っ込んでるんだもんね。そりゃ誰だって察しがつくよー」

イリスに釘を刺され、動揺する。なぜばれたのか不思議に思っていると、アッシュが俺の何気ない素振りからばればれだと教えてくれた。

「壁に穴でも開こうものなら、王都中が大騒ぎになるわよ？　キリク、あなたなら冗談抜きに可能性があるのだから、絶対に試さないでちょうだいね」

冗談半分のつもりだったが、お灸を据えられてしまった。子供が悪戯で、石を投げつけるのとは次元が違うからな。軽率だったと反省。

「さぁ、眺めるのは十分堪能したでしょ？　満足したなら、そろそろ王都に入りましょう」

カルナリア嬢に促され、城壁の全貌を眺めるため停車していた魔導車は移動を再開する。いざ王都入りを果たさんと、出入りを司る街門を目指した。

門前には、並ぶのが億劫になる長蛇の列。人の出入りが激しい王都では、許可証を持たない者は厳しく審査される。その検問は落日まで及ぶらしく、門が閉じられるのは夜になってから。

俺たちの乗る魔導車は、伸びた列を無視して門へと一直線。列に並ぶ商人や旅人ときたら、呆気にとられた間抜けな顔をしていた。こうして俺たちが律儀に順番を待たなくてすむのも、この集団を率いる侯爵家ご令嬢のおかげである。なにせ門番にヴァンガル家の家紋を見せただけで、綺麗な敬礼をして通されたからな。こういった特権はずるいと、つくづく思う。

念願の王都入りを果たし、目に入ったのは華やかな街の光景。商店や露店が隙間なく立ち並び、せわしなく行き交う人で大通りは大層な賑わいを見せている。魔導車は速度を大きく落とし、設けられた車道をゆっくりと、馬車に合わせた速さで進んで行く。

「ふぇ～、やっと帰ってこれましたよ～」

やっと王都に到着した安堵からか、肩の力が抜け、だらしなくも表情を崩すイリス。だがそれも一瞬。すぐに気を引き締め直し、聖女様状態の凛とした面持ちとなる。

「ようこそ、皆さん！　我らがルルクス国が誇る王都、オラティエへ！」

イリスは両手を大きく広げ、自分の国でもないのに大仰な歓待の声を上げた。……が、狭い車内で勢いよくやったものだから、案の定手を強打。痛みで涙目となり、すぐさまいつも通りのイリスに戻ってしまう。

「ふぐぅぅ……」

「イリス様、大丈夫なのです⁉　痛いの痛いの、飛んでいけ～……なのです！」

年下のシュリにあやされて、本当にどちらがお姉さんなんだか。ぶつけて赤くなった箇所をさすりながら、自分で神聖術を施す姿はなんとも滑稽だ。

「あはは……。いやー、僕にとっても久しぶりの王都だよ。……帰って来ちゃったんだなぁ」

ふたりのやりとりを、苦笑いを浮かべ眺めていたアッシュ。ふと視線を、見慣れた光景であろう外の景色に移し、小さな声でつぶやいた。その表情はどこか憂いを帯びており、あまり嬉しそうではない。なにか苦い思い出でもあるのだろうか。

「わたしも、王都は久しぶりなのです」

「えっ。シュリも来たことあるのか？　ってことは、ひょっとして初めてなのは……俺だけ？」

今になって明かされる、衝撃の事実。唯一同じおのぼりさん仲間だと思っていたシュリが、まさか都会経験者だったとは……。舞い上がって、うっかり羽目を外さなくてよかったと肝を冷やす。

シュリを含む白狼族は例の牧場から解放されたあと、行き場がなく、王都の大教会で保護を受けていた。のちに彼らを受け入れると名乗りを上げた一族が現れ、王都を離れたそうだ。

「お嬢様、これからどうされますか？　真っ直ぐ大教会に向かいますか？」

「そうねぇ……。大勢で行くと騒々しくなるから、先に王都にある別宅へ向かいましょうか。旅の汚れを落として身綺麗にしてから、あらためて訪れればいいわ」

さすがはお貴族様。領地の本宅とは別に、王都で滞在している間過ごす別宅まで所持しているとは。金持ちは規模が違うな。

大教会に赴いてしまえば、今度こそ俺たちの役目は終わり。恐らくイリスとはお別れになる。後悔のないよう、最後くらい楽しく過ごしてからでいいよな。イリスもまた同じ気持ちを抱いていたらしく、カルナリア嬢の意見に強く同意し、教会への訪問は後日となった。

魔導車は大通りを進み、次第に通りを歩く人の層に変化が現れる。建物も商店や露店がなくなり、代わりに普通の民家ばかりが立ち並ぶ通りに。どうやら住宅街に入ったようだ。堂々と魔導車を乗り回しているが、腰を抜かすほど驚く人はいないな。さすがは都会者、この程度では動じないのか。王族も所持しているという話だったし、普段から街中を自慢げに走らせているのかね。

住宅街をさらに奥へ進むと、衛兵に管理された小振りな門が現れる。身分を証明できる物の提示を求められ、ここでも伝家の宝刀『侯爵家の家紋』が効力を発揮。滞りなく門を潜ると、富裕層が居を構える貴族街に入った。格式を感じる豪邸が並び、どの家も広い庭付きが当たり前。衛兵の巡回頻度が高く、厳重な警備が敷かれている。

「……なんというか、場違い感がすさまじいな」

「キ、キリク様！　わたし、なんだか怖いです……!?」

貴族ばかりが密集するこの区域で、俺は異物としかいえない存在。田舎者、村人、平民と、見事な三拍子が揃っている。俺とシュリは異質な空間に、身を寄せ合い恐縮するしかなかった。

カルナリア嬢は貴族で、ダリルさんは彼女の従者。ふたりにとっては日常の空間。イリスも聖女の身分を考えると、縁遠い世界ではないはず。意外だったのはアッシュだ。澄ました顔で平然としており、あの余裕はどこから生まれてくるのか。実は名家の生まれだったり……？

とにかく田舎者と馬鹿にされないためにも、虚勢でいいから胸を張っておく。こちらが背を丸くして萎縮してしまえば、余計に見くびられてしまう。

「着いたわよ。狭い家で申し訳ないのだけれど、精一杯歓迎させてもらうわ。自分の家だと思って、盛大に羽を伸ばしてちょうだいな」

魔導車の車輪が、とある豪邸の前で止まる。鉄柵で囲われた広い敷地。整えられた綺麗な庭に、小さいながらも噴水まで設けられている。狭いの定義とはなんだろうか。

魔導車を専用の車庫と呼ばれる小屋に停め、カルナリア嬢に引率されて館の中へ。

「「お帰りなさいませ、お嬢様！」」

出迎えたのは、ずらりと一列に並ぶ執事とメイド。事前の連絡なしにこの対応とは、末恐ろしい。慣れない光景に、自然と足がたじろいでしまう。

あれよあれよとメイドに身の回りの世話を焼かれ、気付けばいつの間にか豪華な応接室でテーブルを囲み、優雅に紅茶をすすっていた。焼きあがったばかりのクッキーが香ばしく、頬張ると口全体に広がる甘み。口の中に残るその甘さを、砂糖の入っていない香り高い紅茶が流してくれる。どちらも、貧乏舌であろうとわかる上物。まさに至極の組み合わせだ。

「……ふぅ。ひと息ついたら、どっと旅の疲れが出てきたわね」

お風呂にゆっくり入ってから寝たい、そう零したカルナリア嬢。控えていたメイドは彼女のぼやきに対し、指示を受けるまでもなく用意は整っていますと答えた。先回りの行動が完璧すぎる。

「お風呂！　わぁ！　私も入りたいのですが、かまわないでしょうか⁉」

「勿論ですわ、聖女様。うちの浴室は広いですから、よろしければご一緒しませんか？　お背中をお流しいたしますわ。シュリちゃんも一緒にどう？」

「はい！　お言葉に甘え、ご一緒させていただくです！」

ここで手を挙げ、「俺も」と名乗りを上げたくなるが、無理だと承知のうえで発言する勇気はさすがになかった。

「キリク君、アッシュ君、ご安心を。順番を待つ必要はありません。小さいですが、屋敷で働く従者用の浴室があります。おふたりはどうぞ、そちらをお使いください」

風呂という単語に反応した俺の気持ちを察してか、ダリルさんが手を回してくれた。ありがたく提案に従い、俺も案内されるまま風呂場へ。アッシュを誘ったが、案の定断られてしまった。いつも通り、あとからひとりで入るんだとさ。ダリルさんも魔導車の整備諸々を済ませてからというので、仕方なくひとり寂しく利用させてもらった。

ダリルさんは従者用の小さい浴室と話していたが、どこがだよ……。大人が大の字になっても、三人はゆったり浸かれる広さじゃないか。嫌味な謙遜だよ、まったく。

旅の汚れを落としたあとは豪勢な食卓を囲み、飢えて鳴きだした腹を満腹にする。食後は個室に案内され、ふかふかな柔らかいベッドで横になって就寝。これが貴族の生活か。夢に描いたような暮らしぶりで、メイドがなにからなにまで世話を焼いてくれる。油断すれば、どこまでも堕落してしまいかねないぞ。……さすがに、衣服の着脱までお世話されかけたのは焦ったが。

（二）聖女のお役目

明くる日の朝。用意された馬車に乗り込み、イリスを送りに大教会へ向かう。ダリルさんは魔導車の整備のため、同行を辞退。ほかの従者たちと一緒に、見送りだけ参加となった。

馬車を走らせ、ほどなくしてオラティエの大教会に到着。木の葉ひとつ落ちていない、綺麗に掃除された階段。歴史ある石段を、一段一段上っていく。広く長い階段を上り終えると、聳え立つ大教会が姿を現した。訪れる者を問わず、人の出入りがひっきりなしだ。

建物内に足を踏み入れたとき、俺はアルガードでの悲劇を思い出していた。また二の舞にならないか、という一抹の不安。だがその懸念は、あっけなく払拭される。イリスが知己の間柄である、女性神官と再会できたからだ。外套を脱いで正体を明かした途端、相手の神官は涙ながらに聖女の無事を喜んでいた。演技ではあり得ない本心からの反応に、俺もようやく安堵する。

一般の参拝者が大勢いる場所では騒ぎになりかねないと、すぐに別室に案内される。報せを聞いたほかの神官も続々と部屋を訪れ、誰もが目を赤くし、聖女との再会を喜んでいた。イリスの身を案じる彼らの台詞から、彼女がとても愛されているのだとひしひし伝わってくる。聖女帰還の朗報は、すぐ長である司教の耳にも届いた。

「イリス様、よくぞご無事で……！　報せを聞かされたときは卒倒しましたが、今こうして再会でき、爺は嬉しくあります！　女神ミル様のご加護に、感謝を‼」

「司教様！　ふぇぇ、ただいまですよ～‼」

息を切らせ駆けつけた、白髪長髭の老齢な神官。イリスと神官は再会を喜び合い、開口一番に互いに強く抱きしめあった。彼はグスクス司教。セントミル教にて、最高位に位置する神官である。登場時は厳格な仏頂面であったが、聖女であるイリスの元気な姿を目にした途端、どこの好々爺とも知れぬほど表情を緩く崩していた。

「オホン！　……グスクス司教様。お気持ちはわかりますが、その辺にしておかれては？　ほかの方々が蚊帳の外となり、お困りの様子ですよ」

完全に祖父と孫といった、割り込めない身内の世界に入り込んだ彼らを、熟れ始めた年頃の女性神官が咳払いで現実に引き戻す。彼女は司祭のアルルカ。グスクス司教の補佐を担当する右腕的な人物で、常に口をへの字に曲げたつり目でキツイ顔立ちの女性。……なのだが、頭に生えたふわふわの猫耳が印象を一転させ、耳がぴくりと動くたび愛らしく思えてくる。

アルルカ司祭に促され、ようやく本題に入らせてもらう。モギユ村での始まりから、王都に辿り着くまでの顛末を、司教へこと細かに説明した。

「……そうでしたか。私どもには大まかな内容しか伝わっておらず、心底心配しておったのです」

送られた伝令が王都に届いたのは、ほんの二、三日前。あと数日俺たちの到着が遅れていれば、足の速い騎馬隊で編成された旅団が、アルガードに向けて出立していたそうだ。今しがた教会から城に遣いが出されたので、予定されていた派兵は白紙に戻るだろう。

カルナリア嬢曰く、今後アルガード領には新たな領主が任命され、土台からがらりと変わるかもしれないそうだ。領名は次の領主家から名付けられ、長く続いたアルガードの歴史は幕を閉じる。領内の隅っこに位置するモギユ村にとっては、大事なのは税の負担が増えるかどうかで領主家が変わろうがあまり関係はないな。

「此度の一件は、私の失態。護衛の人選を誤った結果です。イリス様。私はいかなる罰も、甘んじて受け入れる所存。とうに覚悟は済ませておりますゆえ、どうかお裁きくだされ」

最高位に就く人物が、イリスに向かって深々と頭を下げた。上に立つ者として、責任を取る姿勢は好感が持てる。司教の真摯な態度に、当のイリスは笑って彼を許し、責めることはなかった。

「顔を上げてください、司教様。キリクさんたちのおかげで、私はこうして無事なのです。そう、無事なのですから、それでよいではありませんか？」

「……慈悲のお言葉、痛み入ります。そして道中の護衛を担っていただいたあなた様方にも、深く感謝いたします。同じ悲劇を繰り返さぬために、教会内を今一度精査すると誓いましょう。……アルルカ司祭、調査はあなたに一任します」

「承りました。必ずや不届き者を洗い出し、教会内を浄化すると誓います。ではさっそく取り掛かりますので、私はこれで失礼させていただきます」

一礼をし、任を受けたアルルカ司祭は足速に席を離れる。彼女が部屋から退出しようと扉のノブに手をかけた瞬間、扉が反対側から、唐突に勢いよく開かれた。

「聖女様が戻ったって本当か⁉　無事なんだろうな⁉」

大きな声を出しながら姿を現したのは、若い獣人の男。装いからは一応神官らしいと判断できるが、言動があまりにも荒い。金髪で大きなロールパンがのったような髪型、着崩された神官服と、本当に聖職者かと疑わしくなる装いだ。獅子らしき獣の耳にはいくつもピアスが着けられ、極めつけは袖口から覗く刺青ときた。

「ラヴァル！　突然押しかけるとは何事ですか⁉　無礼にもほどがあります！　そもそもあなたには、自室での謹慎を命じていたはずでしょう⁉」

乱入した男の礼儀を欠く行動に、アルルカ司祭は激怒。眉をつり上げ、彼を叱責する。だがラヴァルと呼ばれた当人は知らぬとばかりに無視し、一直線にイリスの前まで歩み寄る。彼はお目当ての人物まで足を運ぶと、がばりと跪き、少女の白い手を両手で包み込むようにして握った。

「聖女様、ご無事でよかった！　あなたが賊に襲われたと聞き、気が気でなかったんすよ‼」

「は、はぁ……。ご心配おかけしました、ラヴァルさん。あの、キリ……皆さんが見てますし、恥ずかしいのでお手を離していただけませんか……？」

猛進するラヴァルの勢いに、たじたじといった様子のイリス。ふたりは知り合いのようだが、温度差のある態度から察するに、イリスが苦手とする人物らしい。

「こいつは失礼を、我が愛しの聖女様。久方ぶりの再会に、つい感極まっちまいまして」

最後にイリスの手を愛おしくさすり、満足したのか、ようやくラヴァルは握っていた両手を離した。愛しの聖女様は終始苦笑いだったが、彼は気付いていないのだろうか。

「これ、ラヴァル。お客人もいらしておるのに、恥を晒すでない。気が済んだのなら、早々に立ち去らんか」

「っち、うるせー爺さんだな……。だいたいよ、俺を護衛の人選に加えていれば、絶対に聖女様を危険な目には遭わせなかったっての。今回もそうだ、いつも俺にはだんまり。知ったときには全部あとの祭りになってやがる」

グスクス司教のお叱りに反省の素振りすらみせず、あろうことか露骨に不満を吐き出すラヴァル。そりゃこの男の態度を見ていれば、秘密にされてしまうのも頷けるな。

先ほどのイリスに対する言動から、大層な好意を抱いてるのはわかる。だが、いくらなんでも礼節を欠きすぎじゃなかろうか。俺も他人をとやかく言えた義理ではないが、さすがにここまでの無礼は働かない。あまり関わりあいたくない相手だ。そう思った矢先、ラヴァルの視線が俺に向いた。意図せず目と目が合ってしまう。

「……お？　お前があれか、聖女様を救ってくれたっていうキリクか」

「あ、ああ。そうだけど……」

ラヴァルは肩を揺らし、威嚇じみた足取りで俺の前までくると、品定めする目つきで一瞥した。こいつのほうが身長が高く、上から見下されているのが癪に障る。

「ありがとな。俺からも礼を言わせてくれ」

差し伸べられた右手。睨みを利かせた表情は崩れており、穏やかな笑みに変わっていた。好意で向けられた手を跳ね除けられるわけもなく、求めに応じて握り返す。

「いっ⁉」

握手を交わすと同時に、思いきり力を込められ右手に激痛が走った。穏やかな笑みは一変し、含みのある悪い表情に。三日月形に湾曲した口元は、まさにしてやったりという顔である。

街中で篭手は必要ないと、素手で来たことを後悔する。まさかこんな目に遭うとは。だがこのまま負けていられない。俺だって握力には自信がある。毎日石ころを握りこみ、鍛えてきた右腕だ。そう易々と音を上げて堪るか。笑みを崩さず、負けじと力を込めて握り返す。こうなれば痛みに耐えかね、先に手を振りほどいたほうが負けの根比べだ。

「な、なかなかやるな。でもそろそろやめとかねぇと、可愛いおててがひしゃげちまうぜ?」

「そ、そっちこそ。二度とイリスの手を握れなくなっても知らないからな?」

傍からではわからぬ、密かな攻防。意地の張り合い。この不毛な勝負に割って入ったのは、怒りの形相をしたアルルカ司祭であった。

「いい加減になさいっ‼」

怒声を放ち、直後に鈍重な打撃音が起こる。なんと彼女は後ろから、ラヴァルの頭を分厚い教典の角でぶったたいたのだ。不意打ちによる強打に、ラヴァルは白目を剥き前のめりに倒れこむ。俺はさっと横にずれて、倒れこんでくるラヴァルを躱した。

「司教様はこれから皆様と、大事なお話をされるのです。我々がいては邪魔になりますから、早々に退室いたしますよ。……お見苦しい場面をお見せしました。それでは、失礼いたします」

アルルカ司祭はラヴァルの首根っこを掴むと、乱雑に引きずって部屋を退出していった。嵐の如き乱入者が去り、室内は一転して静まり返る。

「……ふぅ、勝った。……っていうか、いってぇー!」

第三者の介入により勝負は中断されたものの、結果は最後まで立っていた俺の勝ちでいいな。しかし勝利の余韻に浸る間もなく、じんじんとした痛みに右手を押さえてうずくまる。勝ったはずなのに、得たのが痛みとは虚しい。

「キリク様⁉　どうされたですか⁉」

何事かと心配したシュリが、しゃがみこんで顔を覗きこんでくる。俺は痩せ我慢をしながらも、どうにか笑顔を取り繕った。

「大丈夫だよ、シュリちゃん。さっきの彼と握手したときに、力比べでもしてたんでしょ。笑顔が引きつっていたし、不自然に長かったもんね」

「まったく、くだらないことするわね」

心配してくれたシュリとは反対に、呆れるアッシュとカルナリア嬢。ふたりの言い分はごもっとも。意地張って付き合わず、すぐ振り払うべきだった。我ながら不毛な勝負だったと後悔する。

「キリクさん、まだ痛みますか？　治癒が必要なら、おかけしますけど……」

少々大げさに痛がったせいで、シュリだけでなくイリスまで不安にさせてしまったようだ。神聖術で治癒を施してもらうほどではなく、唱え始めた詠唱を慌てて中断させる。

「いやはや、うちの者が無礼を働き申し訳ありません」

「神官には真面目な人しかいないと思ってたんだけど、ああいった奴もいるん……ですね」

おっと、相手は教会のお偉いさんなんだから、言葉遣いには注意しないと。聖女様に貴族のご令嬢と、身分の高い相手に対しても友人感覚で接していたため、ついつい同じ調子で話しがちになる。グスクス司教は人柄からして寛容そうだが、相手次第じゃ問題となりかねない。

ここは王都、国の中心地となる大都会だ。下は貧民、上は王族と多様な身分の人種が混在している。長年染み付いた生意気な言葉遣いでは、いずれいらぬ反感を買う。あの不良神宮と同じに見られたくないから、礼節のある態度を心掛けないとな。

嵐が去ったあと、身内の無礼を謝罪したグスクス司教。眉間に寄った深い皺から察するに、ラヴァルには随分と手を焼いている様子だ。

「あの子も、根はいい子なのです。ですが生い立ちが少々特殊でして……。どうか、許してやってもらえませんか？」

「罰ならアルルカ司祭から受けていたから、俺はかまわないです」

経典の角を用いた不意の一撃は、逆にお釣りが出るほどだった。なにせ白目を剥いて気絶していたんだ、容赦のない罰でご愁傷様である。

「ところで司教様？　先ほど司祭様が、私たちに大事なお話がある、と仰っていましたけれど……」

「おぉ、そうでした。……まずお聞きしたいのですが、あなた様方はイリス様がされていた旅の理由をご存知でありますか？」

イリスからは、聖地を巡礼する旅だと聞かされている。あとお忍びだとも聞いた覚えがあり、疑問はなかったので深く掘り下げはしなかった。

「あのあの、司教様！　私は言いつけ通り、教会の関係者にさえ聖地を巡る旅としかお伝えしておりません！　勿論、ここにいる皆様にも。だからそれ以上は……」

ん？　その口ぶりじゃ、なにか別の目的があって旅をしていたのか？

イリスとは、十分に信頼関係を築けたと自負している。無論詳しく尋ねなかったが、信頼云々を除いても話せない理由があったのだろうか。

「おぉ。偉いですね、イリス様。ちゃんと爺の言いつけを守ってくださり、嬉しくあります」

「えへへ～。私だって、ちゃんと分別つくようになりましたからね！」

勝手な印象だが、イリスは少しばかりお馬鹿さんの類だと認識していた。けれど重要な部分に関しては、片鱗も匂わせず守秘できる聡明さを持ち合わせていたらしい。

「えっと、察するに……。イリスさんの旅には、部外者に口外できない目的があった、でよろしいでしょうか？」

「仰る通り、聖地巡礼とは表面上の名目にすぎませぬ。イリス様に課された旅には、公にできぬ別の使命があったのです」

よほどの理由がない限り、聖女が王都から出る機会はそうないはず。ましてや秘密裏に各地を巡り、さらには身内にさえも旅の名目を偽っていた。果たして、俺はこのまま耳を傾けていていいのだろうか？

「司教様！　……皆さんにお話しして、よろしいのでしょうか？」

「イリス様は、彼らを心から信頼していらっしゃるご様子。ならば私も信用できるというもの。なにより、あなた様方にお願いしたい案件にも繋がってまいります」

グスクス司教から、俺たちへの頼みごと。それがアルルカ司祭の言っていた、大事な話になるのか。詳細を聞くまで返事は決めかねるが、無理難題でさえなければ応じるつもりだ。

「……ですが今からお教えする内容は、外部に漏らすわけにはまいりません。然るに口外禁止を厳守するため、こちら血契の書に署名をいただきます」

グスクス司教は厳しい目つきとなり、鍵つきの棚から人数分の紙を持ち出した。ひとりひとりに視線を合わせ、順に直々の手渡しで配られていく。

聞かされた説明によると、血契の書の署名者は記載された内容を遵守しなくてはならないという。名前を記入し血判を押すと、その時点から効力が発揮される。今回の記載内容を要約するならば、『特定の機密について、他人に伝えることを禁ずる』となる。

「契約を破ろうとすれば、一時的に言語喪失状態となり、意思疎通の手段を全て封じられます。言うなれば、一種の呪いですね。決まりを守ってさえいれば、害は一切ありません。なお勝手に解呪しようものならば、血契の書は灰となり我々にわかる仕組みになっております」

簡単には解けませんが、と最後に付け加える司教。それでも漏洩の可能性は残るのだから、最後は信頼が全てとなる。なにせ決めごとを破ったところで、命を担保にしているわけじゃない。もとより破るつもりはないが、信頼を受けた限り背く真似はできないな。

仲間の誰ひとりとして異論はなく、血契の書に名前を書き、親指に傷をつけ滲み出した血で判を押す。シュリも悪筆ながら、ちゃんと自分の名前を書けるようにはなっていたので問題ない。

「皆様の意思、確かに確認させてもらいました。ありがとうございます。預かった書類は、こちらで厳重に管理いたします。では下地が整いましたので、お話しいたしましょう」

回収した血契の書を丁寧に丸め、懐にしまい込むグスクス司教。彼は目尻を下げ、ようやく表情を緩めた。事前に供されていた茶に口をつけ、喉を潤してから司教は話を始める。

「前置きは抜きに、本題へ入らせていただきます。イリス様が行われていた旅は、実は聖地巡礼ではありません。正しくは、聖地浄化を使命とされた旅なのです」

聖地はマナが溢れる神聖な場所、と一般には認知されている。モギユ村の近くにある、『聖なる泉』もそのひとつ。それ以上の謂れは聞いた覚えがない。本心を言えば、そんな大層に崇めるほどの場所か、と思っているくらいだ。

「聖地には周辺に棲む魔物の成長を、抑制する働きがあるのです。ですが聖地のマナが穢れてしまいますと、この機能が正常に働きません。そのため代ごとの聖女様が各地を巡り、浄化をなされていたのです」

語られた聖地の役割は、教会内でも限られたごく一部の者にしか伝えられておらず、ひた隠しにされていた秘密であった。

それほど大事な役目を果たしているのなら、なぜ世間に公とされていないのか。疑問を抱くも、これは悪意ある者が聖地を穢す危険性があるからだと予想できる。いつの世も、馬鹿な企みをする者は絶えないからな。

聖地が穢れる理由はさまざまで、自然な現象のため防ぎようがないらしい。だから定期的に、浄化を行う必要がある。巡礼の神官が訪れた際に浄化を施すそうだが、問題の先延ばしが精々。やはり根本の解決には、聖女の力が必要とされる。

聖地の働きによる効果は大きく、穢れを放置すれば王級に匹敵する個体が次々と現れるそうだ。現在の聖地は、先代の聖女が使命を終えてから時が経ち、蓄積した穢れが影響を及ぼしはじめる頃合。従って今代のイリスに、白羽の矢が立ったわけだな。

「なぜ、教会内でも秘匿されている話を俺たちに？　血契の書なんて用いてまで、教える必要はなかったんじゃ……？」

「イリス様はまだ、務めを終えられておりません。急ぎ旅を再開していただく必要があります。そのため、信頼のおけるあなた様方に引き続き護衛をお願いしたく、お話しした次第です」

「理由はわかったわ。けれどそれこそ私たちじゃなく、教会に属する聖騎士に任せればいいのではなくて？　彼らなら腕も確かなのだし。掟を破ってまで、外部の者に頼る必要があるのかしら？」

　教会所属の聖騎士。王や領主に仕える騎士と違い、教会を守護するため剣を振るう、聖職に準じた騎士。過大な兵力とならぬよう、王との決まりで絶対数が定められている。それゆえ少数精鋭となり、求められる水準が高く安易になれるものではない。イリスを護衛し、殉職した彼らも聖騎士だった。当然、今は亡き裏切り者のバスクもである。

「無論、本来ならば彼らに任すべき役目であり、部外の者にはとても任せられません。ですが諸事情で、今は動かせる者がおらぬのですよ……」

　諸事情、とはなんだろうか。バスクの一件から、聖騎士への信頼が低下。ひとりひとり素性をあらためてからでないと任せられない、という理由ならば納得いくが。仮にそうだとしてもだ。グスクス司教が手放しに信頼できる者の数人くらい、いて然るべきのはず。

「ここまでお話ししておいて、事情を黙っておくわけにもいきますまい。……あなた様方が直近で、勇者様のご活躍を耳にされたのはいつ頃になりますか？」

　突拍子なく名が挙がる勇者。直近といわれても、うちは田舎だったから入ってくるのは随分と遅れた情報ばかりだったしな……。一年も前の出来事すらざらで、もはやどの活躍譚が最新なのか時系列さえあやふやだ。

「うーん……。僕の知る限りだと、半年ほど前に聞いた王級討伐の報が最後……かな?」

「私も、ここ最近の活躍は知らないわね……?」

カルナリア嬢はまだしも、勇者信者のアッシュすら、追えているのは半年も前の古い情報。

嫌な予感を覚え、胸がざわつく。

「ふむ、だいたいそうでしょうな。こちらもまた内密にお願いしたいのですが、実は……」

司教は座ったまま姿勢を前にかがめ、声を潜めて話しだす。ただならぬ雰囲気に、全員が息を呑んだ。決してよくない話ということぐらい、察しがついてしまう。

「……半年前を境に、勇者様一行との連絡が途絶えておるのです」

国と定期的に連絡を取っていた勇者一行だが、現在は長期にわたり、音信が途絶えてしまっている状態。つまるところ、勇者は行方不明。……覚悟はしていたが、予想し得る中でも最悪の部類だ。

「この件が知れ渡れば、民を不安にさせます。国としては、混乱を招く事態は避けたくありますからな。大々的に兵を動かせず、少数の密偵を放つにとどまっているのです。そこで信頼の厚い教会の聖騎士が、総出で捜索に借り出された次第なのであります」

従って今の教会には見習いの者と、教会の警備に就く数人が待機しているだけ。彼らは守衛として必要最低限の人材であり、教会からは離れられない。

アリア一家が移住した先の王都まで来たのだから、再会できるんじゃないかと密かに期待していた。離れてから六年も経ち、どれだけ成長しているのだろう。再会したら、一度も村に顔を見せなかったことに文句を言ってやろう。

……そう、考えていた。なのに、生きているのかさえわからない状況だなんて、お気楽に構えていた俺には思いもよらなかった。

「……アッシュ、顔が青いけど大丈夫か？」

「そういうキリク君こそ、手が震えているじゃないか……」

聞かされた話が衝撃的すぎて、中でも勇者と縁のある俺とアッシュは動揺を隠せずにいた。いや、縁も所縁もない他人であっても、平常ではいられないはずだ。国民的な英雄である勇者が、消息を絶ったのだから。広まれば、国が危惧した通りになるのも想像に難くない。

「事情はわかりましたわ。ならば大事をとって、しばらく旅立ちを控えられてはどうかしら？　勇者様の件が解決したのち、あらためて再開なされては？」

「いえ、イリス様には急ぎ旅を再開していただきたいのです。というのも、各地で王級の発見報告が頻発しており、これは穢れにより聖地の力が弱まっているにほかなりません――放っておけば魔物が力を増し、やがては手に負えなくなる。ましてや、芽を刈る役目を担う勇者がいないのだから、最悪は魔王の誕生を迎えかねない。

穏便に処理できるうちに済ませたいのだから、そこで俺たちの出番となるわけか。イリスから信頼を得ており、王都まで無事送り届けた実績を鑑みての決断なのだろう。司教とて本音を言えば、初めて会う部外者に頼りたくはないに決まっている。

「出払った聖騎士たちを呼び戻せばよいのでしょうが、方々に散っておりすぐにとはまいりません。……いかがでしょう。こちらの内情を汲み取り、引き受けてくださいませんか？」

こちらの様子を窺いながら、返答を待つグスクス司教。話を聞いた手前、断る選択肢があろうか。あちら側も、俺たちなら受けると確信があったから話したに決まっている。

「僕はかまいません。勇者様の安否が気がかりだけど、今は自分にできることをしなくちゃね」

「俺も引き受けますよ」

アッシュは迷わず即答し、俺も隣に倣った。イリスが必要としてくれるのなら、どのみち最後まで付き合うつもりだったのだ。ある意味、願ってもない申し出ともいえる。

行方不明のアリアを心配なのは、俺もアッシュと同じ。捜索には聖騎士がこのまま総出で当たるそうだし、彼らを信じて任せるしかない。下手に出しゃばるべきではなく、俺たちは俺たちで与えられた役割を全うすべきだ。

「キリクさん、アッシュさん……！　ありがとうございます……！」

奇しくも再び旅路をともにすることが決まり、イリスは嬉しさで涙を溢れさせた。照れ隠しとばかりに浮かべた笑顔に、こちらまでどうにも照れくさくなる。

「流れを止めて悪いのだけれど、私は即答しかねるわ。……お父様に黙って、魔導車まで持ち出してきちゃったんだもの。そろそろ領地に帰らないと、拳骨だけじゃ済まなそうなのよね……」

あれ？　領主である父の代役だと、最初に聞いた覚えがあるのだが……？　魔導車は貴重な大型魔道具。そいつを無断で乗り回していたとなれば、どれだけ怒られるのやら。

事情はともかく、カルナリア嬢の同行は難しい様子。魔導車が駄目となれば最速を誇る移動手段がなくなり、徒歩か馬車での旅になってしまうか。

「ふむ、それは残念です。無理強いはできませんからね。……カルナリア様は、ご自宅があるヴァンガル領に戻られるのでありますね？　でしたら、帰りの道中だけでもご同行願えませんか。彼の地方にもまた、赴くべき聖地がありますゆえ」

素直に引き下がったとみせかけて、さりげなく提案を持ち出すグスクス司教。目をつけた獲物は逃がさない強かな精神に、感服する。

しかし司教の気持ちはわかる。魔導車の持つ機動力は、道中の安全にも繋がるのだ。最速で駆ければ、盗賊や魔物に襲われても軽く振り切れてしまう。そのため簡単に諦めたくないのも頷ける。

「うちの領内にある聖地……？　んー、もしかして『神秘の晶窟』がそうかしら？」

彼女の問いに、司教はその通りだと頷き返した。

『神秘の晶窟』について、カルナリア嬢が詳しく説明してくれた。件の聖地は、山中にある洞窟なのだという。洞窟内は濃度の濃いマナが結晶化し、美しい輝きを放つ場所なのだそうだ。マナが結晶化する理由は判明していないが、天然の魔石とも称される結晶は価値のある鉱物。盗掘を恐れ、一般には秘匿された場所となっている。

「確かにうちの領内ではあるけれど、端の端、それも田舎の山奥じゃない。ついでにしては、意地が悪すぎるわよ」

『神秘の晶窟』も『聖なる泉』同様、僻地に位置していた。であれば彼女が難色を示すのも納得だ。しかしさすがは聖女様のため、真っ先に駆けつけた人物。少し考え込み、最終的には渋々ながらも了承をしてくれた。

グスクス司教との会談が済み、教会を出る頃には、時刻は正午を迎えていた。

「それじゃあ俺たちは屋敷に帰るけど、イリスは教会に残るでいいのか？」

「はい。隠居された先代様が、私に会いたいと仰ってくれてますので。それにこの大教会は、私の実家ともいえますし」

旅を再開するまでの王都に滞在している間、イリスはこのまま教会に身を寄せるつもりのようだ。帰るべき家があるのに、よそ様のお宅でご厄介になる必要はないよな。

けれどどうしても不安が残る。イリスをひとりきりにしていいものか……？

「心配いりませんよ、キリクさん。アルガードの大教会と違い、ここにはグスクス司教様をはじめ、昔からよく知る馴染みの方ばかりがおられます。なので絶対に大丈夫と、断言しちゃいます！」

俺が抱く懸念を察したのか、先んじて本人から念を押されてしまった。イリスと接した神官たちの雰囲気は、いずれも親しげで偽りなど微塵も感じさせていない。本人が自宅と豪語するだけあって、安全なのは確かか。

「そんなに心配でしたら、キリクさんも私と一緒に教会でお泊まりします？　お部屋なら用意できますよ？　カルナさんのお屋敷ほど、快適ではないですけどね」

「あー、んー……いや、遠慮しとくよ。教会ってずっといると、なんか落ち着かないからさ」

別にやましい気持ちは持っていないが、どうにも居心地が悪い。そう感じてしまうのは、俺の心が穢れているからなのかね。実際、随分と手を汚してきた。必要な殺生だったと割り切っていたが、自分でも気付かぬうちに、心のどこかでは負い目に感じているのかもしれないな。

「なら、僕がお言葉に甘えちゃってもいいかな？　貴族街って、ちょっと苦手なんだよね」

「どうぞどうぞ、アッシュさん！　ご招待しちゃいますよ！　あ、でも私はあまりお相手できないかもしれません。それでもよろしいですか？」

「うん、気にしないで。ちょうどひとりになって、気持ちを整理する時間が欲しかったんだ」

アッシュは残るか、なら安心できる。恐らく整理したい気持ちというのは、きっとアリアのことだよな。憧れの存在が、生死不明の行方知れずとなっているんだ。俺だって幼馴染として気がかりだが、現在進行形で追い続けていたアッシュは比じゃないはず。事情を知ってから、目に見えて顔色が悪くなったものな。本人が望む通り、今はひとりにさせておいてやるべきか。

かくいう俺も、考える時間がほしい。心に靄がかかり、気分が晴れないのだ。アリアの件は現状どうにもならないのだし、教会側がすでに手を打っている。あちらに任すべき案件であり、悩むだけ無駄だとは理解しちゃいるが……。

「ほら、大勢で居座ったらご迷惑になるから、私たちは帰るわよ。せっかく聖女様が身内の方々と水入らずで過ごせる機会なのだし、邪魔しちゃ悪いでしょ？」

暗い顔で思い悩んでいるとカルナリア嬢が俺の手を握り、半ば強引に引っ張られる。そのままイリスとアッシュを残し、見送られながら教会をあとにした。

「さて！　いい時間なのだから、これからお昼でも食べに行きましょうか？」

「はいなのです！」

「え、このまま屋敷に帰んないの？」

昼前とあって空腹を感じてはいるが、食欲があるかと問われれば返答に困る。今は静かな庭の草地にでも寝転んで、空を見ながら物思いに耽りたい気分だった。

「だってこんなにいい天気なのよ？　遊びに出かけなきゃもったいないじゃない。それに私とした約束、まさかもう忘れちゃったのかしら？」

カルナリア嬢とした約束……？　はて、なんだっけ。記憶をほじくり返し、懸命に糸をたどる。

「……あー、そういや王都に着いたら、俺の服を見繕ってくれるんだったか？」

ようやく思い出せた記憶。アルバトロスとひと悶着あったあの村で、俺の一張羅に文句をつけられたんだったな。村人くさくて野暮ったいだの、苦言を呈された。で、センスのいいお嬢様が選んで見立ててくれる、って話だった。

「そ。王都に長居はしないでしょうから、時間のあるうちに済ませちゃいましょう。……勇者様が心配なのはわかるけど、いい気晴らしになると思うわよ？」

カルナリア嬢にはアッシュが加わった経緯を、話題のネタとして話してある。あいつが勇者信者であって、俺が勇者の幼馴染だったことまで。だから彼女なりに、気を遣ってくれたのだろう。

ならアッシュも誘おうかと思ったが、あいつはそっとしておくのがいいか。下手に連れ出すより、気持ちを整理する時間を与えたほうがいい。

「……おっし、なら行くか。そうそう、ついでにシュリの服も見繕ってやってくれないか？　新しい服を贈ってやるって、前に約束したきりなんだよ」

「ええ、いいわよ。ふふ、シュリちゃんは素材がいいから、やりがいがあるわね！」

快く応じてくれたお嬢。すかさずシュリの背後から抱きつき、体格を調べるために体をまさぐりだした。その手つきは男の俺からしても、女性とは思えないほどいやらしい動きをしている。

「あふんっ⁉　カルナリア様、目つきが怖いのです⁉　お手柔らかにお願いしますなのです！」

お嬢の提案で本日の予定が決まり、馬車は先に帰して徒歩で王都の繁華街を目指した。

ひとまずは適当な店で昼食を済ませる。貴族のカルナリア嬢は高級な料理しか受け付けないかと思いきや、意外にも庶民舌らしく、大衆食堂で満足しており驚きだった。彼女曰く、素材の良し悪しも重要だが、大事なのは調理人の腕。シュリの嗅覚を頼りに選んだ店だったけど、確かに店主の腕前は満足のいく結果をもたらしてくれたな。

　昼食を終え、いよいよお目当てである服屋へ。カルナリア嬢が選んだのは、大通りに面した店。小洒落た内装であり、男だけでは間違いなく気後れして引き返す雰囲気の店だった。

「うーん、これなんていいんじゃないかしら？　あら、こっちもよさそうね？」

「わぁ！　キリク様、お似合いなのです！」

「そ、そうか？　でもちょっと動きにくいな。肩周りが窮屈なのは困る」

　着せ替え人形のごとく次々と服をあてがわれ、次第に辟易してくる。いくつもの候補を提示され、最終的に選んだのはもともと着ていたものとたいして変わらない服だった。結局は自分が動きやすいと感じる、似た格好に落ち着くんだよな。

「あまり変わり映えしないわね……。まぁ、少しはマシになっただけよしとしましょうか」

　納得がいっていないのか、見立てたお嬢様はやや不満げ。そうは言われても、彼女の選ぶ服は都会的すぎて、着心地の悪いものばかりだったからな。

　俺の番が終わり、やっと気が休まる。次はお待ちかね、シュリの番だ。カルナリア嬢は先ほどの鬱憤晴らしに、怒涛の勢いでシュリを着せ替えしていく。試着室を独占してしまい、挙句は店員まで加わる始末。あの様子だと、本来の目的を忘れて自分が楽しんでいるだけだな。だって、さすがに着ぐるみや神官服はおかしいだろ。

「時間かかりそうだから、俺は向かいの武具屋を見てくるな」

「はーい、行ってらっしゃいな。さ、シュリちゃん。次はこっちを着ましょうねー」

　これは長引くと判断し、機会があるならば行きたかったもうひとつのお目当てへ。都会の武器や防具を扱う店ともなれば、きっと見たこともない代物が並んでいるのだろう。男なら服より、剣や鎧のほうがよっぽど心が躍る。

「キ、キリクさまぁ〜……」

消え入りそうな声でシュリが救いを求めていたが、気付かぬふりをした。すまないな、シュリ。俺にはどうにもできない。あのお嬢様は完全に火がついた様子だから、鎮火するまで耐えてくれ。


さてさて武具屋を訪れたのだが、欲しいものにだいたいの目星はつけている。服の下に着込める、軽量な鎖帷子だ。前に立つ身ではないので、最低限体を守れさえすれば十分だからな。

壁や棚に、所狭しと飾られた武器防具。お目当ての品を探しがてら、並べられた商品に目移りさせていく。数あるなかでもひと際目を引いたのは、壁に仰々しく飾られた身の丈はある大剣。……なのだが、俺の興味を惹いたのはその目立つ大剣とは別の、傍に飾られた日陰者となっている剣。緩やかな曲線美を描いた片刃の剣であり、投げるのに適していそうな形状をしている。

「そっちの魔剣に目が行くたぁ、わかってやがんな」

剣に見惚れていると、背後から男の野太い声がした。だが振り返ってみるも、声の主である姿は視界にない。

「どこ見てやがる。もうちっと視線を落としな」

言われるがままに、顔を下に向ける。そこには髭と長髪で毛むくじゃらの、小さいおっさんが俺を見上げていた。武具を扱う店の店主とくれば、ガチムチの巨漢。思い込みでそう決め付けていたため、低い身長に驚きを隠せなかった。

「らっしゃい。……小僧、その様子じゃドワーフを見るのは初めてか？」

「い、いや。街中では何度か見かけたことがある。だけど、実際に接するのは初めてだな」

さすがに故郷の田舎村では、人族以外だと獣人族しか接する機会がなかった。アルガードの大きな街でなら、ちらほらと通りを歩く姿を見かけたが。王都の大通りでもちょくちょく目にしたな。

「へぇ、これが魔剣なのか。どういった代物か、聞いても？」

魔剣とは魔と名が付く通り、魔法的な力を持った剣の総称。カルナリア嬢が振るっていた槍も同じ類だな。ちなみに防具や装飾品は魔装具と一括され、鬼人の篭手はこちらの分類になる。拳闘に特化した武器としての篭手は、魔篭手とされるので少々ややこしい。

武器と防具、どちらも併せて総称すると魔具。この手の知識には疎かったが、ちゃんとギルドマスターやアッシュから仕入れてある。アッシュが身に着ける軽鎧も実は魔装具らしく、軽快に動くための補助を担っているそうだ。

魔具はいずれも貴重で、高価な代物。現代では作れる技術を持った鍛冶職人も少ない。遺跡から発見された魔具ともなれば、大抵が今の時代にそぐわない技術で作られている。その扱いは性能次第で、国宝ともされる。

「ああ、いいぜ。といっても、そいつはちょっとした衝撃波を放つ程度だがな。魔剣としちゃ、低級の代物よ」

「へぇ。……低級って割には、札に書かれた値段がとんでもないな」

剣につけられた値札には、金貨のさらに上、白金貨での額が提示されている。格上の魔剣ともなれば、値すらつけられないいんじゃなかろうか。金でやりとりできるだけ、まだ温情か。

鬼人の篭手もなにやら曰く有りげだが、性能だけを鑑みれば一級品。今にして思えば、自分には不要だからと気前よくくれたギルドマスターのなんと豪気なことか。

「がっはっは！　小僧じゃとても手が届かんだろ！　……それよりもだ。お前、珍しい魔石を持っとりゃせんか？　どうも匂うのよな、わしのドワーフとしての鼻が反応しとる」

「え？　魔石なら、確かに持ってるけど……」

鋭い目つきに圧倒されて、つい正直にも質問に答えてしまった。この店主が尋ねているのは、俺が所持している王級の魔石のことだろう。別段隠す理由もないので、素直に見せてみる。

「ほぅ……？　こいつぁ、立派な魔石だなおい。どちらも生半可な質じゃねぇ」

「両方とも王級が所持していた魔石だからな。小さいほうがゴブリンロードので、大きいのがアルバトロスロードのだ」

王級の単語に怪訝な目で睨まれるも、現物が嘘ではないと物語っている。店主のドワーフは俺が手に入れた経緯には興味がないらしく、すぐにまた魔石へと意識を戻した。

「……なぁ、小僧よ。お前、この魔石を使った魔具が欲しくはないか？　わしもドワーフの端くれ、鍛冶の腕には自信がある。そこで提案なんだが、こいつをわしに任せてみんかね？」

新しい玩具を与えられた子供みたく、目の色を変え輝かせる店主。上質な素材を前にして、職人魂に火がついたようだ。

「あぁ、金については安心しな。法外な額を吹っかけたりはしねぇから。王級の魔石なんて希少なものを扱わせてもらうんだ、可能な限り勉強させてもらう」

「……そこまで言うなら、任せてみようかね。変なもん作ったら怒るからな」

もとより王都で、鍛冶屋を訪れたいとは考えていた。奇遇にも偶然訪れた武具屋の店主はただの商売人ではなく、鍛冶の技術を持っている。それもドワーフという、その道を得意とする亜人種族。これもなにかの縁だと、彼に託してみるのも悪くない。

「あ、でもでき上がるのに時間がかかるよな？　俺は長くとも、あと数日のうちに王都を発つ予定なんだが……」

詳しい出発の日取りは決まっていないけれど、グスクス司教は急ぎ旅を再開してほしいと言っていた。ならばあと二、三日が滞在できる期限とみていい。

「そうさなぁ……。こっちのゴブリンロードの魔石を用いた簡単な武具であれば、二日くれりゃ作れる。王級の魔石であってもこのサイズじゃ、付与できる能力に限りがあるからな」

二日か。それならば王都を発つまでに間に合いそうだ。

「だが、こっちの大きいのはもっと時間が欲しいな。こりゃ滅多にない良質の魔石だ。時間をかけて、大作として仕上げてやりてぇ」

もう片方は王都滞在中に完成は無理か。なら返却を求めたくあるが、店主の有無を言わさぬ熱意は辞退を許しちゃくれなそうである。先ほどから興奮で鼻息荒く、今も想像を働かせ、頭の中で図面でも引いているのだろうか。

結局魔石はふたつとも店主に託し、魔具の製作を依頼する。どのような武器、防具にするか希望を伝え、向こうも可能な限り要望に応えてみせると啖呵を切っていた。思いがけず魔具の製作依頼にまで話が発展したが、ちゃんとこの店を訪れた当初の目的も忘れてはいない。軽量な金属を使用し、服の下に着込んでも目立ちにくい鎖帷子を購入。体格に合わせて調整を施してもらった。

調整が済んだ頃になって、服の買い物を終えたシュリとカルナリア嬢が合流。ついでにシュリの分もお揃いの鎖帷子を見繕ってもらう。ほかに紛失したり磨耗したりで、数の減った投擲ナイフも買い足した。使い捨てを前提に運用する武器としては、予備も含めよく持ったほうだと思う。新たに仕入れた投擲ナイフは元から所持していたものと少し形状が違うが、大きさは同程度。試しに投擲してみたが、使用感はさして変わらないし十分だな。

王都での滞在中はカルナリア嬢の屋敷でだらだらしたり、イリスとアッシュに会いに教会を訪れたり、街中をぶらついたりと、束の間の休息を謳歌した。そんなこんなであっという間に二日が経ち、いよいよ目前に迫った出発の日。旅立つ前日にグスクス司教から呼び出されたので、教会に足を運び、一室で卓を囲んでいる。

「皆様、引き続きイリス様の護衛を引き受けてくださった件、あらためてお礼申し上げます。ルルクス王にも話を通しましたところ、是非皆様にお会いして礼を述べたいと仰られております」

「い⁉　王様と⁉　いやそれはちょっと……。俺みたいなのが面通りしたら、どんな無礼を働くかわからないし……」

万一にも王様の御前で粗相をしでかし、首と体がさよならなんてことになりでもしたら……。想像するだけで身の毛がよだつ。

勿論畏まった態度で挑み、余計な発言はせず大人しくしておけば何事もなく終わる。しかしながら、単純にそんな息の詰まる場が嫌だ。できるのならご遠慮したい。本来であれば光栄だと感じるべきだろうが、王との謁見なんて一介の村人にしかすぎない俺には荷が重すぎる。

「ご安心を。そう仰るかと思いまして、私のほうから丁重にお断りさせていただきました。代わりといってはなんですが、十分な援助をお約束してくださりましたよ。なのでご入用の品があれば、お早いうちにお教えください」

おぉ、そいつは助かるな。僥倖だ。実を言うとドワーフの店主に魔具の製作を依頼した際、前金を支払ったら財布が随分と軽くなってしまった。あちらも前言通り、相場よりもずっと安く見積もってくれたらしいが、それでもあってもだ。

受け取り時に支払う残りの代金は、暇をみてギルドで稼ぐつもりでいた。しかしここにきて王様から、気前のいいありがたい申し出である。ならばお言葉に甘え、お願いしてみよう。

「――という事情がありまして、代金を用立ててもらっていいですかね？　あと、魔法石もいくつかいただければありがたいです」

「なるほど、わかりました。金銭面に関しては、全面的に頼られてよいでしょう。要望の魔法石についても、国の倉庫にいくらでも保管されてあるはずです。個人が携帯できる程度の数であれば、許可を得られるでしょう」

よっし、やったね。厚かましいかと気が引けたが、言ってみるもんだ。

街中の商店を見てまわったとき、さすが王都だけあって魔法石を取り扱う店はいくつかあった。値は品薄状態の地方都市よりは幾分か安く、品揃えも豊富。火以外のほかの属性石まで、潤沢に並んでいた。しかし前述のドワーフとの一件で金欠。欲しくとも手を出せなかったからな。

「あのあの、わたしもお願いしてもよろしいのです？　キリク様にいただいた盾なのですが、傷だらけでボロボロなのです。同じくらい軽くて取り回しやすい、頑丈な盾が欲しいのです」

「なら僕も、キリク君と同じで何個か魔法石をもらっておこうかな。いざってとき、取れる手段を増やしておきたいしね」

各々が自分に必要だと思うものを列挙し、司教はそれらを雑紙にメモしていく。イリスはといえば保存の利く高級食材を真っ先に希望し、相変わらず食に対してはぶれない姿勢を見せていた。

「伺った要望はのちほど、私が責任を持って王へお伝えしておきましょう。では話を次に移らせてもらいます。あなた様方がイリス様の護衛に就くにあたり、まこと勝手ながら、聖女専属の聖騎士に任命したいと考えております」

「へぇ、聖騎士に……って、ええっ⁉」

司教の口から、さらりと耳を疑う発言が飛び出した。しかし俺の聞き間違いではなさそうだ。

「お聞きしたいんですが、聖騎士って俺たちがそう簡単になっちゃっていいもんなんですか？」

「ご安心を。此度の任命は、あくまで体裁上の処置であります。イリス様を送り出すのに、外部の者を雇いつけたとあれば納得せぬ方々もおられますので……」

保護した聖女様を王都まで護衛してきた経緯とはわけが違う。教会が正式に聖女の護衛を託したのだから、理解を得るためにも相応の身分が求められるということか。

「つきましては任命に当たり、あなた様方に能力鑑定を受けていただきます。決して疑うつもりではないのですが、あなた様方のお力をこの目で確認しておきたくありますので」

イリスを保護してから王都に着くまでの出来事は、全て包み隠さず話した。道中武器を構える機会が幾度もあり、そのたび窮地を切り抜けてきた経緯をグスクス司教も理解してくれている。

彼はイリスが信用しているのなら自分も、とは言っていた。言っていたが、それでも己の目で任せて大丈夫なのか、納得できる確証を得ておきたいのだろう。俺としては、また無料で鑑定をしてもらえるのなら願ったり叶ったりだけどな。

　拒否する理由はないので、途中で離脱するからと断ったカルナリア嬢を除き、能力鑑定が行われることとなった。グスクス司教は懐に忍ばせていた鑑定紙を取り出す。俺とシュリに一枚ずつ配ると、順番に鑑定の神聖術を施しはじめた。

　さてさて。自分の番が終わり、結果の出た鑑定紙に目を落とす。旅立つ前にイリスに鑑定してもらって以来だが、どれほど成長しているのやら。濃い期間ではあったが、あれからたいして時間は経っていない。過度な期待はしないほうがいいなっと。

名前＝キリク・エクバード　年齢＝16　性別＝男
Lv＝36　ＨＰ＝１０００　ＭＰ＝４１０
力＝１６３　守＝１２７　精＝１５８　技＝３０４　速＝２８９
《魔法》なし
《技術《スキル》》投擲術Ⅹ　隠密Ⅵ　見切りⅣ　遠投Ⅳ　短剣術Ⅲ　解体術Ⅴ
《固有《ユニーク》》必中

……自分の成長ぶりをみて、思わず目が点になってしまった。この短い期間に、どれだけ上がってんだよ。若いうちはレベルが年齢分あれば上々だったはずが、もはや倍以上になってやがる。村で猟師の真似事をしていた頃と比べ、成長速度が段違いだぞ。

いったいなにが原因で……と思い耽ったが、ティアネスで退治した化物やほかにも王級の魔物と、それ以外にも心当たりは十分にあったな。ゴブリンのような低級の雑魚相手じゃ、どれだけ狩ろうが一定以上の成長は見込めない。反して、相手が強敵であるほど、勝利して得られる糧は多くなる。俺が道中戦った相手はいずれも、その強敵に区分される相手だったわけだ。

「ふむ……。キリク殿は聖騎士に求められる水準としては、少々物足りなくあります。ですが、あなた様のご年齢を考慮すれば、むしろ相当な域。道中のご活躍を鑑みましても、憂慮すべき点はございませんね」

聖騎士を選定するのに、求められる最低水準が四十レベル以上。二十にも満たない歳でその域に到達する者となれば、世界的に見ても少数なはず。それゆえ、現在所属している聖騎士の平均年齢は三十代だと聞く。

自分よりも年長で、さらには厳選された者たちが基準とされているのだ。現状では見劣りしていても、将来は有望だと判断してもらえたのだろう。

勿論今のままでも、先人たちに劣っているつもりはない。レベルなんて所詮は指標でしかなく、数字だけで実際の力量を推し量れるほど単純じゃないのだから。

「すでに聞き伺っておりましたが、最高位まで極まったスキルは初めて目にしました。さらには固有だけでなく、希少な加護まで。記された数値を超え得る実力をお持ちだと、納得がいきます」

そうそう。俺には格上であろうと下克上できるだけの、強力無比な投擲術と必中がある。さらには加護まで持っているんだから……ん？　ちょっと待てよ、前回の結果に加護はなかったはず。しかしあらためて鑑定紙を見直すと、該当する欄にはしっかり『鬼人の契り』と記されていた。

……あれか、思い当たる節がある。魔鳥の王と戦っていた最中、右腕に装着する鬼人の篭手と言葉を交わした。力を貸すとの甘言を受けたのだ。文字で鬼人と記されているのだし、同じ名を冠する篭手が原因とみて間違いない。契りとあるから、篭手に宿る意思との間に、なんらかの契約が交わされたとみるべきか。

それにしてもだ、一方的に加護という形で契約されているのは酷くないか？　確かに提案に乗ったのは俺自身だけどさ。名前だけで詳細はわからないし、そもそも本当に加護として機能しているのすら疑わしい。まさか実態は呪いの類……じゃないよな？

考え込むほど、早まったのではと後悔が湧きかねない。あの日以来これといった変調はなかったのだし、ひとまず無害なものだと判断しておこう。不明瞭な存在ではあるが、少なくともあのとき、篭手に宿る意思は窮地に救いの手を差し伸べてくれた。悪魔が先を見越して恩を売ってきたのだとしても、助けられたのは事実。楽観視してはいけないが、実害がない限りは様子見である。

「キリク様ー！　わたしも鑑定してもらったです、見てください！」

答えの出ない推測を打ち切り、前向きに気持ちを切り替える。整理がついたちょうどいい頃合で、シュリが自身の結果が記された鑑定紙を差し出してきた。屈託のない笑顔を浮かべ、嬉しそうに尻尾を左右に暴れさせている。その様子からして、結果を褒めてもらいたいのだろう。

「わたし、前より強くなったです！　成長したのです！」

「おぉ、さすがだなシュリ。どれどれ……」

頭を撫でてやり、差し出された紙を受け取る。これほど喜んでいるのだ、さぞかし立派な成長を遂げているのだと期待ができる。

名前＝シュリ　年齢＝14　性別＝女

Ｌｖ＝17　ＨＰ＝７５０　ＭＰ＝１６０

力＝64　守＝53　精＝79　技＝68　速＝１６９

《魔法》なし

《技術》解体術Ⅱ　短剣術Ⅲ　小盾術Ⅴ

《固有》獣化【白狼】

《加護》なし

おぉ、出会った当初と比べれば随分と見違えたな。暇があれば俺やアッシュと稽古をしていただけあって、いい成長具合である。遭遇した弱い魔物の処理は率先して任せていたが、これならもう少し強い相手でもいけそうだ。

気付けば短剣術に関しては、もはや追いつかれてしまっている。どうりで最近、短剣のみを用いた試合形式の訓練をした際、苦戦させられるわけだ。今はまだ、レベルの開きから俺に一日の長があるけれど、追い抜かれるのは時間の問題かね。

「ふふ、シュリ殿はなんとも可愛らしくありますね。……ですがこの結果ですと、聖騎士を名乗るには些か厳しいと言わざるをえません。ですのでここは、聖騎士候補生としておきましょう。まだ若く伸び代を感じさせますので、いずれは大成なされるでしょう」

今後の成長について司教から太鼓判を押され、より一層精進すると鼻を鳴らし、意気込みをみせるシュリ。現状でもこの子が前に立ってくれるだけで、十分な安心感があった。まったくの未経験から始めた盾の扱いも、今では様になっている。最終的にはあのギルドマスターみたく、鉄壁を誇れるまでに頼もしくなってくれればと願う。

「……あれ、ところでアッシュは？　お前は受けないの？」

そういえば司教から鑑定紙を渡されたのは、俺とシュリのふたりだけ。断ったカルナリア嬢はいいとして、肝心の主力であるアッシュはなぜ省かれたのか。

「僕は昨晩のうちに、前もって話を聞いていたからね。だから先に済ませておいたんだよ」

「なんだ、そういうことか。てっきりアッシュが心変わりして、同行を辞退するのかと思った」

イリスの護衛から手を引き、勇者の捜索に加わるつもりではないかと頭をよぎったのだ。けれど余計な心配をしただけだった。いくらアッシュが勇者信者であっても、こいつは責任や義務を放棄するような人間じゃないと、短い付き合いながらわかっていたのにな。

「すでに鑑定を終えてるならさ、結果は教えてくれないのか？」

これまでの戦闘行為において、アッシュの動きは誰よりもずっと優れていた。ここにいる者の中では、間違いなく一番の手練。純粋な攻撃力だけなら俺が圧倒するが、総合的な面においては完敗だ。悔しいが、白旗を上げざるを得ない。

「あー、ごめんね。もう荷物の奥深くにしまっちゃったから……。簡潔に口頭で伝えるなら、レベルは四十五だったよ。いやぁ、自分でも驚くくらい成長してたよー」

「アッシュ殿は此度の特例を抜きに、正式な形で聖騎士に任命したくあります。それほどまでに、素晴らしい実力をお持ちでした。正しい手順を踏み、早くから聖騎士を目指しておられれば、歴代最年少の記録を更新されていたでしょうね」

「お強い方だとは承知していましたが、さすがですねアッシュさん！」

順当に聖騎士を志していれば、最年少記録を更新できたのかよ。純粋にすごいな、アッシュ。元聖騎士のバスクを相手に負けはしたけれど、互角に渡り合っただけはある。人数の不利さえなければ、アッシュは勝てていたんじゃなかろうか。

褒められた本人は照れくさそうに頬をかき、満更でもない様子。鼻高に誇ってもいいぐらいだ。

「最後に、あなた様方に紹介したい御仁がおります。聖女様の旅を万全にするため、彼をお仲間に加えていただきたいのです。すぐにお呼びしてまいりますので、しばしお待ちください」

こちらの返事を待たず、使いを走らせたグスクス司教。すでに決定事項なのか。

カルナリア嬢やダリルさんをはじめとしたヴァンガル勢は一旦帰郷せねばならず、その後も継続して同行してもらえる保証がない。そのため護衛役の数が減るのはほぼ決まっており、司教は先を見越して人員を増やしておくつもりのようだ。

魔法を得意とする魔導士か、イリスのほかにも治癒を担え、欲を言えば武術を収めた戦える神官あたりが、足りない穴を埋める人員として望ましく思う。

「私たちの抜けたあとが心配だったけれど、人手を増やすのなら心配はなさそうね」

「だな。さてさて、どんな人物が加わるのやら……」

この輪の中に溶け込める人柄の持ち主で、かつ俺と役割の被る後衛職でなければいいが。教会からの斡旋であることを踏まえると、神職に就く者である可能性が高そうだ。教会には聖騎士を志すものの実力が足らず、鍛錬に勤しみ機会を窺っている武闘派の神官は多いはず。そういった人選の中から、信頼の置ける者を連れて来るのかもしれないな。

新顔となる者に期待を膨らませていると、ふとある人物の顔が浮かんだ。オラティエ大教会を訪れた当初、嵐のように現れた無礼者の神官。名は確か、ラヴァルといったっけ。彼は獅子の獣人族だけあってか、見た目どおり力は相当であった。あの筋肉のつき方は、戦う者のそれだ。

ラヴァルならば、俺が思い描く神官像にぴたりと当てはまってくる。一度でもあの男が頭に浮かぶと、ほかに想像がつかなくなってしまった。予想が的中して現実となったら、前途多難だぞ。

固唾を呑み、緊張した面持ちで新たに仲間に加わる人物を待つ。すると、ようやく訪れた対面の時。扉が叩かれ、グスクス司教が件の人物を部屋へと招き入れた。

「紹介いたしましょう。彼は――」

「オルディス・シグナリオじゃ。よろしくの、童《わっぱ》ども」

現れたのは古めかしいオリーブ色のローブに身を包んだ、六十はゆうに超す老人だった。胸板にまで届く長い灰色の髭を蓄えており、顔には深い皺が傷と一緒くたになって刻まれている。

俺は内心、ラヴァルが現れなくてほっとしていた。四六時中つっかかってきそうな相手と一緒の旅なんて、想像するだけで疲れる。

それにしてもこの爺さん。杖こそ持っていないものの、全身を覆うだぼっとしたローブ姿からして魔導士なのだろうか？　並々ならぬ雰囲気を発しており、立ち居振る舞いからしてただの老人ではなさげである。

「隠居した老骨を引っ張り出してきおってからに、今度の仕事は童どものお守りかの？　お主からの頼みでなければ断っておったぞ」

厳かな目つきで、俺たちを順に一瞥する老人。目が合った瞬間、心の底まで見透かされたかのような感覚が襲い、背筋がぞくりとした。俺たちを見定めているのか。

「……ふむ。なかなか見所のある奴がおるな。ちっとは楽しめそうじゃ」

「わぁ！　オル爺様が一緒に来てくれるんですか⁉　これは心強いですよー！」

「ふぉっふぉっふぉっ。イリスちゃんは相変わらず元気じゃのぉ。おや？　しばらく会わんうちに、また少し大きくなったんじゃないかえ？」

オル爺様とやらとイリスは面識があり、それも親しい間柄と見受けられる。さっきまでの鋭い眼光が打って変わって、イリスと接した途端に鼻の下を伸ばしだらしない顔つきとなった。ったく、どこに目をやっているんだか。

当の本人は身長についてだと思い違いをしており、下心のある視線には気付いちゃいないな。鈍いというか純粋というか、幸せな頭をしてるよ、まったく。

「どんな人が来るのかと思ったら、とんだエロ爺だな。なぁ、アッシュ。……アッシュ？」

囁き声で隣にいる剣士に話しかけるも、返事がない。どうしたのかと顔を覗き込めば、アッシュは表情を強張らせ、握った手を震わせていた。

「あ、あの！　もしかして先代の勇者であられた、あのオルディス様ですか⁉」

なにを呆けているのか疑問に思っていると、唐突に身を乗り出し大声で話しかけるアッシュ。発した声は上擦っており、緊張しているのがはっきりとわかる。

アッシュの発言から、緊張している理由を理解した。先代の勇者であるオルディスの名は、俺だって知っている。彼の成した偉業、荒れ狂う暴れ竜を撃退した逸話はもはや伝説として、現在でも語り継がれているからな。とうに退役してはいるが、れっきとした元勇者。アッシュのお目当てであるアリアじゃないが、同じく憧れの勇者を務めた人物だ。興奮するのも頷ける。

「うむ、いかにも。過去に勇者として聖剣を振るい、今代の師として後進を導き、現王より剣聖の称号を賜ったオルディスとはわしのことじゃ！」

両手を広げ、ローブをはためかせながら、格好よく構えをとる先代の勇者オルディス。ローブに隠れていて気付かなかったのだが、腰元には老兵に相応しい古い装いの剣が。長年愛用されてきたのであろう使い込まれた柄が、彼が間違いなく歴史に名を残す古豪だと証明していた。

「うわぁっ！　うわぁっ‼　どど、どうしようキリク君⁉　サインとかもらっておいたほうがいいのかな⁉　かなぁ⁉」

「いいから落ち着け、アッシュ。嬉しいのはわかるが、一回深呼吸しような？」

普段のアッシュからは想像つかない興奮ぶりに、俺を含め周りは若干引き気味である。もし本命であるアリアと対面したら、興奮し過ぎて心臓が止まるんじゃなかろうか。

「うむ、これだけ喜ばれるとわしも嬉しいのぅ。今どきの若者は皆、見栄えのいいアリアばかり持て囃しおる。どれ、握手でもするかの？」

「はい！　是非‼」

オルディスが差し出した手を、アッシュは念入りに手汗を拭いてから両手で握り返した。嬉しいのは結構だが、さすがに感極まって泣いたりしないよな？

「おやおや、そっちのちみっこいお嬢ちゃんも可愛らしいのぉ。ほれ、こっちへおいで。甘い砂糖菓子をやろう」

「わーい！　オルディス様、ありがとうなのです！」

年寄りらしく好々爺を演じ、早くもシュリまで手懐けてしまった。お菓子で簡単に懐柔されるとは、あの子にはもう少し教育が必要だな。今回は信用できる相手だからこそいいものの、悪人にころっと騙されて連れて行かれてはかなわない。

「あの、グスクス司教様。元勇者で剣の達人なのは俺もわかるんですが、大丈夫なんですかね？　言っちゃなんですけど、老体に無茶させるのは……」

若者ですら長旅は堪える。行きの片道は魔導車に運んでもらえるとはいえ、衰えた体には些か酷だろう。ひと昔前は最強の剣士であっても、老いには勝てない。歳を召した体では、もはやまともに剣を振れるのかさえ疑わしい。

「歳は食ったが、まだまだ耳はよく聞こえとるぞ。じゃが、お前の不安はもっともじゃな」

おっと、聞こえてしまったか。老人は耳が遠いものと認識していたが、元勇者ともなれば同年代と比較して遥かに優れているようだ。控えめな声で話していたのだが、次からはもっと音量を落としたほうがいいな。

「話に聞いておるぞ。お前が一芸を極めた童じゃろ。わしが朽ちた老木かどうか、試してみるがええ。童自慢の、その投擲術での。なに、心配はいらん。わしの剣の前では、飛んでくる礫なんぞ羽虫を払うも同然じゃからな」

上からの目線で睨まれ、口元には不敵な笑みが浮かべられていた。挑発まで交えてくるあたり、冗談ではなく本気で提案している。自分はまだまだ現役であると周知させ、同時に俺の投擲術を確かめる腹積もりか。

オルディスは俺の言いわけに耳を貸さず強引に教会の中庭へと連れ出されてしまった。頼みの綱であるグスクス司教もまた、微笑むだけで止めやしない。あまつさえ、付近の人払いを率先して行う始末である。これから危険な行いをしようとしているのを、わかってくれているのだろうか。イリスたちもやめるようかけあってくれたが、無情にもその願いは却下されてしまう。

「ほれほれ、準備はできとる。いつでもええぞ。わしを殺すつもりで、全力で投擲してみい」

全力でって、正気かこの爺さんは。篭手を装着していないとはいえ、素手で投げても人の頭くらい軽く吹っ飛ばす威力がある。もし爺さんが昔の栄華を引きずったままで、彼の思惑通りにいかなければどうなるか。下手をすれば俺が、引退した勇者を殺した男として歴史に名を残しかねない。

とはいえ、完全にやる気となった爺さんを上手くはぐらかす案が浮かばず、逃げ口を見出せない。

ならばいっそ諦め、無難に終わらせるのが手っ取り早いか。納得してもらうためにもある程度本気を出しつつ、かつ死に至らしめる大怪我を負わせてはいけない。

……腕、か。狙うとすれば。それも爺さんの利き腕ではない、左。頭や心臓といった急所は、防げなければ一発で即死だ。けど腕ならば最悪当たって吹き飛んだとしても、すぐ死にはしない。この場には聖女のイリスがいるのだし、失血で死ぬ危険性は低い。元通り繋げることも可能なはず。

懸命に思考を巡らせ、諦めの境地から結論を出す。考えがまとまってしまえば、あとはもう覚悟を決めるだけ。心配せずとも、俺の腕ならばまず狙いは外さない。オルディス爺さんのお望み通り、自信を持って己が誇る投擲術を見せ付けてやればいい。

腰の袋から取り出した小石を、二度三度と軽く宙に放り投げては受ける。得物を見せつけてから最後にしっかりと掴み、投げる構えをとった。標的を志願した元勇者の爺さんは、一見すると隙だらけ。だが飄々としながらも、佇まいは威風堂々としていた。

……それにしても、一向に剣を構える気配がない。よもや手刀だとかいって、俺の投げる礫を素手で払うつもりか？

「あのさ、剣は抜かなくていいのか？」

「気にせんでええ。準備はできとると言うたじゃろ。……尻込みしとらんで、早うこい!!」

全盛期は武勇を誇ったといえど、今はもう老人。過信も度が過ぎれば、痛い目に遭うと知ってもらわなきゃな。年寄りを相手に気が引けるが、もうあとには引けない。

オルディスの発した怒号を合図に、力試しの投擲を放った。狙いは予てより決めていた左腕。それも掠る程度のギリギリの位置だ。爺さんが変に動かなければ、軽い出血で済む。

若人すら肉眼で見切るのも困難な、高速で飛来する石の礫。歳を召した老体では、反応できるかさえ怪しい。だが勝負の行方は、俺の思惑を凌駕する結末となった。

何重にも重なって響いた、石を断ち切る鋭い音。いつの間に鞘から抜いたのか、爺さんの右手には剣が握られていた。微塵に斬り捨てられた石ころが、勝者の足元に散らばっていた。

予想を裏切る結果に呆然とする。それは俺だけでなく、見学していたイリスたちも同様。ただひとり、グスクス司教だけが彼を讃える拍手を送っていた。

『カチン』と剣を鞘に収めた音が耳に入り、ようやく意識が現実へと引き戻される。目の当たりにした現実に、有無を言わさず理解させられた。過信していたのは、ほかならぬ自分自身だったと。一線を退いたといえど、その実力はまごうことなき勇者。不敵に笑うこの老人こそが、今なおも剣の頂に立つ古豪であった。

「もうわしが言わずとも、納得したじゃろ」

言葉を失くした俺に対し、オルディスは声をかける。勝って当然といった、悠然とした態度で不敵な笑みを一向に崩そうとしなかった。

「……あんな神がかった剣技を披露されたら、オルディス様がまだまだ現役の剣士だと認めるしかないでしょうよ」

「ふぉっふぉっ。そう畏まらんでええぞい。わしのことはイリスちゃん同様、『オル爺』とでも呼んでくれりゃあええ。へりくだる必要もないわい」

右手で顎髭を撫でながら、やっと顔つきを変えたオル爺。目尻を下げ、優しく笑う。

圧倒的な実力を見せ付けたオル爺に、シュリは早くも懐き始めている。アッシュは逆にどう接したらいいか距離を図りかねており、頭を悩ませているようだった。

「では、皆様方。新たに加わるオルディス様の紹介も終わりましたし、これにて解散としましょう。旅立つ仕度は万全ですか？　明日は早いですので、忘れ物をせぬためにも、もう一度確認しておくのがよろしいかと」

グスクス司教に半ば強引に促され、俺たちはこの場をあとにする。しかし司教とオル爺さんだけは、ふたりきりで話があると中庭に残っていた。


若人が去り、中庭に残されたふたりの老人。司教のグスクスはキリクたちを見送り、完全に彼らの背が見えなくなってから口を開く。

「……満足されましたか？　オルディス様」

「うむ、これほどとは思わなんだな。しかもあやつの投擲、あれでまだ全力ではないのじゃろ。実に末恐ろしい童じゃ」

「相変わらず無茶をなされます。私はあなた様を信じておりましたが、それでも肝を冷やしましたよ。……左腕をお出しください、診させていただきます」

剣の翁、オルディスは目を細めて苦笑する。彼の額にはうっすらと滲む汗。司教はオルディスのローブに手を突っ込み、隠されていた彼の左腕を引っ張り出す。オルディスの腕は、滲み出た血で袖がじんわりと赤黒く染まっていた。

「お主にはばれておったか。破片も全て払い落としたつもりじゃったが、防ぎきれなんだ。やはりわしは年をとったのじゃな。若い頃であれば……いや、よそう。全盛期のわしでも、童が本気を出せば無傷で済むかわからん」

グスクス司教はオルディスの負傷した左腕に神聖術を施し、傷を癒やしていく。幸いにして、小さな石の欠片が二、三粒被弾しただけ。傷の程度は深くない。高位術者である司教の手にかかれば、完治は一瞬であった。

「童が狙ってくれたのが腕でよかったわい。わしの言葉を真に受け、本当に全力で殺しにかかってきておれば、今頃は頭に穴が空いておったぞ。それにほれ、こいつを見てみるがよい」

治癒が終わったオルディスは、剣を鞘から引き抜きグスクス司教に手渡す。受け取った司教は目を凝らし、刀身をまじまじと眺めた。

「おやおや、刃が酷く欠けておりますね。……これは先の一件で？」

「左様。聖剣をアリアに引き継いで以来の相棒じゃったが、こいつはもう駄目じゃな。研ぎに出したところで、元通りにはならん」

司教より剣を返されたオルディスは、役目を終えた相棒を鞘へと収める。そして我が子を愛でるかのような手つきで、剣の柄を優しく撫でた。

「その剣は魔剣の類でないとはいえ、稀代の業物だったと聞き及んでおります。お気持ち、お察しいたします」

「ま、しょうがないの。ふっかけたのはわしのほうじゃからな。形ある物はいつか壊れる、自然の摂理じゃ。寿命がちと早まっただけのこと。なに、大丈夫じゃて。代わりの剣はある」

死した愛剣を憂い、少しだけ寂しそうな表情を見せるオルディス。だがそれもほんの一時だけ。在りし日を思い出す久しぶりの長旅に、ともに足を動かす有望な若者たち。明日から始まる新たな非日常が、彼の胸を密かに躍らせていたのだった。

(三) 行いの代償

王都を出発する日の朝。早朝から俺は例のドワーフが経営する武具屋を訪れ、依頼していた品の受け取りを済ませた。店を出たその足で集合場所に向かい、すでに魔導車に乗り込み待機していた仲間と合流する。聖女様のお忍び旅という名目は引き継いだままなので、目立つのを避けて見送りはなし。別れの挨拶なら、前日のうちに済ませてあるからな。まぁ、魔導車の存在そのものが否応にも目立ってしまうのだが。

「——おほぉ！　これが魔導車か、噂には聞いておったが速いのぉ！　わしが旅しておった頃にはありはせんかったからの、新鮮じゃわい。……乗り心地はちと悪いがな」

今どきの若者は楽なものだ、とオル爺は年寄り臭く言うが、今の時代であっても魔導車を乗り回せる人のほうが稀有だと突っ込んでおく。いずれは広く普及していくのかもしれないが、果たして何十年後になるのやら。

「キリクさん、王都を出発する前から包みを抱えてますけど、なにが入っているのですか？」

俺がドワーフの店主から受け取った品を、大事そうに懐に抱えているものだから、周りが興味を持つのは必然だった。移動中の暇を持て余した状況だと、なおのこと。

白状すれば、俺は尋ねられるのを内心そわそわして待っていたのである。ようやく食いついてくれたのがイリス。俺は待ってましたといわんばかりに、覆っていた包みを解いて中身を披露した。

「へぇ、それがキリク君がドワーフの職人に依頼したっていう、新しい武器かい？　結構大きいけど、分類としては短剣……なのかな？」

「なんだか、変な形をしてるですー」

包みから姿を現したのは、歪な形状の刃物。指先から肘までの長さがある、大型ナイフだ。湾曲した内反りの片刃が特徴で、あまり目にしない珍しい刃物である。一般的には色物の類だろう。

「ほほう、ククリナイフかの。どこぞの少数民族の間で伝わっとる刃物じゃな」

このナイフの名称を知っているとは、さすが見聞の広いオル爺。世界中を巡り、歳を重ねた古老なだけある。武具屋で飾られていた魔剣に惹かれ、店主に相談して似た形で拵えてもらったのだ。

さっそく鞘から抜き、刀身を披露する。光を反射して銀に輝く、穢れのない惚れ惚れとする美しさ。その出来栄えは、横で眺めていたオル爺が唸るほど。いい仕事をしてくれたと感心する。

「そのナイフ、魔石を用いて拵えたのよね？　なにか能力を付与してあるのでしょう？」

「そりゃもちろん！」

窓を開け、流れる外の景色に向けて、おもむろにククリナイフを放り投げる。

「ふぁ!?　キリク様、捨てちゃうですか!?」

「えぇぇー!?　ちょ、キリクさん!?」

突然の俺の奇行に、驚きを隠せないシュリとイリス。さっきまで自慢げに見せびらかしていた武器を、躊躇なく投げ捨てたんだからな。けれどこの反応は予想通り。むしろこのふたりしか驚いておらず、こっちが逆に驚きである。

「まぁまぁ、落ち着け。ほら、ここに指輪があるだろ？　これを指に嵌めて……『来い！』」

俺がひと言指輪に命じると、右手の中指に嵌めた銀の輪が光を発し始める。光は抽象的な形を縁取ると、やがて収束。光が霧散した手には、先ほど投げ捨てたククリナイフが握られていた。

これがこの魔剣の能力。指輪とククリナイフは対となっており、互いに同期している。指輪の装着者がマナを消費することで、離れた場所からでも手元にククリナイフを召喚できる仕組みだ。

「あはは、いいねそれ。キリク君にぴったりじゃないか」

「なるほどねぇ。もしかして、私の槍から着想を得たのかしら？」

まさしくその通り。というよりも、まんま能力を模倣させてもらった。石ころはどこでも拾えるから使い捨てできるが、武器を投げるとなれば限りがある。実際、投擲ナイフは何本か回収できず失くしているからな。繰り返し何度も使える、単純ながらそれだけでありがたい。

「いやさ、お嬢の持ってた槍が羨ましくって。作ってくれた店主に相談したら、できるって話だったからさ。……まぁ、召喚能力だけが取り得の魔剣なんだけどな」

でもそれで十分。俺が持つ武器のなかでは、一番の大型刃物だ。石ころや投擲ナイフと比べると、圧倒的な質量を誇る。刃物としての性能は、切れ味よりも頑丈さ重視。繰り返し投擲する、俺の運用方法に適した仕様だ。鞘は背に背負う形で拵えてもらい、右手で鞘から引き抜き一挙動で投擲可能。最初のうちは慣れを要するが、練習次第で咄嗟に投げ放てるようになるだろう。

気分はさながら、新しい玩具を与えられた子供。周りの目から見ても、そう映っていたに違いない。走る魔導車の車窓から、遥か遠くにククリナイフを投擲しては手元に呼び戻す。同じ動作を飽きもせず、何度も繰り返した。傍からすれば、なにが楽しいのやら。

「私の槍は、ただ召喚できるだけじゃないけどもね。それよりも、ちょっとキリク。嬉しいからって、浮かれてやり続けると……」

何度目だろうか。投げたククリナイフを手元に呼び戻したところ、不意に頭がふらつき、強烈な吐き気に襲われた。座っているのさえ億劫になり、我慢できず後ろに倒れこむ。ずっと平気だった魔導車の揺れが、今は最高に気持ち悪い。

「ほらもう、調子に乗るから！　この手の召喚能力はね、魔具の質にもよるのだけれど、呼び戻す距離に比例してマナの消費が大きくなるの。あなたはただでさえ遠くに投げちゃうのだから、使いすぎればそうなるわよ」

「そ、そういうのはもっと早く、教えてくれないか……」

馬鹿ね、と呆れられてしまう。時が戻せるのなら、なにも考えず馬鹿みたいに繰り返した自分の愚行を殴ってでも止めるのに。つまりこの気持ち悪さと吐き気は、マナが著しく欠乏したのが原因か。……いや、それだけじゃないな。マナの欠乏症を起こして弱った体に、乗り物酔いが追い討ちをかけている。

「大丈夫ですか、キリクさん!?　すぐに神聖術を施して、楽にしてあげますね……！」

心配したイリスが、優しく介抱してくれる。だが神聖術でよくなるのは乗り物酔いだけで、原因の根本であるマナの欠乏症はどうにもならない。さらに魔導車が走行し続けている限り、いくら治癒を受けても、回復と悪化を繰り返すだけ。ずっとこの狭間で揺れ動いている。いや、むしろ悪化が優勢か。治癒が追いつかず、徐々に悪化へと傾いていく天秤。例えるなら、なみなみと杯に注がれた液体が縁でスライムみたく丸みを帯び、いよいよをもって決壊しかけている状況だ。よりにもよって今日に限って、朝食を多めに摂ったのを非常に後悔している。

「あ、やば、い……。もう、限……界……」

食べ物を詰め込んだねずみの頬袋ばりに、膨らむ両の頬。逆流してきた胃の内容物が、口の中で最悪の酸味を奏でている。もはや口内の容量も満杯となり、抑えられそうにない。

「キリク君、これを使って!!」

咄嗟にアッシュが自分の鞄をひっくり返し、中身を空にして手渡してくれた。俺は鞄を受け取ると、光の速さで袋の口に顔を突っ込む。

「うぷッ！　おろろろろろー……」

ギリギリだった……。

こうしてアッシュの見事な機転により、車内に胃の内容物をぶちまける最悪の事態は免れた。しかしこれで全て終わったわけではない。惨事とは伝染するもの。酸味の利いた臭いが車中に広がり、窓を全開にしたところで焼け石に水。同乗していた仲間が次々に不調を訴え始めた。

「うぅ、ぎもぢわるいのです……」

「シュリちゃん、大丈夫ですか⁉　え、アッシュさんも⁉　あわ、あわわわわ……！」

不思議なことにイリスだけが気分を害していなかった。前回と違い、体はなんともない様子。忙しなく皆に神聖術を施し始める。けれどひとりでは手が追いつかず、次第に混乱し始めてしまう。

「これじゃ、今日の移動はもう無理ね……。ちょっと早いけれど、ここらで野営としましょう」

「ちょっとどころか、かなりだけどねー……。うぷっ」

「す、すまん……」

ほどなくして魔導車は停車。外気を求め、転がり出るように降車した。まだ昼前だというのに、本日の移動はここで打ち止め。今日一日は申し訳なさで気が滅入るな……。


キリクは食欲が湧かず、昼食を摂らずに用意された寝床にて就寝。傍らではシュリが添い寝をしており、イリスが介抱のため傍らに付き添っていた。時折彼を心配した者が、代わる代わる様子を見に訪れている。

「童の具合はどうじゃの？　イリスちゃん」

「あ、オル爺様。キリクさんなら、ぐっすり眠ってますよー。今日一日寝ていれば、明日には元気になられると思います」

体調を悪くしてから蒼白だった顔色も、すっかり血色を取り戻していた。悪夢にうなされているといった様子もなく、キリクの寝顔はいたって穏やかである。

「ふむ、なら心配はいらないの」

オルディスから見ても、キリクの容態はよくなっていた。呑気に眠る姿に彼は安堵する。

「イリスさん、キリク君の調子はどう――あっ、オルディス様もいらしてたのですか」

オルディスが立ち去ろうとしたとき、入れ替わりでアッシュが現れた。彼もまたイリスからキリクの容態を伺い、大丈夫だと聞くやほっと胸を撫で下ろす。

「ふむ、ときにアッシュよ。先ほど素振りをしておったようじゃが、お前の剣は自己流か？」

「え？　あ、いえ。幼い頃は剣の先生から教えを受けておりました。でも本格的に打ち込むようになってからは、ほぼ独学になります」

眠るキリクのもとから立ち去った道すがら。オルディスより前触れなく振られた質問に、アッシュは正直に答える。答えを聞くやオルディスは、アッシュの爪先から頭の天辺まで、彼の周囲をぐるりと回りながら品定めをした。

「……惜しいのぅ」

アッシュの前で立ち止まり、オルディスは髭を撫でながらぼそりと言葉を吐く。それから腕を組み、目を伏せて思案に浸りはじめた。

オルディスの奇怪な行動に、困惑するアッシュ。真面目な彼は、オルディスが長考している間も黙して待ち続けた。しばしの沈黙を経て、ようやく伏せられていたオルディスの目が開かれる。

「アッシュよ、わしから剣を教わる気はないか？」

それは思いがけない提案であった。一世を風靡した剣士、先代の勇者が、剣術を教えてやると言い放ったのだ。剣の道に生きる者であれば、誰もが頭を垂れてでも教えを請いたい達人から直々にである。彼の提案はアッシュにとって、願ってもない話だった。

「本当ですか⁉　嘘じゃないですよね⁉　オルディス様が、僕に剣の手解きを……⁉」

「わしは冗談で弟子をとったりせんよ。お前には見所があると踏んだからこそじゃ。まぁ、嫌なら別にかまわんがの。無理強いはせん。己が道を突き進むのも、また――」

「是非！　是非お願いします!!」

強要はしないと引き下がる素振りをみせたオルディスに、慌てるアッシュ。整理が追いつかないままその場で膝をつき、深々と頭を下げた。唯一はっきりしていたのは、この機会を逃せば次はないということ。せっかく己の才能を、先代の勇者が見出してくれている。となれば断る選択など、アッシュにありはしなかった。

「……よろしい。わしも弟子をとり始めたのは、随分と年を食ってからじゃからの。せっかく極めた剣技じゃ。いまさらながらわしの生きた証しとして、有望な若者に伝え残しておきたく思っておる。わしの教えは厳しいが、ついてこれるな？」

「はい、勿論です！　やった、これで僕はあのアリア様と同門、兄弟弟子だ……！」

湧き上がる興奮から握った両の手を震わせ、大きな声でアッシュは意気込みを露わとする。やる気に満ちた新しい弟子の様子に、オルディスは目を細め微笑んだ。

「では、今日より僕はオルディス様を師匠と呼ばせていただきます！　師匠の一番弟子である、アリア様に負けぬよう精一杯努めます!!」

「ふぉっふぉっ、その意気やよしじゃ。じゃがの、わしの一番弟子はアリアにあらず。あやつはいいとこ、二番弟子といったところかの」

「え……？　そうなのですか？　僕はてっきり……」

今代の勇者は、先代であるオルディスに師事している。これは勇者事情に精通する者なら常識であり、一般の者ですら知りえる情報。誰もが皆、アリアこそオルディスの教えを一身に受けた秘蔵っ子だと捉えていた。

もともとオルディスは自分で語っていた通り、昔から特定の誰かを弟子として育ててこなかった。多少の手解きをする機会はあっても、気紛れの範疇。だからこそ、アリアが唯一の弟子であるとアッシュは思い込んでいたのである。

「後進の育成に力を入れ始めたのは、ある有望な若造を見つけてからじゃ。アリアを王より託されたのは、そやつを弟子にとったあとになるの」

初めて知る裏話に、アッシュは興味を惹かれた。どのような人物がオルディスのお眼鏡に適い、アリアの兄弟子となったのか。気になったアッシュは、件の人物についてオルディスに尋ねる。

「あやつは寡黙で、自分の話をあまり語らん性格じゃったな。わしもこれまで散々弟子入りを断った手前、あまり公にはせんかった。じゃが、アッシュよ。お前ならあやつのことを、間違いなく知っておるはずじゃぞ。勇者と行動をともにしていた剣士、といえばわかるじゃろ」

「え⁉　ということは、騎士のゼイン様が⁉　し、知らなかった……」

いざ知ってみれば、納得がいく答え。勇者と肩を並べ、勇者が信頼して背を任せられる実力者となれば、なるほどといえた。

「ゼインこそがわしの技術を受け継ぎ、わしを超え得る逸材といえよう。アリアは剣の腕において、あやつに一歩及んでおらんかった」

ただし立場の性質上、表立って脚光を浴びるのはいつも勇者であるアリア。ゼインは常に日陰者に徹し、縁の下の力持ちとして自己を主張しなかった。まさにふたりは、光と影のような存在であったとオルディスは評する。

「……ん？　だとするとアリア様とゼイン様は、ずっと一緒に旅をされていたのだから……」

「まったく、わしの馬鹿弟子どもはどこで油を売っておるんじゃろうな。多くの人に迷惑をかけよって、帰ってきよったら延々と小言を浴びせてやるわい」

オルディスもまた、勇者一行の現状を知る数少ない人物。彼はこれといった心配をしておらず、むしろ憤慨していた。もっともその怒りは、ふたりの愛弟子に対する信頼の表れである。

「……ちとお喋りしすぎたの。喉が渇いてしもうた。水分を摂ってから、始めるとしようかの」

「はい！　すぐお水をお持ちしますね！　以後、ご指導ご鞭撻のほどよろしくお願いします！」

こうしてオルディスの弟子となったアッシュ。翌日からは魔導車での移動時だけが、アッシュにとって満足に眠れる時間となる。食事を除くほぼ全ての時間が訓練のためにあてがわれたからだ。深夜の寝ている最中であろうが、オルディスはかまわず訓練と称して彼に襲撃を仕かける。まさしく、地獄すら生ぬるい特訓の日々が始まったのであった。

王都を経って直後に発生した俺の嘔吐事件以降は、これといった問題もなく順調に進んでいた。強いて挙げるとすれば、アッシュが日に日にやつれていったくらいか。

領境を越えてヴァンガル領入りをし、しばらくしてからさしかかった岐路。昼の休憩がてら分かれ道の手前で停車をし、古ぼけた木の看板を前に今後の予定を確認しているところである。

『→（右）　ヴァンガル領・領都方面』

『←（左）　キロト山脈方面』


「標識をご覧の通り、右に進めば私の父が治める街に着くわ。左のキロト山脈方面が、聖女様が赴かれる聖地のある場所ね」

「我々はひとまず、皆様を山の麓にある村までお送りいたします」

ヴァンガルの領都までは、ここから魔導車の速度であればすぐ着けるらしいのだが、俺たちの目的地とは反対の道を進まねばならない。キロト山脈までは領都と比べ、倍以上の距離がある。遠くでうっすらと連なる山の影、あれがそうだな。

「そうなると、いよいよ魔導車ともお別れか。帰りは徒歩って考えると、憂鬱になるな」

「若いくせにだらしないの。なんのために足がついておる。歩きこそ、旅の醍醐味じゃぞ」

そりゃオル爺の言葉はごもっともだけどさ。移動が早く済むのは大きな利点だが、味気なく感じてしまうのも事実。でも、やっぱり俺は便利なほうがいいな。

「そっか、もうすぐしたら歩き旅になるのかぁー。あは、あはははは……。そうなったら僕、いつ寝たらいいんだろう……？」

「アッシュ様、大丈夫なのです……？　顔色が悪いのです……」

「ありがとう、シュリちゃん。心配せずとも大丈夫だよ。師匠のしごきが挫けそうなくらいきついとか、そんなこと全然ないから……」

いや、全然あるだろ。アッシュの弟子入り宣言を聞いてからというもの、移動時以外は素振りや走り込みをほぼ休みなくこなしている。それだけでなく夜間の野営時には、魔物が襲ってきたら相手が群れであろうと、アッシュ単独で相手をさせられているのだ。

基本的な鍛錬以外にも、オル爺がつきっきりで実戦形式の稽古を行い、オル爺が疲れたら今度は違う相手と。俺やシュリも何度か付き合わされた。若手の兵たち全員を相手に、一対多数の稽古もしていたっけ。あまりのスパルタぶりに、俺とはまた違う理由で吐き戻していたほどだ。

「なぁ、アッシュ。一日くらい休んでもいいんじゃないか？　やりすぎは逆によくないだろ」

「僕もそうしたいのはやまやまなんだけど、でも……」

「休みたければ休むがよいぞ。ただし、その時点で落第じゃ。わしとの師弟関係は終了じゃの。寝る時間が確保されとるだけ、アリアに課した日課よりは甘くしてやっとるんじゃがな」

今のアッシュより過酷だったとか、えげつないな。しかもアリアはその過酷な日々を耐えきったというのだから、驚愕だ。在りし日の華奢な少女を思い起こし、話から現在の姿を連想する。乳か大胸筋だか判別できないほど、筋肉質な体型に進化していたらどうしよう……。

「そういうわけだから……。貴重な時間を無駄にしないためにも、僕はもうひと眠りしてくるね」

ふらふらとした足取りで、魔導車へと乗り込むアッシュ。支援するイリスの賜物で、筋肉痛や怪我なんかはすぐに癒える。だからむしろイリスがいるからこそ、嫌でも体を動かせるので過酷さに拍車がかかっているのである。

「そういや、オル爺。ちょくちょくシュリにも短剣の扱い方を指導しているみたいだけどさ、よければ俺にも教えてくれよ」

「うむ、却下じゃ」

「そっか、助かる。それじゃこの休憩時間にでも早速――って、え？」

俺の聞き違い……じゃないな、「却下」とはっきり言った。それって嫌ってことだよな。なんでだよ。アッシュとシュリだけで手一杯というのならわかるが、傍観していた限り、そこまでオル爺自身は忙しそうではない。シュリの稽古に関してはお遊びに近い感じがあり、アッシュとは天と地ほどの差がある。

「シュリちゃんはの、あの子もまた伸び代がある。じゃがキリク、お前は才能がないとまではいわんが、わしが教えを授けるには値せん」

ううむ……。つまり俺はオル爺にとって、琴線に触れる逸材ではないのか。対してシュリは、オル爺が片手間のお遊びに付き合うだけの価値がある、と。

「なによりお前には、ほかに注力すべき領分があるじゃろ。いい気になって余所見をしとると、いつか足を掬われるぞい」

「ぐむ、仰る通りで……」

イリスの護衛をするようになってから、日課だった石投げも徐々にサボりがちになっていた。自惚れから極めきったと、勝手に決め付けていたな。身につけた技術はそうそう失われやしないが、怠れば衰える。日々の鍛錬は技術の向上を目的とするだけでなく、維持をするためでもあるのだ。初心を思い出し、この休憩時間は久しぶりに本気で日課をこなすとしよう。特にククリナイフに慣れるためにも、新調した武器の扱いに重点を置くのがいいか。

休憩の時間が終わり、移動を再開。標識に従い、分かれ道を左のキロト山脈方向へと走りだす。

「なぁ、なんでこんなに荷物が載せられてるんだ？　めちゃくちゃ狭いんだが」

魔導車の車内には、なぜか後続車に任せていた食料やらの荷が積み込まれていた。ただでさえ七人も乗って手狭だったのに、ゆとりが失われぎゅうぎゅう詰めである。前側の席に座るお嬢とダリルさんは余裕があっていいが、後ろは地獄絵図と化しているぞ。体が荷物と密着し、ごっちゃになっていてつらい。

「カルナリア様、兵士さんたちが乗るほかの魔導車が、反対の方向へと走って行ってるです。一緒に行かないですか?」

シュリの質問に反応し、荷物の隙間から窓の外を眺める。彼女の言葉通り、逆走し小さくなっていく二台の魔導車を捉えた。

「あの子たちには、先に領都へ帰ってもらったの。ほら、いい加減魔導車をお返ししないと、お父様も困ると思うから」

「……お嬢様、嘘はいけません。先に部下を帰還させたのは、彼らに父君のお怒りを受ける避雷針となってもらうつもりなのでしょう。ご自身が戻られたときに備え、少しでもお叱りを軽減したいのですよね?」

「そそ、そんなことはないわよっ！　そんな小ずるい考え、これっぽっちも……ないとは言い切れない……けれど……」

あー、そういうことね。全員が同時に帰れば、一番叱られるのは束ね役のカルナリア嬢だ。一身に降り注ぐ怒りを回避するため、あらかじめ生贄を差し出しておき、ちょっとでも軽くしようって腹か。出発前に兵士と揉めているなと思ったが、理由を知って納得がいった。

「……てへっ！」

舌を出し、おどけた表情を見せるお嬢様。可愛い子ぶる主の姿を、ダリルさんは冷ややかな目で一瞥。無言のまま魔導車を走らせた。

後ろの俺たちもよそのお家事情には口を挟めず、車内に気まずい沈黙が流れる。誰にも一切触れられない状況は想定していなかったのか、みるみる顔を赤らめるカルナリア嬢。恥ずかしいのならやらなければよかったのに。

五章　思惑と再会

(一)　陰りの村

キロト山の麓に位置する、閑静なド田舎の村『ベリラズ』。目的の聖地、晶窟は山中にあるとの話なので、この村が現地に一番近い集落となる。日が山頂に姿を半身隠す時分になって、ようやくのご到着だ。ベリラズの村を拠点とし、ここからは徒歩。明日は山登りに勤しみ、聖地を目指す予定としている。


「うっわ、すげぇ寂れた村だな」

「えっと、そのぉ……し、静かな村ですよねー？」

「あうー……。なんだかお化けが出そうで、不気味なのです……」


抱いた感想は一様に同じ。配慮して言葉を選んだイリスに対し、シュリは率直すぎである。手足の指だけで数えきれる家屋。そのうちの半数近くは、人が住んでいるのかすら疑わしい廃屋も同然である。じき暗くなり始める時間帯だというのに、家々に灯る光はあまりにも乏しい。


「過疎化が進んでいるのかしら？　ねぇ、ダリルはなにか知っていて？」

「いえ、私もこの村を訪れるのは初めてですので、わかりかねます。ですが、なにぶん僻地ですからね。お嬢様のご推察通りかもしれません」

「どの地方の田舎でも、若者は故郷を捨て、揃って都会を目指したがるからの」

寂しい村の姿にあれこれ推論を述べ、導き出されたのは過疎化という答え。

同じ田舎の若者でも、俺は少数派だったらしい。なぜなら故郷の田舎村で、安穏に生涯を過ごしてもいいとさえ考えていたからだ。まぁ、この村はモギユ村を超える僻地に位置しているから、実際に住んでいると都会への憧れは桁違いなのかもしれないな。

辛うじて体裁を保っている宿屋を訪れ、部屋を借りる。看板は落ちかけており、建物は年季が入っているせいか、かび臭い。そこらじゅうが蜘蛛の巣だらけ。村にはこの宿一軒しかなく、選択肢がほかになかったので我慢するしかなかった。

宿に入る前からわかっていたが、ほかに利用客はおらず貸切状態である。おかげでひとりにひと部屋ずつ、贅沢に利用できた。魔導車は、一頭も馬のいない崩れかけた馬屋に停めておく。

宿の一階に設けられた食堂は、残念ながら形だけ。営業しておらず、村内には食事処すらない。ご飯は客が自前で用意しなくてはならないという、素晴らしいおもてなしだった。

主のお情けで台所を使う許可はもらえたため、自炊はできる。さらに追加の代金さえ支払えば、台所にある食材や調味料も自由に使用可能。なので仕方なく、自分たちで今晩の夕食を作る。

だがここで問題が。この顔ぶれの中で、誰がまともに料理を作れるのか。道中は若手の兵が役回りで炊事をこなしており、野営食としてはいずれも無難な仕上がりであった。分岐路で彼らと別れてからというもの、その無難な野営食すら口にできていない。火を通すだけといった簡単な食事で済ませており、英気を養うためにもちゃんとした料理を食べておきたい。

「すみません、皆さん……。お手伝いならできますが、基本的に私は食べる専門でして……。あ、でも味見役ならお任せください！　舌には自信がありますよぉ！」

「ごめんなさいなのです、キリク様。わたしも、煮る焼くといった簡単な調理しかできないです」

はい、この時点で二名が脱落。このふたりに関しては付き合いの中で知っていたし、もとからあてにしていない。

「ふふ、しょうがないわね。ならここは、私に任せてもらおうかしら。貴族家の令嬢たる者、料理のなんたるかは心得ていますもの」

自信に満ちた顔で手を挙げたのは、カルナリア嬢。貴族の娘ともなれば、料理を嗜んでいてもおかしくない……のか？　なんにせよ、あの様子なら期待してもよさそうだ。

俺も自分が食べる程度の料理は作れるが、所詮は男料理。人様、ましてや聖女様やお嬢様に出せるものとなれば、また話が変わってくる。

しかしお嬢の立候補に、開口一番で異を唱える人物がいた。

「いえ、ここは私にお任せください！　お嬢様がお手を煩わせる必要はありません。長旅でお疲れでしょうし、家臣である私が行いますとも！　後生ですからやらせてください！」

なにを焦っているのか、冷や汗を流したダリルさんが立ち上がったのだ。俺としては、おっさんよりも女性が作る手料理のほうが嬉しいのだが。

「あらそう？　でも、ダリルだってずっと運転していたのだから疲れているでしょう？　だから料理ぐらい、私に任せてくれても――」

「いいえ、ご安心を！　キリク君も手伝ってくださいますから！　ね!?」

「え、俺も!?　いや、いいけどさ……」

こうしてダリルさんの太い腕に引かれ、男ふたりで宿の厨房へ。せっかくカルナリア嬢が名乗りを上げたのだから、任せておけばいいのに。

「ダリルさんは、料理の腕に自信あるのか？」

やる気満々だったお嬢を制止してまで買って出たのだ、さぞかしいい腕をしているのだろう。そうでなくては困る。

「ええ、それなりには。ですが一番の理由は、お嬢様を台所に立たせたくなかったからなのです」

それはまた随分と過保護な。さっきの焦った様子は、カルナリア嬢に包丁で指でも切られたらと不安で仕方なかったのかね。心配せずともイリスが控えているのだから、多少の怪我ぐらい安心していいのに。……あ、でも、人の血が隠し味の料理は嫌だな。

「どうやら勘違いをなされているみたいですので、お教えしておきましょう。お嬢様は味音痴ではないのですが、どういうわけか、お作りになる料理が総じて酷い味に仕上がるのですよ。さらには性質が悪いことに、見栄えと香りだけはいいのです」

「え……」

「しかも作って家臣の者に食べさせるだけで、ご自分では食されません。お嬢様が嬉しそうに料理を出されるので、皆は気を遣って正直な感想を述べられないのです。なのでヴァンガル家の使用人は、極力お嬢様に料理をさせない方向で結託しているのですよ」

とどのつまり、ダリルさんはカルナリア嬢を心配して過保護にしていたのではなく、むしろ口にする俺たちを気遣ってくれたのか。

「……ありがとう、ダリルさん」

「お気になさらずに。これも私に課せられた役回りですので……」

身近に仕える身だからこその、損な役回りである。

ダリルさんが存分に腕を振るった料理は、どれもが小料理店を開けるほどの完成度。使われた食材は持参した保存食と、厨房にあった僅かな生鮮品のみ。それなのに、よくもまあこれだけの料理を作れるなと感心する。本人曰く、こういった機会が訪れたときに備え、好きでもないのに必死に練習したそうだ。料理の腕に自信がないと、お嬢様を納得させられないのだとか。

ちなみにお嬢の秘密については、彼女の名誉のためにも固く口止めされている。だけどいつかは、誰かがはっきり言わなきゃいけないと思うけどな。死人が出てからでは遅いだろうに。

食後は各自部屋に戻り、好きに過ごした。明日に備えてしっかり休めと、今日ばかりはアッシュに課せられた鍛錬も少なめ。もうすでにあらかた終わらせ、最後に走り込みを残すだけ。村の周囲を走るらしく、せっかくなので俺も付き合うことにした。

「言っちゃ悪いけどこの村、本当に潰れる一歩手前の集落って感じだよな。宿の主人も覇気がなかったし、泊めるのも渋々って様子だったぞ。おまけに食事は自分らで用意しろって、商売する気があんのかね？」

「あの態度はちょっと露骨だったねー。この手の村はどこも閉鎖社会だからさ、単純に排他的なのかもしれないよ」

のんびり喋る余裕を持たせせた、息があがらない程度の軽い走り込み。肌を撫でる夜風が、火照る体に心地いい。こういうのもたまにはいいな。

暗がりの中を夜目を利かせ、何周もぐるぐると走り続ける。まだ寝るには早い時間なので家屋には光が灯っているが、どの家庭からも団欒の笑い声が聞こえてこない。大人しい年寄りばかりで、活気溢れる若者はひとりとしていないのだろうか？

　住民に対する不気味な印象を拭えず、気付いたら目標の周回数を達成していた。最後にもう一周だけ、息を落ち着けるため足を緩めて歩く。

「……お兄ちゃんたち、だれぇ？」

　走り込みを終えて宿へと帰る道すがら、暗夜の中から小さな影が現れる。明かりが乏しくてはっきりと視認できないが、声から察するに幼い男の子のようだ。

「ん、俺たちか？　俺たちは……」

　子供相手とはいえ、俺たちの素性を素直に教えるのは憚られる。どうはぐらかしたものかと喋る途中で考え込み、言い淀んだ。

「お兄ちゃんたちはだれなの？　だれなの？　だれ？　だれ？　だれ？」

　素直に答えようとせず、言葉に詰まったのが気に食わなかったのか、何度も同じ口調で聞き返す男の子。そもそもなぜ子供が、夜中にひとりで外を出歩いているのか。この子の言動には、もはや不気味を通り越して、言い知れぬ恐怖さえ覚える。

「僕たちはただの冒険者だよ。ギルドから依頼を受けて、キロト山に自生している薬草を採取しに来たんだ」

　同じく不穏に感じたであろうアッシュが、俺に代わって無難な答えを返した。一介の冒険者如きが魔導車を乗り回せるはずないのだが、そこは相手が世情に疎い田舎の子供。尋ねられたら適当な嘘で返しても、信じてくれると判断したのだろう。

「ふーん、そうなんだ……。そうなんだ……。そうなんだ……」

ぶつぶつと同じ言葉を繰り返し、ふらふらと立ち去って行く小さな影。男の子は明かりの灯らない、朽ちかけたあばら家の中へと姿を消してしまった。

「……なんだったんだ、あの子」

「さあ……？」

運動でかいた汗とは別の汗が、冷えた体を湿らせる。背筋がぞくりとする寒気を感じながら、アッシュと身を寄せ合うように足速で宿に戻った。

明くる日は日の出と同時に目を覚まし、仕度を整える。山を登るにあたって、荷物は必要最低限に抑えた。邪魔になる物は全て宿に置いていく。きつい登坂が続くのは容易に予想できるので、できるだけ身軽にしておかないとな。

朝食を終えてから一旦自室に戻り、準備しておいた荷物を背負って食堂で待つ。俺以外の皆はまだのようで、珍しく一番乗りだ。ひとりで寂しく時間を潰していると、最初に現れたのはカルナリア嬢であった。

「あら、早いのねキリク」

「そういうお嬢こそな。そっちはダリルさんと一緒に、家に帰るんだろ？」

「その話なのだけれど、せっかくだから私も聖地までご一緒することにしたの」

え、お嬢も品窟までついてくる気なのか。昨日は時間が遅かったから一緒に宿泊したものの、当初の予定では村に俺たちを送り次第、カルナリア嬢とダリルさんはすぐ踵を返すはずだった。

無論、俺としては同行してくれて一向にかまわない。むしろ帰りも途中までかまわないので、魔導車に同乗させてほしいくらいだ。

「……お嬢様、どういうおつもりです？　今のお話、私は初耳なのですが？」

カルナリア嬢のすぐあとに続き、ダリルさんも食堂へ現れる。身軽な彼女と違い、ダリルさんは両手に荷物を下げ、帰り仕度を済ませた装いだった。

「だって、せっかく近くまで来たのですもの。なら私も、『神秘の晶窟』を拝みに行きたいわ」

「お嬢様、我々は観光に訪れたのではないのですよ？　よしんば私が許したとして、魔導車はどうされるのです？　さすがに山道は走れませんから、置いていかねばなりませんよ。……声を大にしては言えませんが、村に残していくには些か不安が残ります」

魔導車を動かすには、専用の鍵が必要である。鍵なくしては起動せず、動かせなければ巨大な車輪のついた鉄塊。質量と重量から易々と盗られはしないはずだが、絶対に大丈夫とは断言できない。たとえば馬を数頭立てで引けば、十分持ち去れるだろう。怖いのは盗難だけじゃなく、悪戯されたり壊されたりなんてこともあり得る。

ドワーフの国で量産体制が整ったとはいえ、まだまだ高価で貴重な魔道具。赤の他人に預け、所有者が目の届かない状況にするなどもってのほかだ。

「そこはほら、ダリルが残ってくれればいいじゃない？　あなたが村に居残って、私たちが戻るまで管理していてちょうだいな」

「また我儘を仰られるのですか、お嬢様！　毎度付き合わされる私の身にもなってください！」

おやおや、朝っぱらから言い争いを始めてしまったよ。常日頃カルナリア嬢に振り回されているダリルさんとしては、溜まった鬱憤が限界なのだろう。

「おはようございます、キリクさん。カルナさんとダリルさんが口喧嘩をされていますけど、いかがされたのでしょうか……？」

　仲裁に入るか悩んでいるうちに、全員が揃ってしまった。軽く事情を説明し、しばしふたりの口論を静観。彼らの問題なので、できれば自分たちで結論を出してもらいたい。とはいえ聞いている限り、話は平行線をたどっているが。

「――もう！　だったらダリルは先に魔導車で帰ればいいわ！　私はひとりで、あとから歩いて帰るから！　……お待たせして申し訳ありませんわ、聖女様。さぁ、早くまいりましょう」

「ちょっ、お嬢様⁉　話はまだ終わって――……はぁ、まったく」

　ふたりの口論は未決着のまま、カルナリア嬢は頬を膨らませて宿の外へ。ダリルさんは頭を抱え、力なく椅子に腰をおろした。

「カルナリア様、出て行かれてしまったのです」

「うーん、困ったね……？」

　シュリとアッシュも、困惑した表情を浮かべる。こうなるのなら最初から同席していた俺が、仲裁に入るべきだった。客観的に見て理があるのは、予定を遂行しようとするダリルさんのほうになる。しかし外部の俺が意見したとして、あのお嬢様が耳を傾けてくれるかは甚だ疑問だが。

「私、カルナさんを連れ戻してきますね」

「わたしもいくです！」

　イリスとシュリがお嬢を追いかけ、宿から飛び出して行く。じゃあ俺もと扉に手をかけたとき、顔を伏せていたダリルさんが面を上げ、口を開いた。

「お待ちください、キリク君。……私はお嬢様に命じられた通り、宿で待機いたします。これまでも散々付き合わされてきたんです、いまさらお嬢様の我儘には慣れっこですよ。道中、お気をつけて行ってきてください」

達観した顔つきで、乾いた笑い声を漏らすダリルさん。立ち上がって荷物を背負うと、ため息交じりで部屋に戻っていった。

さっきの一部始終から、昔からダリルさんが折れる形で折り合いをつけてきたのだろうと察してしまう。苦労人の心境を労わり、ご愁傷様と唱えておく。

「えーと、いいのかな……？」

「ええじゃろ。どこの貴族家でも、主君が家臣を困らせよるのはよくある話じゃ。わしらが余計な心配をせんでも、この程度であの男の忠義は失われやせんて」

いやでも、そういった鬱憤が積み重なって、最後は決壊するのがお決まりなんじゃ……？

なんて不安になるも、それこそオル爺の言うように余計な心配か。付き合いの浅い俺が危惧しなければならないほど、彼らの関係は脆くない。

宿の主人に軽く事情を説明し、引き払う予定だったふたりの部屋も継続して借りておく。ため息を吐かれたが、気にしない。部屋の確保が済み次第、俺たちも先に行った女性陣のあと追った。

村の寂れた通りを、山方面に向かって速足で進む。村はずれまできたあたりで、イリスたちの後ろ姿を視界に捉えた。けれどなにやら、誰かと諍いが起きている様子である。

不穏な空気を感じ、足を速める。しかし俺たちが追いつく前に、嫌な予感は的中してしまう。

突如その誰とは知れぬ第三者が、三人のなかで一番幼い少女、シュリの腹部に拳を突き入れた。

嗚咽し、痛むお腹を押さえてその場にうずくまるシュリ。即座にイリスが守るように覆いかぶさり、痛みで震える少女を庇う。カルナリア嬢は手を出した相手との間に割って入り、シュリから距離をとらせた。

「ったくよぉ、こんな過疎村によそ者が訪れたなんて報せを受けたから、念のため確認しに来てみれば……。まさか見たくもないツラを拝む羽目になるとは、夢にも思わなかったぜ？　なぁ、シュリ。つーか生きてたのな、お前」

急いで駆けつけた俺は、アッシュと一緒に前に立つ。体を盾に、乱暴を働いた相手からシュリの姿を隠した。

間近で対峙した狼藉者は、思いのほか小柄であった。金糸の刺繍が施された真っ黒な外套を纏い、全身を覆い隠したいかにもな怪しい出で立ち。被るフードに空いた穴からは同色の、外套とまるで一体となった獣の耳が空を仰いでおり、膝丈ほどの長さの裾からは黒灰の尾先が垂れ下がっている。外套の端からちらりと見える素肌は褐色で、なにからなにまで黒い印象を与える風貌だ。シュリよりは年長なのか少しばかり背が高く、胸部に関しては比べるまでもなく発達している。全体的に柔らかい丸みがあり、膨らみのある体つきから相手は獣人の女性なのだと窺えた。

「事情は知らんが、いきなりシュリを殴るとはどういう了見だ!?」

「君はシュリちゃんと知り合いみたいだけど、なぜ暴力を？　納得のいく説明を求めるよ」

アッシュと結託して圧力をかけ、凄みを利かせて睨みつける。けれどこの黒い少女はどこ吹く風か。反省の色は見られず、終始呆れた態度であった。

「オレと大差ない境遇に堕ちてるかと思っていたが、毛並みもいいし随分と大事にされてやがんだな。オレたちに対し、罪悪感はないわけ？　……この、疫病神の一族がッ!!」

はなから質問に答える気はないのか、黒い少女は俺たちを無視して後ろのシュリに語り続ける。

当のシュリは涙目のまま顔を上げ、咳き込みながらも言葉を紡いだ。

「けほっ、こほっ……。黒い耳と、尻尾。男勝りな言葉遣い。黒狼族のクルゥ、なのです……？」

「なんだ、ちゃんとオレを覚えてんじゃねぇか。恩人を忘れるほど、馬鹿じゃないみてぇだな」

当事者のふたりだけで話が進み、俺たちはまるで蚊帳の外。だが、一連の会話を聞いて、なんとなくだが見当はついた。例の獣人牧場からの解放後、行くあてのないシュリたち白狼族を受け入れた一族がいたはず。黒狼族と呼ばれたこの口の悪い少女は、恐らく件の一族のひとり。

のちに白狼族を狙った獣人狩りが起こり、彼女の一族も巻き添えを受けた。シュリを疫病神と蔑んだのは、そういった経緯からなのだと推測する。

「ならドミテス、ストラ、ゴドウィン。こいつらの名前も当然忘れてねぇよな？　散々仲よく森で遊んだんだ、覚えてないなんてほざいたら殺すぞ。なぁ、シュリ。お前は知らねぇだろ？　こいつらがオレと一緒に売られて、最後はどんな末路をたどったかを……！」

ずっと冷淡なままだった少女の声に、強い負の感情が混じる。またもシュリに暴力を振るいかねない雰囲気であり、一触即発の状況。少したりとも気が抜けない。

「変態ひひ爺にでも売り飛ばされたほうが、まだマシだったぜ。でもお前ら白狼族と違って、オレたちの黒い肌や毛は不吉だとかで気味が悪いんだとよ。おかげで二束三文で、地獄みてぇな場所に売られちまったよ。はは……」

自嘲するかのような笑い。身に受けた仕打ちを思い返しているのか、瞳からは光が消え失せ狂気すら感じる。この少女は今、正常な精神をしていない。シュリを狙って、いきなり暴れだしかねない状態だ。こちらは人数に圧倒的な分があるが、血を見る事態だけは避けたい。

剣呑な雰囲気のなか、事態に一石を投じたのは当事者の少女だった。

「ごめ、なさ……。ごめん、なさいなのです……」

嗚咽するシュリの口から絞り出されたのは、掠れた声での謝罪。腹部を手で押さえたままふらふらと立ち上がり、覚束ない足取りで俺たちの脇をすり抜ける。止める声を聞かずに、シュリは黒い少女の前に立った。

「わたしたち白狼族のせいで、黒狼族の人まで不幸に巻き込んでしまったです。ごめんなさいなのです……」

握った拳を震わせ、涙を零しながらシュリは頭を下げた。この子は悪くないというのに、なぜ謝らなければいけないのか。

黒狼の少女が売られた先で、どのような仕打ちを受けたかは俺の知る由ではない。だがシュリだって、暗い人生を歩んできている。あのとき俺が森の中で保護していなければ、この場には存在していなかった。醜悪なゴブリンに手籠めにされるという、女性にとって想像したくもない末路を迎えていただろう。こうして一緒に旅をし、笑っていられるのは奇跡の産物なのである。

……どちらがよりつらい思いをしてきたか、不幸自慢をしたって不毛か。ただ俺が言えるのは、彼女がシュリを恨むのはお門違いだということ。鬱憤の捌け口にちょうどいい相手なのかもしれないが、諸悪の根源はシュリでも、ましてや白狼族ですらない。糾弾されるべきは、奴隷狩りを行なった悪者たち。真に怒りを向けるべき相手は、悪事に手を染めた無法者どものはずである。

ただし俺の思う正論を、感情的になっている相手が聞き入れてくれるかは別。冷静でない相手を諭したところで、理解し難い暴論を振りかざされるだけか。

見つめ合う白と黒の少女。黒は白を睨み、白は黒に悔恨で潤んだ瞳を向ける。シュリは言いわけどころか反論すら唱えず、あるがまま向けられた怒りを受け入れている。だからこそ、純粋に謝罪する言葉を述べたのだ。シュリの気持ちが少女に届き、憤りを鎮めてくれるのを願う。

「……ちっ。いい子ちゃんぶって素直に謝りやがって、興醒めだよ。可愛い顔が腫れあがるまで殴りつけてやりたいが、お仲間がいるんじゃ好き勝手できねぇしな」

シュリの懸命な謝罪の賜物か、先ほどまで感じられていた狂気は消え失せていた。黒い少女は俺たちの横を通り過ぎ、そのまま村の中心地へと歩いて行く。

「これ以上、お前と顔を合わせていたくない。でも昔のよしみだ、忠告だけはしてやる。さっさとこの村から出て行きな。……長居すりゃ、ろくな目に遭わねぇからよ」

去り際に黒い少女は、背中越しに忠告を残していった。胸の中に引っかかりを覚える言葉だった。

黒い少女との諍いがあったせいで、山に登る前から雰囲気が暗い。朝から立て続けに揉めごとが起こり、出鼻を挫かれた思いでいっぱいだ。沈むシュリを気遣い、日をあらためないかと提案したが、本人たっての希望でこのまま出発する運びとなった。

「なぁ、シュリ。さっきのあの子……クルゥだっけ。あいつとはどういう関係だったんだ？　友達だったのか？」

「はいです、クルゥとはお友達だったです。明るくて面倒見がよくって、周りに馴染めないわたしを気にかけて、よく外に連れ出してくれてたです。毎日遅くまで一緒に遊んで、とてもお世話になった人なのです……」

シュリにとって、クルゥは親友であり恩人とも呼べる人物なわけか。生き別れた彼女と感動の再会を果たしたはずなのに、あろうことか怒り恨みを向けられ、挙句には腹に拳を突きこまれて……。さぞかし傷ついたろう。落ち込むのも無理ない。

「……クルゥは仲間思いの強い人だったです。だからこそ、一族が離散する原因となったわたしたち白狼族が憎いのだと思うです」

「でもそれって理不尽だよね。だって、シュリちゃんに非はないじゃないか。あの子は向けるべき怒りの矛先を間違えてるよ」

だよな、俺もそう思った。まったくもってアッシュと同意見だ。あの少女だって心の底では理解しているはず。でなければ、怒りに我を忘れもっと暴れていそうなものである。

「人というのはの、頭ではわかっておっても簡単には割り切れんのじゃよ。あのお嬢ちゃんはどこかに怒りをぶつけんと、正気を保っておられんかったのじゃろ」

「鬱憤が破裂しかけていたところに運悪く、シュリちゃんと再会しちゃったんですね……」

「運悪く、ってのは違うんじゃないか？　お互いに生きているってわかったんだ、むしろ僥倖だろ。生きてさえいるなら、仲直りする機会もまた訪れるさ」

少なくとも、二度と会えないと決まったわけではない。今は仲違いをしていても、よりを戻す機会はいくらでもある。クルゥがあの村で生活しているのであれば、会うのは容易いからな。熱はある程度冷めただろうから、次こそは冷静に話し合えるはず。

「ですです！　クルゥが生きていて、また会えたです！　殴られたのは悲しかったですが、そう考えれば嬉しくなってきたのです！」

先ほどまで耳は力なく伏せられ、塞いだ表情をしていたシュリ。俺の言葉で前向きになってくれたのか、いつものように花の咲いた笑顔を見せてくれた。

シュリとクルゥの確執はこれにて落着……にはまだ早いけれど、次に会ったときにはふたりの仲を取り持てるよう、俺もひと肌脱ぐとしますか。

沈んでいた雰囲気もいつしか上向きになり、重く感じていた足取りまで軽くなる。歩速は心なしか速くなり、すいすいと進んでいけた。

——とはいえ、軽い足取りも長くは続かない。徐々に傾斜がきつくなり、今度は違う意味で歩みが重くなってしまった。緑が生い茂る山道を、ひいこら息を荒げながらも進んで行く。雨上がりなのか湿気が多く、不快な汗がじわりと湧き出てくる。

山だけあって道のりが険しく、獣道とはいかないまでも人が通るには整備がされていない。おまけに道中は、魔物との遭遇を余儀なくされた。平野だと見かけない、山特有の種。あるいはキロト山固有の種なのか。

「なんだ？　この大きい泥団子。道のど真ん中にいくつも転がってて、通るのに邪魔だな」

「あの大きさであの見た目、ここが人気のない山中であることから推察するに……もしかして、ドラゴンの糞だったりして？」

「ドラゴンの⁉　いやいやそんな、まさかこんな場所で……？」

進路上に塞がる、いくつもの不思議な物体。形は楕円状で、大きさがまばら。臭いこそしないが、茶色い見た目はアッシュのひと言で嫌でもアレを連想してしまう。なのでドラゴンの糞だと言われたら、それっぽく見えた。生物の糞にしてはあまりにも整った形だが、実物を知らないからこそ、そういうものなのではと変に納得してしまう。

「ふむ、どこかで見た覚えがあるの。なんじゃったかな……？」

「オルディス様は、あの土塊《つちくれ》をご存知なのですか？　危ないものだったりしないでしょうね？」

「うむぅ……。年をとると、物忘れが多くなっていかん。喉元までは出てきとるんじゃがな」

腕を組み、頭をうんうんと捻るオルディス。カルナリア嬢は警戒し、泥団子に近付こうとしなかった。見識の広い元勇者が見覚えあるというのだ、早く思い出してくれればいいが、あの調子だと時間がかかりそうである。

「すんすん……。不快な臭いはしないので、排泄物ではないと思うのです」

「シュリちゃんがこう言ってますし、不用意に近付いたら危ないですよー！　キリクさーん！」

「ちょっと近くで確かめるだけだって。この道を行く以上、傍を通らないと進めないしな。かといって迂回するのも面倒だし」

アッシュの発言が冗談なのは、百も承知。冗談を抜きにこんな不可思議な物体、なんなのか好奇心をくすぐられる。これほど丸みを帯びた泥の団子が、自然に生まれるものなのかね。

「見た目はただの土塊っぽい……って、うぉ⁉　動いた⁉」

イリスの警告を聞かず、興味本位で近寄る。すると俺が接近した途端、丸々とした土塊は想像がつかないほどしなやかに、ぶるるんと震えだした。なんとこの泥団子、全身に泥を塗した小石交じりのスライムであった。まんまと擬態に引っかかってしまったようだ。……このスライムがなにに擬態していたのか、そもそも本当に擬態していたのかすらわからないが。

スライムは粘液の体を広げ、俺を体内に取り込もうと勢いよく飛び掛ってくる。不意の事態に対する心構えはしていたので、これを危なげなく回避。先ほどまで立っていた位置に、意思を持つ液体がべちゃりと落ちた。続く第二波を警戒し、さらに後ろへと飛び退く。安心と思える位置まで、スライムから距離をとった。

「……っ⁉　いってぇ！　このスライム、小石を飛ばしてきやがった⁉」

着地の瞬間に、横から飛んできたなにかが頬を掠める。別の個体が俺を狙って、小さな石を吐き飛ばしたようだ。ほかのスライムからも次々小石が発射され、咄嗟に篭手で急所を守る。命中精度はよろしくないのか、手痛い直撃は奇跡的に免れた。けれど防ぎきれなかった礫が何箇所も肌を掠め、皮膚を裂く。外れた小石は木や地面に深くめり込んでいて、その威力からまともに当たれば軽傷じゃ済まないと冷や汗をかく。

「キリク様、後ろに下がってくださいなのです！」

「あれはスライムだったんだね！　適当なこと言っちゃってごめんね、キリク君！」

さらなる追い討ちとして飛ばされた礫を、前に躍り出たふたりが防いでくれた。シュリが盾で受け止め、アッシュは剣で次々払い落としていく。普段から俺の投擲を見慣れた彼らにとって、この程度の礫なら捌くのは容易かった。

「キリクさん、傷を診せてください！　すぐに治しますからね！」

「すまん、頼む」

何箇所か礫が掠めたが、中でも一番被害が大きいのは左脇腹。浅いとはいえ、肉を削られている。掠り傷と称せるほど生優しい傷ではなく、イリスが即座に治癒を施してくれて助かった。

「おぉ、やっと思い出したぞい！　その魔物はマドスライムといって、山間部や泥地に生息しとる変り種のスライムじゃ！」

「オル爺様？　できればもう少し早く、思い出していただければありがたかったのですけれど？」

顔は笑いながらも、眉間に皺を寄せるカルナリア嬢。お嬢の言う通りだ。スライムだと正体がわかってから教えられても、もはや時すでに遅し。すでに交戦状態へと突入している。

「うーむ、しかしスライムとなれば厄介じゃの。とりわけマドスライムは表面に纏った泥で、弱所となる体内の核を隠しとる。そのうえに小石交じりのせいもあって、無闇に剣で攻撃をすれば刃を傷めるのじゃよ。アッシュよ、あとでちゃんと剣を研いでおくんじゃぞ」

石を剣で粉微塵にした御仁がなにを言うか。だがそれはオル爺ほどの剣術を持ってしてこそ。現に交戦中のアッシュは、剣での攻撃を控えて守りに徹している。一度マドスライムに斬撃を見舞った際、感触で気付いたのだろう。

鈍器などの打撃系武器で、核を小石ごと押し潰してしまうのが正解か。つくづく刃物と相性の悪い相手だが、生憎と鈍器の類は誰も持ち合わせていない。

「物理的に攻めるより、魔法での攻撃が有効じゃぞ」

「魔法ですね、師匠！　なら、早速支給していただいたこれの使いどころだよね！」

残念ながら魔導士もこの集団には……と渋い顔をしていると、そんなことはないとアッシュが行動を起こした。アッシュは腰に下げた袋から、綺麗な黄透明の魔法石を取り出す。

「魔法解放《アン・リーシュ》！　雷よ、喰らいつけ!!」

アッシュが唱えたのは、石に封じられた魔法を解き放つ呪文。俺の使い方がおかしいだけで、本来はこれが魔法石の正しい使用方法なのである。

　アッシュの左手に掲げられた魔法石が輝き、魔法を放出して砕け散った。放たれた雷が標的に向かって、うねる蛇のように蛇行しながら高速で疾走する。雷蛇は獲物を捕えると、隣接する別の個体にまで伝播し、牙を突き刺した。三体のマドスライムが全身を巡る雷撃に震え、時を待たずして順に弾けていく。スライムはびちゃびちゃとあたりに液体を撒き散らせ、残ったのは水溜りに浮かぶ茶色い核だけ。即座にアッシュが距離を詰め寄り、散った体が復元する前に三体の核を両断。スライムの体を構成していたゲル状の液体は粘度を失い、水となって跡形もなく溶けていった。

「おぉ、やるな！　アッシュ！」

　瞬く間に三体を処理してしまったアッシュ。とはいえ倒すのに魔法石を用いたので、費用対効果で考えると赤字すぎる。もっとも、出し惜しみをして負けたんじゃ笑えないからな。元手はかかっていないので、気にせずどんどん使っていこう。

　俺もアッシュに負けてはいられないと、マドスライム退治に乗り出す。核が丸見えであれば鼻をほじりながらでも楽勝なのだが、泥まみれの体表からは位置が特定できない。

「でもまあ、思いっきり石をぶつければ体ごとほとんど弾け飛ぶだろ。所詮は液体の塊だしな」

　構えた石ころを、篭手の力を込めて投擲。飛び跳ねるか這ってでしか移動できないスライム種に、素早く回避する手段があるはずもなく。耳触りのいい破裂音を響かせ、核ごと弾けて消滅した。

　音もさることながら、一撃で弾け飛ぶ光景に気分がすっきりする。鬱憤晴らしにスライム狩り。これは今後、俺のなかで密かに流行りそうだ。

　別の場所ではオル爺が、石すら裁断する剣技でマドスライムを十枚におろしていた。綺麗な等間隔での輪切り。その間隔の狭さから、核を斬撃の隙間には隠せずぶった切られている。

こちらが攻めに転じてから、ものの十数分。戦闘はあっという間に終結。道を遮っていた泥団子ことマドスライムは、全ての個体がただの泥水となっていた。

マドスライムとの交戦後、少し休憩を挟む。近くを流れる沢で水を補充し、休憩終了。授けられていた晶窟までの地図を片手に、獣道同然の道を右往左往する。途中で山道からは大きく外れ、地図なくしては遭難しかねない悪路をひたすらに突き進んだ。

(二) 偽りの先に

散々歩かされ、ようやく目的の晶窟に到着。けれどその頃にはすでに夕暮れとなり、周囲は薄暗く陰りはじめていた。幸いにして迷わずに来れたが、下手をすれば山中で夜を迎えていたな。

今日中に村まで帰れそうもなく、野宿が確定する。目的を終えたらそのまま晶窟を寝床に、一泊すると決まった。雨風凌げる屋根があるだけ、野外で一夜を明かすよりましか。

「もしイリス様からまた行こうとお誘いを受けても、わたしは断固拒否するです……」

「同感ね……。最初のうちは山登りも楽しかったけれど、途中からは酷い道のりだったもの……」

「また来ようだなんて、とてもじゃないですがお誘いしないですよ、シュリちゃん……」

とりわけ女性陣は特に堪えていたらしく、到着してすぐその場にへたり込んでしまった。彼女たちがこんなにも疲れ果てた理由としては、険しい道もさることながら、大きな蟲型の魔物に何度も遭遇したからにほかならない。イモムシ型、クモ型、ムカデ型と、とりわけ忌諱される気色の悪い種が揃い踏みだったからな。

ちなみに道中幾度も現れた蟲型の魔物に対しては、ほぼ俺とオル爺で処理している。アッシュも剣と魔法石を巧みに使って奮戦してくれてはいたのだが、些か動きに精彩さが欠けていたように思う。恐らくは女性陣同様、蟲が得意ではないのだろう。俺は遠くから離れて攻撃できたからいいものの、接近して戦いたいとは思わなかった。

「お疲れさん。俺は先に晶窟付近を下調べしてくるから、その間ゆっくり休んでいてくれよ」

「あ、なら僕も一緒に行くよ。……途中、あまり役に立てなかったからね」

「わしはお言葉に甘えるとするかの。危ないから、先走って中に入るでないぞ？」

オル爺も老化からくる体力の衰えには逆らえず、涼しげな顔をしつつも息があがっている。女性陣同様、体を休めていてもらおう。

切り立った岸壁に、ぽっかりと大口を開けた晶窟。入り口から暗がりの中を覗き込めば、奥へ奥へと緩やかな傾斜で下っているのがわかる。一見するとただの洞窟。入り口脇に鎮座する苔むした二体の石像だけが、夕日に照らされなんとも厳かな雰囲気を醸し出していた。石像は騎士をかたどっており、セントミル教に所属する聖騎士さながらである。

「この石像さ、仰々しく石の剣を構えて、まさに聖地を護る守護者って感じだな」

「だねー。随分と年代物みたいだけれど、その割には劣化が少ないし、なんだかいまにも動きだしそうじゃない？」

お互いこれといって、石像に対し深い造詣があるでもなく、アッシュと思ったままの素直な感想を述べつつ、付近を見てまわる。外の岩壁はなんの変哲もない岩や石。晶窟と謳われる由縁となったマナの結晶どころか、ただの鉱石すら露出していない。続いて晶窟内の暗がりに目を凝らし、奥の様子を意識して注視する。するとぼんやりと、奥が明るくなっているのに気付く。

「なぁ、アッシュ。奥のほう、少しだけ明るい気がしないか？」

「んー？　あー……ほんとだね。あれはなんの光なんだろう？」

誰かすでに先人がおり、魔導具のランプかなにかで光を灯しているのか。どこからか情報を仕入れ、マナの結晶を盗掘しにきた不届き者かもしれない。

後ろを振り返るも、女性陣とオル爺はまだまだ疲れが抜けきらないといった様子。もしも盗賊が奥に潜んでいれば厄介極まりない。俺たちで斥候として潜り、こっそり探ってみるか。

アッシュと示し合わせ、足音を忍ばせつつ晶窟内に足を踏み入れる。しかし一歩踏み入れた途端、予期せぬ洗礼を受けてしまう。これまで不動を貫いていた石像の首が動き、掲げられた剣が勢いよくこちらへと振り下ろされたのだ。完全に不意を突かれて俺もアッシュも反応が遅れてしまった。

あわや石の剣で頭を唐竹割りにされる寸前。背後から首根っこを掴まれ、後ろに引き倒される。おかげで前髪を刃が掠るだけで済み、九死に一生を得た。

「この馬鹿もんがっ!!　勝手に入るなと釘を刺しておいたじゃろ!?　こんないかにもな怪しい像を前に、無警戒すぎるぞい！」

窮地を救ってくれたのはオル爺であった。地面には剣の切先が突き刺さっており、当たっていたらと思えばぞっとする。即死してしまえば、いくら聖女様でもお手上げだ。

騎士の石像はゆっくりと剣を戻すと、鎮座していた台座から下り立つ。あたかも人間の騎士と変わりないごく自然な動きで、侵入者を排除せんと剣を構えた。

「おいおい⁉　ただの石像じゃなく、本当に守護者《ガーディアン》かよ⁉　っていうか石像が動きだすなんて、予想できないって！」

「すみません師匠、助かりました……！　ほら、キリク君も早く立って！　来るよ！」

アッシュに助け起こされ、すぐに間合いをとる。体勢を整え、襲いくる二体の守護像と対峙した。

動くとはいってもあの体は無機物の石に変わりなく、はてさてどこを狙って攻撃したらいいものか。石すら剣で断つオル爺はともかく、その域まで達していないアッシュにはまたも厳しい相手だ。

一体はオル爺に任せ、残るもう片方は火力に秀でた俺がなんとかするしかないな。

石には石をと、腰の小袋から石ころを取り出し構える。いつも通り頭を狙うか、それとも手足を先に狙って動きを封じるべきか。石像の頭が弱点とは思えないので、まずは動きを封じたほうが有利に立ち回れそうだな。

だが、狙いどころを決めいざ投げ放とうとした直前。後ろから大きな声で、待ったがかかる。

「キリクさん、オル爺様！　石像を攻撃しないでください！　彼らは私がなんとかしますので！」

先ほどまでへたり込んでいたイリスが、慌てて俺たちの前に躍り出る。危ないから下がれと言っても聞かず、二体の騎士像と間近で対峙するイリス。彼女の手には、教会所属の証明である首飾りが握られていた。チャームの部分を騎士像に向けて掲げ、呪文らしき言葉を唱え始める。するとたちまち二体の騎士像は、構えた剣を下ろし頭を垂れた。一礼を終えた像は台座に戻り、何事もなかったかのように元通りの形で鎮座する。

「ふぅー、これでよし……です！　お察しかと思いますが、あの石像は晶窟の守護を任された、いわば防衛機能なんですよー。このペンダントを騎士像に提示し、許可の文言を唱えてからでないと不審者とみなされ、排除されちゃいます！」

「僕たちが不用意に踏み入ったから、動きだしちゃったんだね」

「まったく、勇んで勝手な真似をするからじゃぞ」

イリスから説明を受け、オル爺にはちくちくとお小言を頂戴し、先走った過ちを反省させられる。

だがせめてもの弁明にと、奥でうっすらと灯る明かりの件について説明した。

「あれは特殊な鉱石が、マナの影響を受けて光を放っているのよ。松明なんかの人工的な明かりじゃないわ」

「へ？　そうなの？　いや俺たちはてっきり、盗賊でも潜んでいるんじゃないかとばかり……」

「晶窟内にはこの石像と同様のものが、間隔を空けていくつも設置されております。不審者が容易には入り込めないよう、ちゃんと対策されているんですよー」

よくよく考えたら、そりゃそうか。盗掘の恐れがある重要な場所を、いくら辺鄙な地だからといって無防備にしてはおかないよな。兵を赴任させるにも人目につきづらい僻地であるし、立場を利用して悪さを働く者が出かねない。だからといって優秀で信頼の置ける人材を、左遷じみた場所には送れないしな。

士気の低い半端な兵を現地に赴任させた挙句、盗人と結託して盗掘なんかされれば、晶窟は好き放題に荒らされてどうなるか。その点命令だけを遂行する無機物であれば、そういった心配は不要。定期的に様子見と整備を兼ねて人を送れば、それで済む。

「十分な休憩をいただきましたし、中に入りましょうか。守護像から不審者と間違われないためにも、私が前を歩きますね。皆さんは遅れないように、私のすぐあとをついてきてください！」

「さっさと用事を済ませて、今晩の寝床をこさえんといかんしの」

こうしてイリスを先頭に、晶窟内にあらためて足を踏み入れる。奥に進むと、中は洞窟内とは思えぬほど明るい。壁に埋もれたいくつもの薄緑の鉱石が光源となり、柱状となったマナの結晶を透過し、光が洞窟中に拡散されている。あまりにも幻想的で、無意識に魅入ってしまう光景だった。

「ふわぁ……！　とっても綺麗な場所なのです！」

「これはすごいね！　僕、ちょっとの間息するのを忘れちゃってた！　言葉を失うとは、まさにこのことだよ！」

神秘的な雰囲気に感動する。立ち止まった俺たちの背を、目の肥えているオル爺が急かした。促されるまま足を再び動かしはじめ、さらに奥へ奥へと進んで行く。しかし晶窟に入ってから二十分と経たずして、最奥と思われる開けた空洞に出てしまった。思いのほかあっけなく、拍子抜けだ。

空洞は広く、天井も高い。あちこちで光源となる鉱石が光を放っており、もはや真昼並みの明るさ。空洞の四方には均等な間隔をあけ、四体の守護像が。入ってきた場所と正反対の最奥には古びた祭壇があり、女神ミルの銀像が祭られていた。祭壇のさらに後ろにはひと際大きな守護像が鎮座し、壁を背にした状態で神々しさにも似た威厳を放っている。

「こりゃまたすごいな……。だけど存外、浅い洞窟だったんだな」

もっと深くまで潜ると覚悟していただけに、期待外れである。いやまぁ、ただでさえ晶窟までの道中が辛かったのに、このうえさらに奥まで片道何時間ともなれば辟易させられるが。

「さぁて！　ささっとお祈りして、ちゃちゃっと浄化しちゃいますね！」

イリスは祭壇まで小走りで赴き、祭られたミル像の前で跪く。両手を組み目を伏せ、女神への祈りを捧げ始める。祈りは穢れを払い、聖地の浄化を促した。

天井から祭壇に向け、光が照明となって降り注ぐ。その光を一身に受け祈る聖女の姿が、あまりにも神々しい。場所と雰囲気がそう感じさせるのだろうか。荘厳な気配に、女神が降臨するのではと錯覚しそうになる。

俺たちはただ黙し、イリスの小さな背を静かに見守る。いったいどれほどの時間、彼女は祈っていたのだろうか。雰囲気に呑まれ、時間の感覚をつい忘れてしまう。

「……ふぅ。皆さん、お待たせしました。これでお祈りは終わりです。恐らく、この地の浄化はできたかと……？」

「なんで疑問形なんだよ。祈りは済んだんだから、もうこの聖地は大丈夫なんだろ？」

仕事を終え、振り返ったイリス。だがどうにも彼女の顔は晴れない。小さな顎に指を当て、しきりに首をかしげている。なんというか、消化不良といったご様子だ。

「そもそも俺たちには聖地が穢れているとか、そういったのはわからないし。浄化ができているかどうかなんて判別つかねぇよ」

「うーん、そうだねー。強いて感想を述べるなら、気持ち体が軽くなった……くらいかな？」

「空気が美味しくなった……気がするです！」

「清々しい気分……かしら？」

各々が浄化を施した前とあとの、自身が感じた変化を告げる。しかしどの感想も、所詮は曖昧な感覚でしかない。無理矢理に感想をひねり出している、といった具合だ。

「ですよねー。もともとたいして穢れておりませんでしたし、この程度では高位の神官でもない限り判断がつかないと思います」

「あのあの、ではどうしてイリス様は眉間に皺を寄せているです？　浄化は済んでないのです？」

皆が思っていた疑問を、シュリが代表してイリスに尋ねる。尋ねられた当人は腕を組み、なにやら難しい顔で首を捻った。考え込み、しばしの無言を経て、ようやくイリスは口を開く。

「ええとですねー、どうお伝えしたらよいものでしょうか。なんと言いますか、部屋の隅まで綺麗にお掃除できていないような感覚なんですよね。奥まで手が届かず、ちゃんと埃を掃ききれていないような……」

「ふむ。浄化しきれておらぬ穢れが、どこぞに残っておるのやもしれんの。そもそもこれだけ大層な洞窟なんじゃ、その割に浅すぎると思っとった。……女神ミルよ、ちと失礼いたしますぞ」

言葉とは裏腹に、無遠慮にも祭壇へ上がるオル爺。細い目を大きく開き、台座から女神像までくまなく調べ始めた。

「でも、どこかってどこさ？　ここまでの道中、脇道はひとつもなかったぞ？」

「そうね。祭壇があるこの空洞まで一本道で、道中は天然の光源があって明るかったもの。見落としていたはずはないでしょうし……」

カルナリア嬢と顔を見合わせ、ともに首をかしげる。オル爺にはなにか気にかかる節があるようだが、俺たちにはさっぱりだ。大人しく、ごそごそと祭壇を調べる老体の背を見守る。意図がわからないのに手伝いを申し出ても、邪魔になるだけだからな。

「……やはりこの祭壇、ちとおかしいの。傷や汚れなど年季が入ったふうを装っておるが、物自体は新しい。女神像にしてもそうじゃ。昔からここに祭られとった古物じゃないの」

詳しく話を聞くに、どうもこの女神像、骨董品ではなく近年のうちに彫像された代物。ご丁寧に古さを演出し、巧妙に偽装してあるようだ。この爺さんの鑑識眼を真に受けていいかは怪しいが、疑ってかかる理由もない。年の功ともいうからな、年長者の見解を信じよう。

つまるところ、この開けた空洞に設けられた祭壇は、近年の間に何者かの手によって設置されたもの、とオル爺は推測している。

「晶窟の祭壇を新しく作り直したというお話、私は存じておりませんよ？　司教様も、そういったお話は必ずお伝えくださります」

教会側が、老朽化を懸念して新しくした可能性を考えたが、それだとイリスが知っていて然るべき。なのに当の本人は一切を知らない。セントミル教の象徴である聖女様のお耳に、なにも情報が入っていないのはおかしい。加えて、経た年月を偽装してあるのも不自然だ。周りの雰囲気に合わせた、とするには少々懲りすぎである。

ならばセントミル教の関与しない、まったく別の第三者が、なんらかの目的があって秘密裏に設けたのか？　だがその考えも、聖地を守護する石像の存在からして疑問が残る。資格のない者が立ち入ろうとすれば、守護像に行く手を阻まれるのは身をもって経験済みだからな。

「どういった意図があって、誰が作ったのかしらね。僻地にある聖地の改装ともなれば、ちょっとした一大事業よ」

「山奥で石造りの祭壇から女神像まで、運ぶにも現地で拵えるにしても、個人でできる範疇を超えているもんねー？」

カルナリア譲とアッシュが、それぞれ思った意見を述べる。どちらの意見も、規模の大きさを疑問視していた。

「組織的に行わないと無理な芸当、か。イリスがさっき言っていたことも気になるし、ちょっくら付近を調べてみるか。どうせ今日は村まで帰れないし、埃を残したままにしておくのも嫌だろ？」

全員の了承を得ると、まず女神像にお祈りして非礼を詫びてから、手分けして周囲の調査を始めた。際立って怪しいのは中央に位置する祭壇と、最奥で鎮座する巨大な騎士像。この二箇所だ。

「あのあの、キリク様！　このおっきな石像の後ろから、風の流れを感じるです！」

ほどなくして後者を調べていたシュリから、なにかを発見したとの報告が上がった。すぐさま巨像前に集合し、シュリが指さす場所に注目する。そこにはほんの僅かな隙間が開いていた。

指先を唾で濡らし、隙間に翳してみる。すると微弱ながら風の流れがあった。さらに周辺には擦れた痕跡。巨像を動かしたとき、ついた跡だろうか。後ろに空間があるのは明白である。

「このでかい像、動かせるのかね？　もしくはほかの守護像みたく、動くとか？」

「やってみましょうか。守護像とは違うみたいですが、教会が安置したものであれば呪文に反応するはずですので！」

ものは試しとイリスに任せてみるが、結果はうんともすんとも。制御の呪文と首飾り、どちらにも反応を示さなかった。空洞内に配置されたほかの守護像は呼応しており、ちゃんと効果は発揮している。微動だにしなかったのは、この巨大な騎士像だけである。

ならばと今度はアッシュと協力し、力ずくで巨像を動かそうと試みる。……押そうが引こうが、石の巨塊は相応の質量を発揮し、びくともしなかった。

「うーん、やっぱり動かせそうにないね。師匠なら、石像を斬って真っ二つにできませんか？」

「聖剣か、あるいは匹敵する業物さえあればやれんこともない。じゃが、今のわしには難しいの。試しにやってみて、剣が折れたら嫌じゃし。そもそもわしを頼らず、お前が自分でできるよう精進せんか」

さすがのオル爺であっても、この巨塊は無理か。大きさもさることながら、硬そうな石でできているものな。聖剣があればできると豪語するだけ、むしろ凄い。

なお無茶振りをしたせいで、アッシュは師から叱責を受けていた。本人も半分は冗談のつもりだったろうが、おふざけが通じなくてご愁傷様である。

「でも、どかせないならぶっ壊すって案には賛成だな」

「道がないなら拓けばいい、なんて格言があるものね」

有能な将か、もしくは考えなしの馬鹿が言いそうな台詞だ。カルナリア嬢には是非とも前者であってもらいたい。ちなみに言わずもがな、俺は後者になる。

さてさて、オル爺にも厳しいとなればここは俺の出番だろう。火力には自信がある。ククリナイフを最大の力で投擲すれば、文字通り岩すらぶった切れると思う。しかし、せっかく拵えてもらったばかりの魔剣だ。万が一にも刃こぼれなんてすれば、今日一日はずっと気落ちした状態で過ごさねばならなくなる。周りから腫れ物扱いされるのは勘弁だしな。

「まあ、まずは安定の石ころでやってみるか。目には目を、石には石を、だ」

ここは洞窟。弾はそこらにいくらでも転がっている。そのうえ大中小と、さまざまな大きさが揃い踏み。一発では無理だったとしても、壊れるまで何度でもやってやればいいしな。

ちょうど足元に転がっていた、拳よりひとまわり大きな石を拾い上げる。普段用いる石ころと比べて、かなり大き目な石。少々掴みづらいが、投げるにあたり支障はない。破片が飛び散ると危ないので、皆には巨像から離れてもらった。全員が安全な距離を確保してから構えをとる。

「随分と硬そうな像だからな。ちっとばかし、本気を出してやろうかね」

篭手を装着して放つ全力の投擲に、どれだけの威力があるのか。確認するのにちょうどいい機会だ。命中精度よりも威力重視。狙いを胴体に定め、大きく振りかぶる。

いざ石を投げ放たんとした、そのとき。巨像の石眼が動き、こちらを睨んだ。今まで微動だにしなかった両の腕が持ち上がり、飛来する礫から自身を守ろうと防御の構えをとる。交差した巨像の太い腕。投擲された礫が、巨腕の盾に喰らいついた。石同士がぶつかり、砕ける音が大きく空洞中に響く。土煙が舞い、重量のある物質が崩れる音があとに続いた。

煙が晴れるとそこには、晶窟のさらなる奥へと続く通路が姿を見せる。巨像は足元の台座だけを残し、瓦礫となって跡形もなく崩れ落ちていた。

「さっき一瞬だったけれど、あの石像……動いたわよね？」

「咄嗟に身を守ろうとしたみたいだし、やっぱりただの石像じゃなかったんだねー。通路の扉役も兼ねた、番兵だったのかな？」

「じゃろうな。じゃがこうなってしもうては、もはや像と呼べんの。まったく、ほんに加減抜きでやりよって。天井まで一緒に崩れたらどうするつもりだったんじゃ？」

危うく生き埋めになっていた可能性があると、オル爺からお叱りを受けてしまった。年寄りは説教臭いというか、なんというか。下手に口答えせず、年長者からの忠告として肝に銘じておこう。

ただ俺としても、崩落の危険性を考えていなかったわけではない。しかしながら自分の投擲に、そこまで危惧するほどの破壊力はないと、軽んじてしまっていた。うっかり天井を打ち抜いてしまえば、今度こそ危なかったでは済まないな。魔法石を投げようものなら、放たれる衝撃で崩落は確実。自殺願望でもあるのかと怒鳴られそうだ。

「ま、まあまあ、オル爺様。こうしてキリクさんのおかげで道が拓いたのですし、いいじゃないですか。この先から浄化しきれなかった穢れを感じますから、奥に進んでみましょう！」

不安定な足場に気をつけ、瓦礫を踏み越えたイリスが先陣をきる。勇み行く聖女様の背を、慌てて追うアッシュとカルナリア嬢。オル爺だけは自分のペースを崩さず、ゆっくりと進んだ。

俺も遅れまいと瓦礫に足をかけたのだが、左腕を掴んだ小さな手により歩みは阻まれる。

「どうしたんだ、シュリ？　早くしないと置いてかれるぞ」

「あの、キリク様。あの通路の奥から、微かに人の臭いがするのです。薬品かなにかを使っているみたいで、はっきりとは断言できないですが……」

「……それは本当か？　だとしたら、慎重に進んだほうがよさそうだな。急いで追いかけるぞ！」

シュリの小さな手を引き、先行く仲間の背を追って駆けだす。はてさて人知れぬ空洞の奥に、なにが待っているのやら。鬼が出るか蛇が出るか、不穏な雲行きだ。

慌てて先を行く四人に追いつき、シュリの鼻が捉えた不安を説明した。半ば探検家気取りだった心に活を入れ、気を引き締め直す。以降は隠密に自信のあるアッシュに先行してもらい、少し距離をあけて追随。殿はオル爺に務めてもらった。

通路では光源となっていた鉱石の放つ光が弱く、先ほどまでいた場所と比べ、極端に暗い。ざっとではあるが壁を調べたところ、鉱石を光らす燃料となっていたマナの結晶が著しく少ないことに気付く。大部分が人の手によって、意図的に採掘されたあとのようだ。多い場所では一面を覆い隠すぐらい密集していたのに対し、この通路に入ってからはずっと岩肌が丸見え状態。神秘的な晶窟から、ただの洞窟に入り込んだのでは、と錯覚しそうになる。

「この有り様だと、本当に結晶を狙った盗掘かもしれないわね」

「だとしたら隠し方がちょっと大掛かりじゃないか？　通路を塞いでいた石像はまだしも、女神像や祭壇まで用意した意味がわからん」

「それはあれじゃないですか？　ここで行き止まりだぞーって、これ以上奥はないぞーって、訪れた人に思わせたかったんじゃないでしょうか？」

一応は納得がいく考察をするイリス。しかしここまで用意周到に隠蔽工作するとなれば、ただの盗掘集団ではあるまい。相当に力のある組織でなければ、難しいように思う。

それより、麓の村が一枚噛んでいる可能性はどうだろうか。もしくは村ぐるみで盗掘を行っていた説。村人が俺たちに排他的な態度をとるのは、余計な詮索をされたくないから。

……などと考えたが、盗掘で得た利益の行方がわからない。懐は潤っているはずなのに、あの寂れっぷりだ。村の過疎荒廃は、嘘偽りじゃなさそうだしな。

なんにせよ、ろくな情報もなしに考えたって仕方がない。奥に進めば、きっと罰当たりの正体だってわかるはずである。どのような思惑、意図があったのか。犯人はどんな人物なのか。わからない以上、警戒して進む。相手が誰であろうとならず者には違いないので、ばったり遭遇すれば争いはまず避けられないだろう。

ほどなくして先行するアッシュが足を止め、手の動きと視線で、後続の俺たちに合図を送ってきた。通路の先になにかを見つけたらしい。より用心深く息を殺し、静かに歩み寄る。そしてアッシュが指し示す先を、岩陰からこっそりと覗き込んだ。

視界に入ったのは、薄暗い大きな空間。道中の祭壇があった場所と比べて、より広大な空洞である。鉱石の放つ光が弱々しく、辛うじて見える程度の明るさが保たれていた。

「……静かだな。奥は悪党の溜まり場にでもなっているかと思っていたが、誰もいないみたいだ」

「だね。それより見てよ、キリク君。あそこ」

アッシュが指さす先には、壁に立てかけられた何本ものツルハシ。いずれも使い古されており、ほかにシャベルや手押し車まである。掘ってましたといわんばかりの証拠が揃い踏みで、何者かが盗掘を行っていたのは一目瞭然であった。

「暗くてはっきりと見えませんが、中央に既視感のある台座がありますね。ここが晶窟内における、本当の祭壇の間でしょうか？」

イリスの視線の先には、先ほどの空洞で見た祭壇とまったく同じ形の影があった。目を凝らせば、女神像らしき姿も視認できる。

「どうだ、シュリ。なにか嗅ぎとれないか？」

「人らしき臭いはずっと感じるですが、それ以上はわからないのです。ただ……」

途中で歯切れ悪く、言い淀むシュリ。黙って続きを待ったが、ちらちらと視線を泳がせるだけ。口籠もったまま、話そうとはしなかった。

「……人の気配はせん。どれ、入って確かめてみようかの。いつまでもまごついとったってしょうがないじゃろ」

「ちょ、師匠⁉　不用意に行くのは危ないですって！」

痺れを切らしたのか飄々とした足取りで、遠慮なしに先へ進むオル爺。本人としては大丈夫と判断してなのだろうが、慎重に行動していたのが馬鹿らしくなってくるな。慌てて師の背をアッシュが追い、どうにでもなれと全員であとに続く。

「なぁ、シュリ。さっき、なにか言いたげだったみたいだけど？」

「えと、なんでもないのです。……たぶん、わたしの気のせいと思うですので」

「……そっか。ならいいや」

若干表情を曇らすシュリを気にかけつつも、目先の状況に意識を向ける。本人がなんでもないと言っているのだし、無理に問いただす必要はあるまい。案ぜずとも直感が確信に変われば、自分から話してくれるだろう。

「間違いなく、こちらが本物の祭壇じゃろう。昔はここもマナの結晶体で溢れておったのじゃろうが、残っとるのはあそこにある大きな塊だけじゃな。ほかは全てとり尽くされてしもうたか。神秘の晶窟などと謳われておっても、人の欲にかかれば無残なものじゃの」

中央に安置された祭壇を、偽物のときと同様に入念に確かめるオル爺。偽物だけを見た限りでは疑いようもなかったが、本物と比べれば違いは歴然。素人表現になってしまうが、風格があるというか、経過した時の偉大さを感じるというか……。上手く言い表せないが、そんな感じだ。

「この場所から、僅かに残っていた穢れを感じます。祈りを捧げて祓ってしまいますね」

祭壇の前に跪き、本日二度目のお祈りを始めたイリス。その間、手の空いた俺たちは周囲を警戒しつつ、不届き者を知る手がかりとなるものがないかを探る。

空洞からさらなる奥に続く道はなく、隠し部屋なんかも見つかりはしなかった。ただ間違いなく人のいた痕跡は残っており、ごく最近に火をおこした跡さえある。しかしそれ以上はほかに見つからず、犯人を特定する手がかりは皆無だった。

見るべきものがないとなれば、必然的に注目は目立つ大結晶に集まる。

「なんとまぁ、随分と立派な結晶だな。聖地を荒らした奴らはなんで、一番金になりそうなこいつに手をつけていないのかね」

どういうわけか残されていた、人間がすっぽりと収まってしまうほど巨大なマナの結晶体。表面は砂埃に塗れ、曇っていて中まで見通せない。ほかと比べ、一線を画している存在感を放っている。きっと考えられないほどの年月を経て育まれた、奇跡の逸物なのだろう。

「逆に大きすぎて、持ち出せなかったんじゃないかしら？　でも売ってお金にするのが目的なら、多少価値が下がってでも切り分けて持ち出すわよね」

「わたしの身長の、倍ぐらい大きいです！　この大きな塊で女神様の像を作ったら、きっとすごいのができ上がると思うです！」

もしかすると、シュリの発想が正解かもしれないな。こいつを削りだして彫像を拵えれば、歴史に名を残す芸術品になる。売りに出せば、目玉が飛び出る値がつくこと間違いなしだ。

「ちょっと待って、足元になにかあるよ！　……これは魔法陣、かな？」

待ったをかけるアッシュの声で足を止め、視線を地面に落とす。ところどころが土砂に埋もれ、場所によっては掠れているものの、描かれた円陣は確かに魔法陣を彷彿とさせる。円陣は結晶体を中心とし、囲うようにして展開されていた。

しゃがみこんだアッシュが手を触れると、突として魔法陣が輝きだし、微弱な光を放ち始める。突然の発光に驚き、咄嗟に飛び退いて身構える。けれど脅威となる事態はなにも起こらず、中心の結晶体が連動して淡く発光しただけであった。

「……ふぅ。驚いたけど、ただ光っただけみたい。焦って損したね」

「もう、びっくりさせないでよね！　私はてっきり、爆発するんじゃないのかと思ったわよ⁉」

「あはは ー 。ごめんね、カルナリアさん。あ、でもほら見て！　曇っていてよくわからないけど、結晶の中になにかあるよ⁉」

全体から光を放つ大結晶。その中心に浮かぶ影。どうやら、なにかが中に封じられているようだ。正体を確かめるため、代表して恐る恐る近付く。

「中にいるのは……もしかして人か？」

うっすらと判別できる、人型の影。光に照らされて体の線がくっきりと浮かび、衣服を一切身に纏っていないとわかる。柔らかな丸みのある陰影に、小柄な体躯。恐らくは女性。ひと目で判別できる特徴的な耳や尾はなく、種族は俺と同じ人族であろうか。

「シュリちゃん！　急に光りだしましたけれど、なにかあったんですか⁉」

「お前ら、また余計な真似をしたんじゃなかろうな？」

祈りを終えたイリスと、彼女の傍についていたオル爺が異変に気付き駆け寄ってくる。余計な真似とは失敬な。最初に手をつけたのはアッシュであって、今回は俺は無関係だぞ。

内心でそう思いつつ、意識を大結晶に集中する。全員に見守られながら、手で表面に積もった土埃を拭い去り、透き通る晶塊の中を覗き込んだ。

……中に封じられていたのは、俺の予想した通り女性であった。それも、俺とそう歳は変わらない少女である。

いつぞやの泉で見たイリスの裸を思い出す、白くて綺麗な肌。異なる点といえば、胸部が平均よりもやや貧相なぐらいか。手足は細くしなやかで、余分な肉が見受けられない。歳若い少女にしては筋肉が引き締まっており、戦いを生業とする者の体と判別できる。

ここまではいい。ここまでであれば、眼福に預かったという感想で終わっていた。

首から上。少女の顔と髪の色を目にし、戦慄が走る。昔は見慣れていた薄い桃色の髪は、あれから伸ばしたのか、お尻を隠せるくらいの長さに。眠る少女の顔は、毎日笑い合った日々の面影を残した懐かしいものであった。

別れてから六年も経つというのに、いざ目にすればすぐにわかってしまう。この少女が誰なのか。どういった人物だったのかを。俺はこの少女を、少女の幼少期をよく知っているのだから。

「っ……!?　お前っ……！」

思わず握った拳を、結晶に打ち付ける。待ち望んでいた再会が、こんな形で叶うなんて誰が予想できるか。本来なら握手なり抱擁なりを交わして、文句のひとつでも言ってやる予定だったのだ。

「どうしてここにいるんだよ……？　お前の身に、なにがあったんだよ……!?　なぁ、アリア!!」

眠る少女に向け、震えた声で呼びかける。声は叫びとなって、空洞内に虚しく木霊した。

(三) 受け継がれた剣技

「アリア様だって⁉　キリク君、それは本当なの⁉」

　血相を変えたアッシュが俺の肩を掴み、問いただしてくる。己の理解を超えた状況に、頭の整理が追いつかない。俺は言葉を発することができず、自分の目で確かめろと、無言で視線を投げるしかできなかった。

　指図されるがまま、目を凝らして結晶の中を覗き込むアッシュ。現実を目の当たりにした彼は、脱力してその場に頽れてしまう。思いの丈は違えど、お互いアリアとの再会を待ち望んでいた身。心に受けた衝撃の大きさは尋常ではなかった。

「ほ、本当に勇者様なんですか⁉　どうしてこのような状態に……。そもそも結晶の中に閉じ込められて、生きておられるのでしょうか⁉」

「行方が知れんとは聞かされておったが、よもやわしらが見つけるとはの。今も必死に捜しとる者たちの立つ瀬がないわい。……四人で組んでおったはずじゃが、おるのはアリアだけか？」

「一緒に旅をされていた騎士のゼイン様、弓士のジェス様、魔導士のルーミナ様の姿は見当たりませんわね。どうしてアリア様おひとりだけが……？　彼らの身に、なにが起きたのかしら……」

　各人の口から、さまざまな憶測が飛び交う。俺は会話に加わらず、必死に締め付けられる胸の痛みを堪えていた。何度も深呼吸をして、懸命に気持ちを落ち着かせた。冷静に、目の前の現実を受け入れるために。

　聖地で罰当たりな所業をした者の正体。アリアがなぜ、結晶の中に封じられているのか。勇者と行動をともにしていた、ほか三人の仲間の行方。

　頭の中を整理していくら考えようと、わからないことだらけだ。

「あのあの！　議論を交わすよりも、早く勇者様をあそこから救い出してあげたいのです！」

推測を述べる者、呆然とする者、黙して考え込む者。三者三様のなか、シュリが声に出して訴えかける。彼女は俺たちが今、真っ先に取らねばならない指針を示した。シュリは小さな体で何度も飛び跳ね、せっつくように意見を主張する。

「あ、ああ、そうだな。……できれば生きていてほしいんだが」

「……僕も、しっかりしなきゃ。昔、アリア様に魔物から救っていただいた御恩を、今こそお返しするときだもの！」

気を確かに持ち、堂々と鎮座する晶塊を見据える。

……とはいえアリアを助ける方針で定まったものの、どうやって結晶の中から救い出せばいい？無闇に大きな衝撃を加えて、中のアリアもろとも砕ける事態だけは絶対に避けねば。地道に端から削り出していくか、いっそオル爺の神業的剣術を頼ってみるか。

気がかりなのは、地面に描かれている魔法陣だ。アリアは魔法的な要因で、結晶に封じ込められているのは明らか。安易に破壊できるのか、壊して大丈夫なのかがそもそも疑問である。

残念ながらここにいる全員、魔法の分野に関して専門ではない。多少の知識であれば持ちえていても、所詮は浅学。深い理解を持たぬがゆえ、決断の一歩が踏み出せない。正しい知識を持つ者がいれば、取るべき対処法を導き出してくれたろうに。

「……少し席を外している間に、招かざる客人が訪れておりますね。番人のゴーレムが粉々で驚きました。腕の立つ侵入者だとは思っておりましたが、聖女様御一行であらせられましたか。……その御様子では、結晶の中身を見てしまわれたのですね」

壊す手段を画策しながら結晶と睨めっこしていると、不意に背後から聞こえた男の声。口から心臓が飛び出しそうになるのを抑え、後ろを振り返った。

視線の先には、無駄な装飾のない無骨な白銀の全身鎧を纏う、ひとりの騎士が佇んでいた。頭部全体、顔まで覆う兜を被っているため、声はくぐもり表情も窺い知れない。唯一除く目からは、背筋が凍るほど冷ややかな敵意が剥き出されている。

「……美しいでしょう？　まさにニル様が宿るに相応しき体です。ですが彼女を結晶から解放するには、私が所持する鍵……宝珠を砕く必要があります。……間違っても、手荒な真似はお控えください。……周りの結晶ごとアリアが砕けてしまっては、お互い困るでしょう」

状況を飲み込めず、困惑する。だが白い騎士はお構いなしに話を続けた。落ち着きのある低い声。男が話す言葉の端々には静かな殺気が見え隠れし、明確に自分は敵対する者なのだと告げている。

白い騎士の左手には、わざわざ見せつけるようにして掲げられた黒い球体があった。あの球こそ、俺たちが余計な真似をしないようあえて話した、鍵となる宝珠なのだろう。宝珠の中心には、地面に描かれたものと同様の魔法陣が浮かび、暗い闇の中で金色の輝きを放っている。

「力ずくで結晶を壊そうものなら、中のアリアも無事では済まないってか」

「早まらなくてよかったですね、キリクさん……」

まったくだ。白い騎士の言葉を鵜呑みにするのは癪だが、手を出す前でよかった。奴の話が実際は抑止を目的とした狂言であり、宝珠などなしに破壊して助け出せる可能性はある。しかし俺たちに真偽を知る術はなく、愚直であろうと奴の言葉に従うしかない。助けるつもりが逆にとどめを刺してしまったのでは、悔やんでも悔やみきれないのだから。

つまるところアリアを結晶から解放するには、奴の示す宝珠を壊すしか取れる手立てがない。魔法分野の知識に詳しい識者がおらず、代案を導き出せなくて苛立つ。

それにしても、あの男が声を発するまで気配は感じられなかった。誰にも存在を悟らせず、悠々と足音ひとつ立てずに歩いてこの空洞に踏み入ったというのか。

姿を現してからというもの、白い騎士の放つ存在感は尋常ではない。強者からの威圧というべきか、全身をちくちくと針で刺すような感覚に襲われている。あの男は少なくとも、レベルという概念においては間違いなく格上の存在だ。少しでも不審な動きをすれば、即座に距離を詰め、首を跳ね飛ばしにかかる。……全身に受ける重圧は、そう思わせるに十分だった。

自らが敵対する者に及ぼす影響を、知ってか知らずか隠す素振りすら見せない白の騎士。兜から垣間見える眼光は、人というよりも凶悪な魔物のそれだ。まさに蛇に睨まれた蛙といわんばかりに、意思とは裏腹に体が硬直する。耐え難い緊張で鼓動が早まり、息が苦しい。

まるで時が止まったのかと、錯覚しかねないほどの緊迫した空気。停滞した状況に一石を投じたのは、老練の剣士オルディスであった。

オル爺は白騎士から受ける圧を意にも介さず、神が如き速さで剣を抜き、一足飛びに斬りかかる。狙いは奴が左手に持つ宝珠。剣技において、他の追随を許さぬ古豪が放った不意の一撃だ。疑う余地もなく、完全に決まったと思えた。

ところが、目に映ったのは予想した結果とは異なる光景。オル爺の一撃は、確実に宝珠を両断するはずの攻撃だった。しかしあと一歩と迫ったところで、白騎士が抜き放った銀の剣により、易々と受け止められてしまう。

刹那の時間だったというのに、その一瞬だけは時の流れを遅く感じた。剣と剣が強烈にぶつかり合い、鼓膜を揺さぶる鋼の音が空洞中に響き渡る。

「……久しいですね、お師匠様。とうに隠居なされたものと思っておりましたが、ご健勝でなによりです。……ですが、やはり歳には敵わぬご様子。……随分と衰えられましたね」

先制をとったオル爺の動きは、影ですら目で追うのもやっとの速さであった。瞬時に斬撃が届く範囲まで距離を詰め、躊躇なく剣を薙いだのだ。俺がもし相手の立ち位置であったなら、反応が遅れ容易く両断されていたほどの。

だが白騎士はオル爺の一撃を、怯む素振りすらなく、いとも簡単に受け止めている。兜のせいで表情の変化が読み取れないが、少なくとも焦った様子は見受けられない。むしろ余裕綽々といった態度で、兜の下は汗粒ひとつ垂らしてさえいないのだろう。

「ぬかせ。なぜ行方の知れんかったアリアとお前がここにおる？　ほかの者はどうした？　晶窟のこの惨状はなんじゃ？　全てお前の仕業か？　……答えよ、愚か者のゼイン！」

白い騎士と鍔迫り合いをしつつ、オル爺は強い口調で矢継ぎ早に問う。オル爺を、アッシュ同様に師と仰ぐ騎士。その人物の名を、俺は知っている。

……騎士ゼイン。勇者一行のひとりとして、同門のアリアと行動をともにしていた剣士。師であるオル爺をして、自分を超え得る逸材と評した一番の弟子だ。

剣同士が互いを削り合い、刃が軋む悲鳴を響かせ対峙する師弟。ゼインの敵意をオル爺が一身に引き受けてくれたおかげか、体が重圧から解放される。すぐに体勢を立て直し、四人でイリスを中心に囲う守りの陣形をとった。

「……質問ばかりですね、お師匠様。私が饒舌でないのはご存知でしょう。……師の命とあらばお答えせねばなりませんが、私は口を動かすのが好きではありません。……なので簡潔に、はい、とだけ答えさせていただきます」

ゼインの返答は、己の仕業なのかという問いに是を意味する。話を終えた彼は口をつぐむと、交差するオル爺の剣を力任せに撥ね除けた。巻き起こった風圧で、あたりに砂塵が舞う。片腕の一振りでこの勢いだ。本気で剣を振るう姿を想像すれば、それだけ末恐ろしい。

ゼインは左手に持った宝珠を腰元のポーチにしまい込むと、仕切り直しとばかりに改めて両手で剣を構え直す。その風格たるや、名だたる歴戦の騎士そのもの。穢れのない無垢な白の鎧に、僅かな光さえ反射する曇りなき銀の剣。切先を向けられた俺たちが、さながら悪役のように思えてくる。

「……お喋りは終わりです。この地の秘密を知られた以上、あなた方を黙って帰すわけにはまいりません。……ご覚悟を」

ゼインは口封じに、俺たちを始末するつもりだ。どん詰まりの場所で、唯一の逃げ道となる出入り口は奴の背後。なによりアリアをまだ助け出せておらず、放置して逃げるわけにはいかない。話し合いで解決するといった平和な未来は存在せず、ゼインには剣を収める気がない。となれば、もはや衝突は避けて通れぬ道となった。

数で圧倒的に優るというのに、少しの余裕も持てない。嫌な汗が噴き出し、背中がびっしょりだ。それは俺だけでなく、前に立つオル爺も同様であった。

じりじりと互いに距離を詰め、間合いを計る師弟の剣士。いつ何時、なにがきっかけとなって彼らが再び動きだすか。睨み合う当事者を除き、まるで予測がつかない。

「童ども、わしより前に出るでないぞ。狙われでもすればとても庇いきれん。あと、決して奴を倒そうなどと考えるな。アリアを救うことのみに頭を働かせよ。よいな？」

オル爺からの忠告を受け、アリアを救うことのみに、俺たちは揃って数歩後ろに下がる。それにしてもゼインを倒さずして、どうやってアリアを助ければいいのか。

肝心の宝珠はゼインの腰元にある。ならば俺が隙をみて投擲術を駆使し、外部から壊すのが最善か。ちらっと見ただけだが、ポーチの外観は皮製。頑丈そうな作りではあるものの、鋼鉄製の金庫というわけではない。外から強い衝撃を受ければ、中の宝珠は容易く砕けるはず。

さりとて相手は、オル爺をして逸材と言わしめた一番弟子。元勇者と同格の剣士であると考えれば、いつぞやの力試しのときみたく、生半可では防がれる可能性も考慮しなければ。

焦らず、機会を窺おう。大丈夫だ、隙ならオル爺が必ずつくってくれる。

「……よからぬ視線を感じますね。獲物を虎視眈々と狙う、獣の視線です。……言っておきますが、宝珠を収めたこのポーチはれっきとした魔道具の一種。別の次元に収納できる特殊な大容量ポーチです。……この言葉の意味、わかりますね？」

「外部からは中の宝珠を壊せないし、破れでもすれば最悪は取り出せなくなる……ってことだね」

ちらちら向けていた視線に勘付かれ、先に釘を刺されてしまった。アッシュがゼインの話を解釈し、的確な答えとして教えてくれる。実行する前でよかったといえばよかったのだが、どさくさに紛れて壊す作戦は難しくなったか。

外から壊すのが無理なら、それこそポーチを奪うしかない。固定しているベルトは普通の物のようだし、ゼインから切り離すだけなら簡単だ。……問題があるとすれば、容易に拾わせてくれるかどうかだろう。

「あの、ゼイン……様付けはしなくてもいいわね。申し訳ないのだけれど、私からも質問していいかしら？」

空気を読んでなのか、読まずなのか。殺伐とした雰囲気が漂うなか、ゼインに質問の可否を尋ねるカルナリア嬢。彼女の表情はいたって真面目で、むしろ強張ってすらいる。自分の発言が火蓋を切る合図となりかねないことは、重々理解している様子だった。

「あなたが口にした〝ニル様〟とはなんなの？　あなたが仕える主君の名なのかしら？」

「……つい口走っておりましたか。別段秘密にする話ではありませんので、知りたいのならば教えてさしあげましょう。……ニル様は、我らエストニル教が崇める神。生を司る、美しき女神の名です。ニル様が我らにお与えくださるの慈愛の深さは、あなた方が信望するミルとは比較にもなりません。……ニル様こそが、真に人々を死の恐怖からお救いくださる神なのです」

エストニル教……？　女神ニル……？　どちらも初めて聞く。そもそもセントミル教のお膝元である教国ルルクスにおいて、弾劾こそしていないものの、ほかの教えと接する機会はほとんどない。時折耳にしたとしても、全て異教でひと括りにされ頭に残りやしないからな。

言うなれば、それだけセントミル教が広く布教されている証拠だ。俺のように半端者から、教会の象徴である聖女のイリスまで、信仰心は大なり小なりピンキリではあるが。

「ゼイン様！　あなた様は短い間ではありましたが、教会で聖騎士を務められていたほどのお方です！　ゼイン様は、ミル様に祈りを捧げる敬虔なセントミル教の教徒ではなかったのですか⁉」

「……残念ながらイリス様、私は初めからミルに頭を垂れたつもりはありません。……私が崇め奉るのはニル様のみ。我が信心を捧げしはエストニル教の教えだけです」

師の質問に対しては遠回りに面倒だと拒否したくせに、女性の疑問には律儀に応じるゼイン。心なしか声色は柔らかく、異性に対しては騎士らしく紳士になる性分なのだろう。

しかしイリスに対する返事には、背信に心を痛めた様子は微塵も感じられなかった。親しい間柄でなくとも読み取れてしまう、本心からの発言である。それどころか微かに、怒りや恨みといった負の感情さえ込められていたように思う。

一方イリスにとっては、またも信頼していた者に裏切られたのである。さぞかし苦しくつらい心境だと、考えずとも手に取るようにわかってしまう。案の定、心配は的中。鼻は赤く目は潤み、唇を噛み締め、今にも泣きだしかねない悲痛な面持ちをしていた。胸を押さえ、必死に平静を保とうと努めている。負の感情を押し殺そうと耐える姿が不憫でならない。

こういったとき、なんて声をかけてやるのが正しいのか。若造の身には難しい。俺にできたのはイリスに話しかけ、少しでも気を逸らしてやることだけだった。

「な、なぁ、イリス。知らないから教えてほしいんだけど、エストニル教ってどういった宗教なんだ？　お前なら知ってるだろ？」

「ふぇ？　ええと、エストニル教とはですね、何百年も前に栄えていた教派……です。セントミル教と並び、古くからある神の教えとされています。ですがとうの昔に廃れてしまい、現在ではどういうわけか詳しい記述が残っておらず、古い文献に名前が載っている程度でしかありません」

うまく気を逸らせたのか、感情の決壊に歯止めがかかる。……というよりは、イリスが俺の拙い思慮を汲み取ってくれたとみるべきか。

それにしても何百年も前って、えらく昔からあったんだな。セントミル教自体がそんなにも歴史ある教えだったのさえ知らなかった。思い起こせば神父様から、セントミル教の歴史について学んだような記憶はある。これっぽっちも頭に入っていないのは、それだけ当時の俺は興味を持っていなかったんだな。子供の頃の俺は石投げに夢中すぎて、ほかの大抵が疎かだったのは否めないが。

しかし、両者はどこでこんなにも差がついたのか。同じ長い歴史を持つというのに、かたや繁栄、かたや忘却の彼方だ。

「すみません、私も古書で見知っただけの知識しかなくて……。先代様か司教様であれば、もっと詳しく存じておられるかと思います」

「あの、横からちょっといいかな？　僕が勇者様を追って旅をしていた頃の話なんだけどね、地方の田舎町で少し耳にした覚えがあるんだよ。教徒らしき人が教典片手に道行く人を勧誘していたんだけど、そのときの謳い文句が『死別した最愛の人に、もう一度会いたくありませんか』……だったかな。あまりにも胡散臭いんで、誰にも相手にされていなかったけどね」

俺たちの会話の輪に、横から入り込むアッシュ。死んだ者に会いたくないか、か。そりゃ胡散臭い。死者を蘇らせるとでもいうのかね。最愛の人に先立たれて、精神的にまいっている人でなければ見向きすらしないぞ。

……いや、そういった心の弱った人が食いつくからこそ、成り立っていると捉えるべきか。普通ならまず近寄らない怪しさだが、藁にでも縋りたい境遇の者からすれば、たとえ悪魔の手さえも救いに思えただろう。

「……胡散臭い、とは心外ですね。ニル様が復活なされた暁には、夢物語ではないというのに。あなた方もいかがですか？　こうして出会えたのもなにかの縁。よい機会ですし、入信なされては？……さすれば、刃を交え血を見ずに済むのですが」

うわぁ……。セントミル教の聖女様を前に異教への勧誘とは、節操がなさすぎやしないか？　まったく、図太い神経をしていやがる。

エストニル教の掲げる謳い文句が事実だとすれば、それはとても魅力的だろう。誰しも、会いたい故人のひとりふたりはいて普通だ。俺だって気軽に叶うのなら、物心つく前に他界した祖父母と会って話をしたい。

だがいくらなんでも、世界の理を捻じ曲げすぎだ。どんな奇跡を起こすつもりか知らないが、死者を蘇らせるのは命の冒涜にほかならない。たとえ神様の御業だとしても、おふざけがすぎる。

「……誰も応じてはくれませんか。悲しいですね」

言わずもがな、ゼノンの誘いに首を縦に振る者がいるはずはなく。無言の沈黙が総意の答えだった。あまりにも突飛すぎて、お断りの言葉さえ発するのも馬鹿馬鹿しい。

「当たり前じゃろ。馬鹿げた妄言を信じるほど、わしは耄碌《もうろく》しておらん」

「さすがに、別の神様をいきなり信仰しろって言われてもねー……」

「キリク様が頷かない限り、わたしも頷くことはないのです！」

俺の答えもひとつで、ほいほいと神様すら鞍替えしちゃうのはどうなんだ、シュリよ。

とはいえ、ゼインにとって誰も頷かないことは想定の範疇だったのだろう。落胆した様子はなく、やれやれと肩をすくめるだけであった。

「……あなた方は自ら、差し伸べられた慈悲の手を振りほどいてしまわれました。……まことに残念でなりません」

ったく、どこがだ。言葉に感情がまったく乗っていないぞ。殺気や敵意といった悪感は一切途切れさせず、ゼインは構えた剣を下ろそうとすらしていない。仲間に引きこみたい気持ちがあるのなら、せめて少しくらいは誠意を表してもらいたい。

「……ですが、聖女がこの場に現れたのは私にとってまさに僥倖。……ニル様へ捧げる供物として、いずれはあなたをお招きせねばならなかったのです。……同胞の尻拭いができる機会を得られ、感謝いたしますよ」

次の瞬間、話は終わりだとばかりにオル爺と剣を切り結ぶゼイン。何度も刃が交差し、鉄の弾ける音が断続的に響く。薄暗い晶窟内を、絶え間なく火花が照らした。

ゼインが手数と力で押し、オル爺が技術で対応する。片方が圧倒するのではなく、一見すると互角の状況。悪く言えば、互いに決め手が欠けている。けれどこのままではいずれ、ゼインに軍配が上がるのは明らかだった。

剣技においては、師だけあってオル爺に一日の長がある。足運びから剣のひと振り、呼吸に至るまで、挙動の全てどれをとっても無駄がなく、素人目では到底付け入る隙を見出せない。

対してゼインの剣技だが、さすがはオル爺が手塩にかけた愛弟子なだけある。しかしながら、比べるとどうにも荒々しさが目に付く。……あくまで師の剣技が完成されすぎているだけで、個別に見れば非の打ち所がないのだが。

だというのに、なにゆえ両者は拮抗しているのか。理由は単純で、師との差を埋めているのは偏《ひとえ》に若さからくる体力。ゼインの年齢は知らないし、兜のせいで素顔さえわからない。声から察して、恐らくは二十後半から三十そこそこといったあたり。

老いて衰えていくだけの肉体と、精悍な働き盛りの肉体。両者の身体能力に差が生じるのは必然であり、致命的な足枷としてオル爺に重くのしかかっている。完成された達人の動きも、徐々に呼吸が乱れ、陰りが差していた。

このまま傍観していたのでは、遅かれ早かれ凶刃はこちらにも牙を剥く。しかしアッシュやシュリ、ましてお嬢が介入して優勢に立てるとは到底思えない。オル爺が庇いきれないと断言したように、下手をすれば助けるどころか足を引っ張るだけ。あるいは全員で、同時に加勢すれば勝つ見込みもあるだろうが、十中八九誰かが犠牲になる。

ゼインは劣勢となっても、相手を道連れにできる力を持つ。犠牲になるのはひとりかふたりか。あるいは、最悪全員が返り討ちになる結末だってあり得る。アリアを救うのに、人死が出たのでは本末転倒。なにより、大切な仲間をひとりとして欠きたくない。強者を相手に甘いと罵られようが、この意思だけは曲げたくなかった。

結論として、ゼインの間合いである接近戦で挑むべきではない。近付かないのが最善。ならば消去法で、俺が残る。離れて攻撃する手段を持つ、俺だけが。

ほかに魔法石を使用する手もあるが、必要に応じて魔法の威力を調整できる代物ではなく、一回の使用で全てを吐き出してしまう。つまりは近場のオル爺にまで、被害が及ぶ恐れを孕んでいる。手段のひとつとして頭の片隅に置いておくにはいいが、不用意には使えない。なので俺の精密な投擲術こそが、オル爺を邪魔せず援護できる唯一の手となる。

無音無言のまま、最速の動作で投擲ナイフを投げ放つ。狙いは兜と鎧の隙間、ゼインの首筋。即死とはいかないまでも、致命傷は避けられない人体の急所だ。暗がりでは軌道すら見切れぬ攻撃を、オル爺と剣を交えている最中のゼインにいなせるはずがない。あっけなくあるが、いつも通りだ。

しかし確信した勝利は、突如暗闇から飛び出してきた影によって阻まれてしまう。硬い音が響き、地面にナイフが落ちる。攻撃を防いだのは、空中を浮遊する防壁。ゼインが身に着けた白銀の鎧と同色の、円形の盾であった。宙に浮く二枚の盾が折り重なり、主を攻撃から守っていた。

「……その歳にして的確に急所を、それも躊躇なく狙ってくるとは末恐ろしい少年ですね。注意は払っておりましたが、油断は禁物だと改めて肝に銘じておかねばなりません」

「躊躇ったりすりゃ、血を見るのは俺たちなんだ。そりゃ遠慮なんてしないさ。……自動で動く盾とは、また面倒なものを隠してやがったんだな」

二枚の盾はナイフを弾き終えると、ゼインの両脇へ別れて布陣する。互いが片側を受け持ち、どの方角からの攻撃でも対応できる、厄介な配置をとっていた。

いくら実力に自信があったとはいえ、ゼインが圧倒的な人数差にも関わらず強気な態度を崩さなかったのは、あの盾の存在があったからか。速さ重視だったとはいえ、挨拶代わりに放った投擲ナイフを容易く弾いた結果から、防御性能は相当だと窺える。

「ようやく盾を出してきおったか、ゼイン。よいか、童ども。剣技もさることながら、なによりも厄介なのはあの二枚の魔導盾じゃ。自律し自動で攻撃を防ぐうえ、遠隔操作も可能ときておる。奴が『不落の騎士』と呼ばれとった由縁よ！」

「……その恥ずかしい二つ名で、私を呼ぶのはやめていただきたいですね。……勝手に名付け、私の意に反して流行らせようとしたのがお師匠様であることぐらい、私は存じているのですよ」

「はて？　そうじゃったかのぅ？　いやはや、歳をとると忘れっぽくなっていかんわい」

オル爺はわざとらしくとぼけたふりをし、あっけらかんとした態度をとる。その振る舞いが癇に障ったのか、師に対し不遜にも大きな音で舌打ちをするゼイン。

オル爺が袈裟懸けに剣を振るえば、ゼインは難なくその一撃を受け止める。逆にゼインが剣を薙げば、今度はオル爺が慣れた動きで刀身を滑らし、綺麗に受け流した。休む暇なく続けられる、一進一退の攻防。他者の介入を拒む、激しい剣の打ち合い。迂闊に彼らの間合いへと入り込めば、瞬く間に細切れにされるだろう。

ゼインは師に対しては盾を使うつもりがないらしく、終始空中に待機させたまま。師とは純粋に剣だけで決着をつけたいという、驕った意思の表れか。

剣戟の合間を縫って俺が手出ししようものなら、盾が反応し容赦なく遮った。過敏に反応する高性能ぶりは、隙を見てポーチを奪うどころではない。ゼインにとって、盾はあくまで外野の介入を防ぐための番犬。俺に対しての牽制としては、悔しいが上出来である。

高い次元の応酬が繰り広げられ、その光景をまざまざと見せ続けられる。とりわけ歯がゆい思いをしているのは、同じ剣士であり、同門の身であるアッシュだった。唇を噛み締め、己の未熟さゆえの悔しさから眉をひそめている。拳はきつく握り締められ、加勢したくとも叶わない弱い自分に憤っているのだろう。

永遠に続くかと思われた攻防。それだけ両者の実力は拮抗していた。さながら演舞として、一種の見世物と評しても過言ではなかった。

とはいえ、終わりは必ず訪れる。先に動きを鈍らせたのは、予想した通り、師のオルディス。歳による肉体の衰えは如実で、次第に危うい均衡を崩し始めた。激しい動きの連続で息は絶え絶え。振るう剣からは心なしか、精細さが失われつつある。

オル爺の敗色は濃厚で、もはや時間の問題。ゼインの態度から察するに、相手が師であっても情けをかけやしない。剣が鈍れば、奴は容赦なく殺しにかかる。

盾の登場には狼狽したが、手をこまねいている暇はなさそうだ。彼らの命を張った剣舞に見惚れている場合ではない。オル爺の敗北は、すなわち全滅に直結してくる。
二、三度攻撃が通らなかったからといって、俺の心は簡単に折れやしない。生半可な投擲だと盾に防がれるのは学習した。ならばと左右の手に四本ずつ、計八本の投擲ナイフを構える。
これは俺が同時に放てる最大の数。単発が防がれるのであれば、次は数で攻めるまで。狙うは手足の関節部といった、ちょうど鎧の継ぎ目となる各箇所。極力バラけた場所を同時に狙えば、一本ぐらいは盾の守りをすり抜けられるのではないかとの算段である。

意識を集中させ、機会を窺う。ゼインが攻めに回った直後の、ほんの少しでも意識がはずれる機を見て仕かけた。

「……羽虫が横からちょっかいを出しているようですが、無駄だと知りなさい。私の盾の守りは、あなたが思うほど容易には突破できませんよ」

結果は全敗。投げた八本全てが防がれ、虚しくも地面に刃を突き立てた。二枚の盾は縦に並び、壁となってゼインの姿を完全に隠してしまったのである。守備範囲、対応速度ともに穴は見られない。自動で主を守る盾は、想定よりもよほど優秀らしい。

一方でゼイン本人はこちらを一瞥さえせず、歯牙にもかけてこない。ご自慢の盾が誇る守護に、絶対の自信がある様子だ。あの兜の下では、さぞかしすかした表情を浮かべてるのだろう。そう考えるだけで腹立たしくなった。俺の手でひと泡吹かせてやらねば、気が収まらない。

単調で直線的だった投擲に、今度は手を加えて工夫を凝らす。真正面からでは、数や速さだけを高めても盾で防がれてしまった。であれば次なる手として、裏をかく変則的な軌道で放ってやる。

数はさっきと同じ、左右で八本。残り少ない貴重な八本だ。投げた分を回収したくとも、落ちている場所はいずれもゼインの近くばかり。戦闘が終わるまで、補充は不可能と見ていい。

左で投擲する四本は、囮として真っ直ぐ投げる。盾を釘付けにするため、適度にばらけさせて全面で受けさせる。あくまで変則的な軌道を加えるのは、右で投げる分だけ。速さ、威力と大事な要素を犠牲にせねばならず、これまでは使わなかった投げ方だ。悪く言ってしまえば、所詮は曲芸じみた芸当だからな。

もし盾が変則軌道のナイフに反応し動けば、囮で投げた直進するナイフを通してしまう。囮とはいえ手を抜く真似はしておらず、こちらもきっちり鎧の継ぎ目を狙っている。

息を整え、何度も頭の中でイメージする。失敗は考えず、成功した未来だけを見据える。必ず中《あた》ると書いて必中だ。そこに俺の意思が加われば、何人たりとも逃れられない。

二通りの軌道を描く八本ものナイフを、二枚の盾だけで全て防げるのなら是非やってみせろと、心の中で啖呵を切ってから投げ放った。

盾は投擲されたナイフに反応し、前回と同じく縦列して一枚の遮る壁となる。左で投げた四本は二枚の盾に弾き落とされるも、想定内。右から放った本命の四本は、守りを嘲笑うかのようにして弧を描き、ぎりぎり横をすり抜けていく。盾を回避するため、曲がる軌道。ショーテルを連想させる変則軌道だ。

「……ッ！　……羽虫だと見逃していれば、よもや蛾ではなく蜂でしたか」

絶対不可避の二者択一。思惑は功を奏し、機敏だったゼインの動きが乱れる。盾を躱した四本のナイフは鎧の隙間を縫い、見事に突き刺さっていた。

「……奇術のような曲技には驚かされましたが、殺すには弱いですね。あるいは私の動きを少しでも鈍らせたかったのでしょうが、頼みの綱であるお師匠様はもう限界なようですよ」

悔しいが、ナイフの刺さりが甘い。恐らくは、下に着込まれた鎖帷子に食い止められたのだろう。威力を大きく犠牲にした技だったために、満足のいく結果は得られなくてしかるべきか。ゼインが言うように、蜂が針を刺したにすぎないか細い攻撃。だけれど必ずしも無駄ではない。間違いなく、標的まで届いた攻撃だ。

「……疲弊したお師匠様は、もはや私の敵にあらず。なんなら、君から先に殺してあげましょうか？」

これまでオル爺しか敵としてみなしていなかった目が、初めて俺個人に向けられる。ようやくゼインは俺を、自身に害を成す存在と認識した。……冷徹な視線に、背筋がゾクリとした。

「どこを見ておる！　お前の相手はわしじゃろうが!!」

視線を外した今こそ絶好の好機と判断し、吼えるオルディス。残る僅かな体力を振り絞って、全身全霊のひと振りが繰り出された。上段から振り下ろされた、鎧ごとぶった切る勢いの袈裟斬り。

「――がぁっ!?」

……悲鳴を上げたのは、ゼインではなく仕かけたオル爺の側であった。

剣身を滑るようにして、下に受け流されていた渾身の一撃。ゼインが反撃で放った左の拳は、師の下腹部を完璧に捉えていた。

耳に届いたのは、鈍い殴打の音とアバラが砕ける音。姿勢を崩し、全力を使い果たした直後のオル爺には避けようがなく、鉄の拳をもろに喰らってしまう。

老いた華奢な体躯は殴られた勢いで、地面を二度、三度と跳ね転げていく。止まった先で苦しげに何度も咳き込み、吐いた血が自慢である灰色の髭を赤く染め上げた。それでもなお、横たわった老体は立ち上がろうとする。血反吐を吐きながらも、地に突いた腕に体を起こせと命じている。

……だがオル爺の意思とは裏腹に、彼の体は言うことを聞かずやがて沈黙。懸命に呼吸する荒い息遣いだけを残し、動かなくなってしまった。

老勇者の悲痛な姿に、いてもたってもいられなくなったイリス。彼女は感情に身を任せ助けに行こうとするも、すぐさまカルナリア嬢に腕を掴まれてしまう。

「離してください、カルナさん‼」

「いけませんわ、聖女様！　不用意に飛び出しては、御身が危険に晒されてしまいます！」

「でも、でも……！」

目尻に涙を溜め、イリスは懸命に訴えかける。カルナリア嬢はそれでも聖女の腕を離さず、自分の胸元へと引き寄せた。抵抗するイリスを強く抱きしめ、堪えてと諭す。

負傷したオル爺の容態は心配だ。内臓を痛めたのならば、すぐにでも治癒を施さなければ命にかかわる。にもかかわらず、手を差し伸べられない。近付くことが叶わない。倒れたオル爺の傍らには、ゼインがいる。横たわった師を見下す騎士の存在が、老体への接近を許さなかった。

「……勝負を焦りましたね、お師匠様。あの程度の児戯で息切れするとは、老いとはかくも恐ろしいものです。……さて、君の順番が回ってきましたよ。ミルへの祈りは済ませましたか？　……もっとも、あの女神が窮地を救ってくれるとは思えませんが」

身がすくむ重圧。心臓をわし掴む恐怖。防波堤だったオル爺を失い、敵意が余さず向けられる。

アッシュとシュリは覚悟を決め、武器を手に取った。震えながらも前に出ようとするふたりを、俺は手で遮る。

「俺がやる。あんたも、次に殺したいのは俺だろ？　蜂とはいえ、刺されたら痛いもんな。さぞかし潰したいだろうさ」

背中の鞘に収めたククリナイフを抜き、ゼインに切先を向ける。歪曲した刀身が僅かな光を受け、鈍く輝く。もしこのナイフに意思があったとすれば、こちらの気も知らず早く血を吸わせろとせっついていただろう。

「……おや、尻尾を巻いて怯えるかと思いましたが、意外と強かなのですね。……強気なのは結構ですが、剣を握る手が震えておりますよ」

「これは武者震いだってての。あんたが相手なら加減抜きに、全力でこいつをぶん投げれるんだからな。……そっちこそ、舐めた相手に負けて泣くなよ？」

武者震いというのは半分本当であり、半分は嘘。七対三ほどの割合で、少なからず怯えが混じっているのは否めない。

「……ふ、戯言を。……いいでしょう。その勝負、受けてあげましょう」

盾を前面に配置させ、その後ろで剣を地に刺して仁王立ちをするゼイン。強者の余裕か、はたまた驕りか。完全に受けの体勢をとっており、こちらが動くのを待っている。

「……さぁ、いつでも来なさい。君が放つ最大の一撃を、正面から堂々と受けてあげますよ。そして思い知りなさい、己が無力さを。逃げなかった愚かさをね」

最大の難敵であった師を排除し、ゼインはとうに勝利を収めた気になっている。上からの物言いが、あとは消化試合だと思っているいい証拠である。先手を譲ってくれたのは、強者が弱者にかける情けのつもりか。あるいは最大の一撃を完封し、無駄と悟らせて心を折る腹づもりなのか。

どちらにせよ、ありがたい。問答無用で攻められると、勝てる見込みは薄かった。オル爺が見せたような一瞬の距離詰めを披露されれば、自慢の投擲をさせてもらえるかすら怪しかった。

与えられた、確実に一撃を放てる機会。ククリナイフを右手に構え、篭手の力を限界まで引き出す。文字通り、全力の投擲。出せる限りの全てを、これから放つ一撃に込める。

強すぎる攻撃は、味方を巻き込む恐れがあった。だからオル爺とゼインが剣を交えている間は、彼の援護に徹していた。しかしもう配慮する必要はない。ただでさえあとがなく、出し惜しみをして負ければ終わりである。新調したばかりだからともったいぶっていたが、今こそククリナイフの使い時。たとえこの一撃で折れようが、勝利をもぎ取れるのなら本望だ。盾を破壊してゼインを倒せれば、対価に見合う最高の結果といえよう。

「お言葉に甘えさせてもらおうかね。オル爺の仇は、絶対に取らせてもらうからな」

勝手に殺すな、と掠れた声で聞こえた気がしたが、きっと空耳だな。よそに意識を散らしている余裕はない。集中しろ、目を逸らすな。前に立ちはだかる敵を倒す、その一心に全てを注げ。

「さぁ、行ってこい！　思う存分ぶっ壊せ!!」

「……力任せの一撃など、見事完封してさしあげましょう」

鬼人の篭手が俺の所有するマナを、これでもかと際限なく吸いとっていく。肩が、肘が、手首が、指先が。篭手を装着した右腕のあらゆる関節が、過度な力によって軋み、悲鳴を上げる。

持てる力の限りを尽くした、全身全霊の投擲。極限まで引き絞られた弦を離すようにして、力強く放たれたククリナイフ。高速で回転する刃は旋風《つむじかぜ》をも巻き起こし、空気の壁を裂きながら獲物を目掛け飛んでいく。

常人には影さえ捉えられない神速の域。鼓膜に響く耳障りな高音。時間差で天井まで吹き上がる砂。解き放たれた凶器は、瞬きする間さえ与えずに待ち構える盾に襲いかかった。盾と刃は凄絶な勢いでぶつかり、晶窟内の空気を大きく振動させる。

阻む壁を砕き、進む意思を貫く刃。断固として立ち塞がり、一歩たりとも道を譲らない盾。硬い金属同士の衝突は、辺り一面を明るくさせるほどの火花を撒き散らす。生じた余波は土埃だけでなく、周辺の石や小振りな岩までをも吹き飛ばした。

「……っ⁉」

淡々としていたゼインの声に、初めて焦りの色が浮かぶ。危険を感じたのか、咄嗟に展開させていた盾を二枚に重ね、壁をさらに分厚くして守りをより堅固にした。

範囲を捨てた、一極集中の守り。

ゼインのとった判断は正しかった。直後に一枚目の盾は砕け、鉄片となって周囲に四散。猛進する刃の勢いは依然として衰えず、後ろに控えた第二の盾に喰らいつく。もしゼインが慢心したままで判断を誤り、盾を重ねていなければ、刃は確実に本体を捉えていた。

「……調子に乗るなよ、糞餓鬼がっ‼」

自慢の盾を壊され、苛立つ感情を露わに憤慨する騎士。最後の防壁が砕ける寸前、ゼインは盾の縁を背面から殴打し、攻防争う二者もろともを強引に弾き飛ばしてしまう。直後に刃が盾を砕くも、その先に獲物の姿はなかった。

軌道を大きく変えられたククリナイフは明後日の方向へ飛んでいき、最後は岩壁に激突。空洞全域が激しく揺れ、震源地となった壁は音を立てて崩れだす。揺れに連動して天井からは、砂や細かな石が絶えず地面に零れ落ち、晶窟そのものの崩落を予感させた。

「……よくもやってくれましたね」

息を乱しながら、佇むゼイン。彼の全身からは、強烈な怒気が立ちのぼっている。つまりは、こちらを侮っていたゼインを、本気にさせてしまった。全身に殺気を浴びせられ、生きた心地がしない。接近されてはならないと、本能が警告する。

俺を睨むゼインの目つきが変わり、同時に全身に悪寒が走る。それは騎士が守りから、攻勢に転じた知らせ。地を踏みしめた鋼鉄の脚甲が、音を鳴らす。隔たれた距離を瞬時に詰め、俺の首を落とさんがために。

だがゼインが飛び出す直前、動きがピタリと止まる。がくりと身を落とし地面に片膝をつくと、左手で兜の上から目元を押さえ、声を殺し呻き始めた。

ゼインの右目に突き刺さったナイフ。兜の隙間から滴る、血の落涙。たった一本のか細い投擲ナイフが、騎士の進撃を拒みその場に縫い止めていた。

「興奮していて気付かなかったか？　俺はあんたが隙を晒すのを待ってたんだ。ずっと、虎視眈々となって」

我ながら、見事に決まったと自画自賛してやりたい。とはいえ平静を装っているものの、実のところ俺の心臓は激しく脈打っているのだが。

ククリナイフを放ったあと、保険にと左手に投擲ナイフを忍ばせていたのが功を奏した。残っていた最後の一本。もしあの一本を握っていなければ、今頃はゼインの接近を許していた。その場合、俺が地面に這いつくばっていたのは想像に難くない。

「……くっ。慢心、油断……騎士として、恥ずべき過ち。結果として、私はまんまと膝をつかされているのですから。……名は確か、キリクでしたか？　君のことはアルガードより逃れた同胞から、報告を受けておりました。半信半疑でしたが、話以上だった事実に驚嘆させられましたよ」

「そりゃどうも。あの街の名が出てくるってことは、領主と司祭はあんたの仲間か」

「……いかにも。ジャコフ、ヘルマンの両名は我が同教の士。……彼らが責務を完遂してさえいれば、私は君と相対せずに済んでいたのでしょうね」

ククリナイフを手元に呼び戻し、切先をゼインに向ける。覚悟はしていたが、やはり刃がところどころ欠けていた。全ては承知のうえ。盾破壊の代償としては、随分とお安い対価だ。

天井から落下した岩が、猶予の少なさを通告する。無闇な結晶の採掘で、訪れた当初から空洞内の壁はぼろぼろ。いたるところに亀裂が入り、晶窟の崩落が現実味を帯び始めていた。限られた時間で、余計な問答を交わしている余裕はなさそうだ。

「あんたは危険すぎる。……悪いが、ここをあんたの墓にさせてもらうぞ」

今は優位に立てているが、状況がいつ覆るかわからない。所詮は、相手が舐めてかかってきたおかげで得た拾い物。ゼインが師と剣での勝負に興じず、はなから本気で殺しにきていれば全滅だってあり得た。もし最初に俺が殺されていれば、反撃の芽すら潰されていたのである。

となれば千載一遇の好機を、みすみす逃すわけにいかない。ゼインともう一度戦うのは御免だ。今度こそ死を覚悟せねばならなくなる。

投擲したククリナイフで兜ごと頭をかち割らんと、構えた右腕を振り上げる。この男はアリアを幽閉しただけでなく、イリスにまで害を成そうとした。聖女をつけ狙う狂信者ともなれば、野放しにしてはおけない。

「待って、キリク君！　彼は殺さず、捕縛にとどめよう？　ね？」

「……そうね、ゼインには聞きたい話が山ほどあるわ。ここで殺すのは早計よ。彼を殺すのなら、情報を吐かせてからでもいいんじゃないかしら？」

投げ放つ寸前の右腕を掴み、待ったの声をかけたのはアッシュ。続いてカルナリア嬢もまた、アッシュの肩を持ち今は殺すべきではないと主張する。

曰く、俺たちは暗躍する相手の素性を知らなさすぎる。殺してしまうのは簡単だが、せめて情報を洗いざらい吐き出させてからがいい、と。カルナリア嬢はともかく、ことアッシュに関しては、白日の下でゼインに法の裁きを受けさせたいようであった。

この男は強く、同時に危険な思想を持ち合わせている。後顧の憂いを絶つためにも、問答無用で息の根を止めるべきだと俺は主張した。真っ向から対立する意見。その間にも壁や天井が崩れ落ちてきており、猶予は刻一刻と失われつつあった。

「キリク君の懸念はもっともだって、僕にもわかってるよ。力になれなかった身で意見するのは、おこがましいと思ってる」

生殺与奪の権利は戦った俺とオル爺にこそあって、傍観していただけの自分に口を挟む権利はないとアッシュは前置きをする。そんな自身の立場を承知のうえで、なおもゼインを殺めるのは早計だと訴えかけた。

「僕だって許せないよ。憧れであるアリア様を、こんな薄暗い場所で冷たい石の中に閉じ込めるだなんて、酷すぎる。それも仲間であるはずのゼイン様がやったというのだから、なおのこと信じられない、信じたくないよ!」

アッシュは心の底から、勇者であるアリアを信奉している。それは同時に、勇者と肩を並べて戦う仲間の者たちに対しても、敬意や羨望を抱いていた。勇者を害したのがまったく無縁の第三者であったなら、アッシュもここまで反対していなかったはず。相手が勇者の隣に名を連ねる人物だからこそ、現実を受け入れ難くこだわってしまうのか。

「ゼイン様はエストニル教から洗脳を受けていたり、催眠の魔法をかけられていたりするかもしれないんだよ? そういった可能性も踏まえたうえで、僕は捕縛を提案したいんだ」

「そう……ですね。アッシュさんのお考えは一理あります。だって聖騎士に就いておられた頃と、今のゼイン様は別人といってもいいほどですよ? 教会を守護されていたあの頃の逞しい背中は、嘘偽りではなかったのだと信じたいです」

む、まさかイリスまでアッシュの側につくとは。考えてみれば、勝敗のついた相手を殺すなんて行い、心優しい聖女様が許容するはずないわな。

なにも口出しせず、後ろでおろおろとしてくれていたほうがありがたかった。聖女がアッシュの肩を持つとなれば、対立し「殺すべき」と唱える俺が悪者みたく思えてくる。

「わたしはキリク様に賛成するです！　わたしたちに危害を加えてくるような怖い人と、一緒にはいたくないのです！」

　四面楚歌な俺に、シュリだけは味方についてくれた。といってもこの子の場合、俺の意見に思考停止で同調しているだけかもしれないが。なんにせよ、ひとりでも味方でいてくれるのはありがたい。自分の意見が必ずしも間違いではないと、安心できる。

「私はさっきも話した通りね。ここは一旦生かしておいて、始末するならエストニル教が裏でなにを画策しているのか、洗いざらい白状させてからにすべきだわ」

　カルナリア嬢は、ゼインの生殺与奪に関してはどちらかというと俺の意見寄り。彼女が求めているのは情報であり、結果として今は生かすべきと唱えているにすぎない。

　この場で尋問ができ、かつゼインが口を割ったあとであれば、お嬢もこちらについてくれていただろう。残念ながら悠長にしている暇はなく、尋問を行うにあたっての知識と技能が皆無なのだが。

　オル爺を除く全員の意見が出揃い、三対二で捕縛する派が優勢。このままではなし崩し的に、ゼインを生かす方向で話が進んでしまいかねないな。

　いっそ、顰蹙《ひんしゅく》を買ってでも強行してやろうか。俺だって仲間の意見を蔑ろにしたいのではない。あくまで自分なりに、ゼインを生かすことに対する今後の危険性と、得られる見返りを天秤にかけての判断。意見が通らないからと、子供が駄々をこねるのとは事情が違う。

　実際問題として、ゼインをお縄にかけて「はい終了」とはいかないのが現実。王都にせよヴァンガルの領都にせよ、それなりの規模の都市にまで連行する必要がある。その間、捕らえたゼインが大人しくしているかどうかなんて、答えは明白だ。

暴れれば容易く制圧できる相手じゃないと、すでにわかりきっている。だからといって、常時ゼインの見張りに神経を尖らせ続けるのは、相当な負担だ。抜き身の毒刃を抱えた結果、寝首をかかれたのでは笑い種にもならない。そのぐらい、アッシュだって理解しているはずだろうに。

言い合いが過熱していく一方で、視界の端に捉えていたゼインが動きをみせた。右手に握られたままの剣。その切先が僅かに動いたのを、俺は見逃さない。すかさず反応し、アッシュを押し退けククリナイフを投げつける。

「がっ⁉　……っ！」

投擲された刃は剣を握る指を切り落とし、当たった衝撃で剣を離れた位置にまで弾き飛ばした。ゼインは血の噴き出る傷口を左手で押さえ、呻きながらうずくまる。

下から見上げるようにして、恨みがましく睨みつけてくる目。怯みそうになるほど圧迫感のある眼力に、負けじと上から睨み返す。

「動くなっての。俺は絶対に、あんたに隙を晒しやしないから」

投げたククリナイフを呼び戻し、再びゼインに切先を向ける。どこかで必ず仕かけてくると予想し、気を抜かず身構えていてよかった。やはりこいつは油断ならない。

横目でアッシュを、それみたことかと睨みつける。ゼインの目に灯る火は消えておらず、成功するか死ぬまで抗い続けると容易に想像がつく。素直に大人しくし、殊勝な態度を心掛けるなら折れる選択肢もあったが、もう迷いはなくなった。

構えたククリナイフを振り上げる。アッシュはまたも止めようとするが、伸ばされた手は途中で止まり、力なく下げられた。唇をきゅっと噛み締め、目を背けるように顔を俯かせてしまう。

「……ゼインの処遇、すまんがわしに一任してもらえんか」

ようやく結論が出たと思いきや、今度は復活したオル爺のひと声。わしが終止符を打つといわんばかりの有無を言わさぬ気迫に、振り上げていた刃を収める。

誰よりもゼインと戦い、誰よりも長く身近に接していた師。その本人が希望するのだから、望みに応え任せるのが筋だろう。

手で腹部を押さえ、満身創痍ながらも立ち上がった老体。オル爺は剣を杖代わりに重い体を引きずって、かつての愛弟子のもとへ足を運ぶ。ゼインに対し、どうけじめをつけるつもりなのだろう。並々ならぬ気迫に押されて思わず委ねてしまったが、果たして本当に任せてよかったのか。

……いや、ここはオル爺の判断を信じよう。決しておかしな決断は下さないはず。なにより、オル爺から感じ取った気配に間違いがなければ、判決は恐らく……。

「ゼインよ、弁明はあるか？　言いたいことがあれば、聞かせてもらうぞ」

「……聖女をはじめとしたお連れの方々は、揃いも揃って甘い考えをお持ちなのですね。敵意を持って剣を向けた私に対し、信じたいだの、催眠を受けているかもしれないだのと。……見当違いも甚だしいと思いませんか？」

悪態を吐き、ふっと鼻で笑うゼイン。実利主義なお嬢はともかく、命だけは救おうとしたアッシュとイリスを嘲笑するとは、なんとも呆れた男だ。自分の立場をわかっているのだろうか。

「……相手が誰であれ、事情がどうであれ、敵であれば始末する。聖女の護衛を務めるのであれば、そうあるべきでしょう。私ならば迷わず殺します。でなければ、肝心なときに守りたいものすら守れない。……ゆえに、不安の芽を潰そうとする姿勢を崩さなかった彼こそ正しい」

自分を殺そうとした相手を肯定するなんて、ゼインの真意が読めないな。殺せと開き直るでもなく、かといって命乞いをするわけでもない。懲りずに反撃の機会を窺ってはいるのだろうが、一貫して態度を崩さず不気味だ。

「そうじゃな。わしもお前と同意見じゃ」

左手で顎髭を撫でながら、静かに耳を傾けていたオル爺。弟子の意見に同意を返すと、突如として杖代わりにされていた剣が振るわれ、半月の軌跡を描く。

薄暗い空間を、放物線に飛んでいく丸い影。甲高い音が響き、落ちた場所に目を向ければ、そこには転がる兜があった。中身の入った兜、である。

一拍の間を置き、本体側の首の切断面からじわりと血が滲み出す。あまりにも見事な太刀筋に、遅まきながらようやく細胞が斬られたと気付いたようだ。止めどない勢いで、天井高く血飛沫が噴き上がる。放出されて空気に触れた大量の血は、濃い鉄の臭いをあたりに充満させていく。

ほどなくして司令塔を失ったゼインの体は、糸の切れた操り人形も同然に力なく血の海に倒れこむ。痙攣する指先が血溜まりでぴちゃぴちゃと跳ね、不快な水音を奏でた。……やがて水音は収まり、残ったのは崩落を堪える壁や天井の軋む不穏な音だけ。

突然の斬首で呆気にとられたのも束の間、いよいよと危惧していた時が訪れる。晶窟全体が大きく揺れたのを皮切りに、天井が落ち始めた。時間切れだと崩壊の始まりを告げられる。

崩れ落ちた岩のひとつが、ちょうど真下に転がるゼインの頭部に落下。熟れた果実ばりに兜ごと押し潰され、目玉が種のように飛び出した。白の球体はころころとアッシュの足元まで地面を転がっていき、靴の爪先に当たって停止する。アッシュはその場から飛び退き、込み上げる吐き気から口元を押さえた。恐らく、転がる眼球と目が合ってしまったのだろう。

「うっ……。師匠……どうして……」

「アッシュよ、弟子の不始末を拭うのは師であるわしの役目じゃ。弟子が道を誤ったのなら、正してやるのもまた師の役目」

動揺を隠せないアッシュに対し、淡々とした口調で語るオル爺。それは己の下した判断が、なにひとつ間違っていないと自らに言い聞かせるかのようであった。

「じゃがあやつは、もう引き返せぬ場所まで踏み込んでおった。わしが今頃になって諭したところで、もはや手遅れじゃ」

「だからって殺さなくとも……！　殺さずとも、腕を落とすなりすれば無力化できました。すぐには無理でも、時間をかければあるいは……！」

「アッシュ、お前は生前のゼインとはまともに目を合わせとらんじゃろ。瞳の奥に潜む本性を正面から見据えておれば、捕まえようなどとぬるい考えは持たんかったはずじゃ。狂気にこそ染まっておったが、あれは正常な人間の目をしておった」

動転し、狼狽するアッシュ。その態度こそが、事実だと告げている。普段の落ち着き払った姿しか知らないだけに、初めて見る一面だった。

「わしらに見せたあの姿こそが、奴の隠し通してきた生来の姿なのじゃろうて。……芯まで染まっとる人間を説き伏せられるほど、わしは徳高くないでの」

この場の誰よりもゼインを知る師の言葉に、アッシュはなにも言えず口をつぐむ。ひそめた眉は、意思を貫けるだけの強さを持たぬ己の力不足を悔やんでなのか。もしくは在りし日のゼインの面影に囚われ、目を背けようとした自身の甘さを省みてなのか。

オル爺は一度大きなため息を吐き、首を失った亡骸の横へ腰をおろす。好々爺が幼子をあやす優しげな口調で、物言わぬ肉塊と成り果てた死体に語りかける。拳は悲鳴を上げるほど握り締められ、しわがれた声は徐々に震えを帯びていった。

「……ゼインよ、どうやらわしの見込み違いじゃったらしいの。お前の剣才に惚れ込んだものの、本質まで見抜けんかったわしの落ち度じゃ」

皺の刻まれた老齢の頬を、ひと筋の雫が流れ落ちる。オル爺はすぐに顔を伏せ、溢れ出る涙を悟られぬよう隠してしまう。がくりと肩を落とした背は哀愁に溢れ、やけに小さく見えた。これまで意識さえしなかったというのに、初めてオル爺が歳相応の、衰えたか弱い年寄りに思えたのだ。

「この歳になっても、まだ枯れ果てておらなんだか……。ゼインよ、お前はいったいどこで道を誤ったというのじゃ……」

見抜けなかった己を悔い、気付き正してやれなかった自分を責めるオル爺。師弟が築いてきた関係は俺の知る由じゃないが、師自らの手で弟子を殺める日が訪れるとは想像だにしていなかったはず。名高い勇者のアリアを差し置き、ゼインこそが一番の弟子と評していたんだ。手塩にかけて教えを授けた弟子の結末がこれでは、魂が抜けたように気落ちしてしまうのも無理ない。

傍らでは目を伏せ、涙ながらに魂の安寧を祈るイリスの姿。悠長にしている余裕はないはずなのに、急かす気にはなれなかった。

俺がゼインに対し最後まで冷徹であれたのは、ゼインという人物と人柄をよく知らなかったにほかならない。その点アッシュは俺と違い、「あのゼイン様が」「ゼイン様に限って」「ゼイン様なら、なにか事情があるはず」……そういった感情に強く囚われてしまったのだと思う。

「ほれ、キリク。なにをぼさっとしとるか、受けとれい」

イリス以上に沈むアッシュを心配していると、不意になにかが飛んでくる。オル爺から放り投げられたのは、ゼインが身に着けていた例のポーチ。取り零しそうになりながらもしっかりと受け止め、勝者の証しを両手に掴む。雑念を振り払い、アリアが眠る結晶の前まで足速に赴いた。

ポーチは小柄で縦長の形状をしており、市場に並ぶごく普通の店売り品と遜色がない。留め具を外してかぶせを開くと、ぽっかりと空いた口が姿を現した。底が見える深さのはずなのに、どれだけ目を凝らして覗き込もうが中は真っ暗。不気味な暗黒空間はさながら深淵そのもの。明かりの有無に関わらず、中身は一切見えやしない。さすがは別次元とやらに収納できる魔導具か、と感心する。

男は度胸とばかりに腕を突っ込み、手探りで目的の品を探る。ポーチは赤子の頭ほどの大きさにも関わらず、突っ込んだ腕は肘までずぶずぶと抵抗なく入っていく。底なしな感覚に、このまま体ごと呑まれるんじゃないかと不安になるが、意外にもポーチの口は伸縮性に乏しく、腕を突っ込むだけで精一杯。大容量とはいえ、大きい物は収納不可な仕様らしい。

時間が惜しいため、とりあえず指先に触れた物を手当たり次第に引っ張り出していく。かびたパン、磨り減った砥石、飲みかけの水、はては使い古した男物のパンツと、続々と出てくるのはゴミ同然の代物ばかり。なんだよ、かびたパンって。そんなもん残しておくな、捨てとけよ。

苛立ちながらも数多の廃棄物を引っ張り出し、ようやく本命と思しき球体に指先が触れる。冷たく硬い感触に、これは間違いないだろうと取り出せば、思った通り大当たり。アリアを解放する鍵となる宝珠だ。

間近で宝珠をまじまじと眺めれば、妖美な輝きに魅入られそうになる。宝石と比べても遜色のない美しい球体だったが、躊躇いなく地面に全力で叩きつけた。宝珠は粉々に砕け、周囲に破片が飛び散った。すると鍵の破壊に連動して、アリアを閉じ込めていた結晶もまた、細かな砂状となってさらさらと崩れていく。

キラキラと反射する真っ白な砂のベッドに、仰向けで横たわる少女。懐かしい面影を残していて、かと思えば女性らしく成長した体つきに、離れていた時の経過を実感させられた。

恐る恐る口元に手を翳せば、確かに感じる吐息。弱々しくあったが、しっかりと呼吸をしている。念のため手首に指を当てれば、ちゃんと脈を感じ取れた。

……よかった、生きてる。生命の鼓動を確認でき、胸中に燻っていた不安は綺麗さっぱりと消え去っていく。

荷物から外套を引っ張り出し、丸裸の姿を覆ってやる。布で包まれた少女を両手に抱え、予想外の軽さに驚いた。

「なんだよ、アリア。お前、ちょっと軽すぎるぞ。……イリスよりも軽いじゃんか」

肉付きのよい聖女様と比べたら、当然といえば当然。けれどイリスと違って、アリアは剣を握って戦う勇者。常日頃戦いに身を置く者となれば、鍛えられた体は相応の重さがあっていいはず。だからこそ、この軽さは拍子抜けだった。

どれだけ長い間、アリアはあの結晶の中に閉じ込められていたのだろう。脈を測ったときにも思ったのだが、剣を握る腕にしては手首がやけに細く感じられた。手首だけじゃない、全身が戦いを生業とする者にしては細すぎる。身動きできない状態で、長期にわたり囚われていた影響か。鍛えていたはずの体は筋肉が痩せ衰え、もはやそこらの村娘と同等かそれ以下だ。死なない程度に、かつ反抗する力を徐々に削がれていった結果なのだろうか。

「なにはともあれ、生きてまた会えてよかったよ。さっさとここから出ような」

ずっと薄暗い閉鎖空間にいたのだ、さぞや陽の光が恋しかろう。

体が衰えたのなら、また鍛え直せばいい。生きているのだから、何度だってやり直せる。なんといっても、アリアにはオル爺という立派な師がついていることだしな。

負傷していたオル爺はイリスより簡単な応急処置を受け、動く分には支障がなさそう。とはいえひとまずといった具合なので、落ち着いてからしっかりと治癒を受ける必要がある。

「ほらあなたたち、外に出るわよ！　急ぎなさいな‼」

全員が動ける状態なのを確認し、カルナリア嬢の音頭を合図に一斉に駆ける。先頭はそのまま彼女が務め、縦に連なって追随する。来た道を、慎重に進んだ行きとは正反対の慌しさで走り抜けた。

背後からは何度も大きな轟音が響き、崩れた天井が空間を埋めていく。あと少しでも動くのが遅れていれば、俺たちもゼイン同様、仲良くこの地を墓場としていたな。

「オル爺様、お体は大丈夫でしょうか⁉　満足な治療を施せず、申し訳ありません……！」

腹部を押さえたまま苦しそうに走るオル爺を、並走するイリスが気遣う。対してオル爺は返事をする余裕がないのか、言葉の代わりに吐血で赤く染まった口角を上げ、大丈夫だと笑ってみせた。

痩せ我慢をし、強がっているのは明らか。だからといって足を止めてはいられない。苦しかろうが、今は堪えてもらわねば。

「師匠、後ろを失礼します！　僕が背中を押しますから、外まで踏ん張ってください……！」

アッシュが遅れがちなオル爺の背後に回りこむ。師の背にそっと手を添え、走る邪魔をしない範囲で後ろから背中を押した。

苦しいとき、誰かがほんの少しでも力を貸してくれるだけで頑張れる。折れそうになった心を支える、大きな力となる。それは気丈なオル爺にも当てはまり、それどころか弟子に手を貸されるのが屈辱とばかりに速度を上げた。もつれかけていた足は速まり、地を蹴る勢いに力が籠もっている。

やがて前方に明かりが見え、暗い通路から偽の祭壇があった最初の空洞へ。晶窟があるべき本来の美しい姿が眼前に広がった。

所狭しと壁に結晶が生えるこの場所でひと息つきたいが、生憎とそんな余裕はない。ここも連動して崩落しだすかもしれないのだから、足を止められやしなかった。二度とこの美しい景色を拝めなくなるのでは、と後ろ髪を引かれるも、一心不乱に外を目指す。

前方から冷ややかな空気が吹きつけ、肌を撫でる。外の空気だ。あと少しだと互いを励まし合い、やっとの思いで辿り着く。俺たちは転がり出る勢いで、晶窟の外へと脱した。気付けば足元から感じていた地響きは収まっており、振り返っても晶窟の入り口が崩れる気配はなかった。

思えば偽祭壇の間あたりから、頭に小石が落ちてくることがなくなっていたな。ということは、乱暴な採掘がされていた最奥以外は案外無事なのかもしれない。だからといって、いつ再び崩れだすかわからない危険地帯へ確認しに戻る馬鹿はいないが。

晶窟から離れた場所で地べたに座り込み、外界の空気の美味さを思う存分に味わう。普段はなんとも思っていない慣れ親しんだはずの外気は、晶窟内の土っぽい空気と歴然とした違いを感じられ、素晴らしく澄んでいた。

各自が自分の皮水筒を取り出し、音をたて中身を飲み干す。誰もが皆、空になってもまだ飲み足りないというのが本音だったが、水を求め動く気にはなれなかった。死地より脱したひとときの安寧を、じっくりと堪能したかったのだ。

日はとっくに沈んでおり、あたりは真っ暗。空を見上げれば星々が顔を出しており、焚き火どころかランプを灯してさえいない状況では、ぼんやりと照らす月明かりだけが頼みの綱となっている。不安と寂しさを同時に駆り立てる、心許ない夜の光。ともすれば晶窟内のほうが、光る鉱石の影響で外より明るかったくらいだ。

「もうとっくに夜になっていたのね……。考えてみれば、日暮れ頃に中へ入ったのだから、なにもおかしくはないわよね」

「外の景色が見えていないと、時間の感覚って狂ってくるよな」

思い出したように欠伸が込み上げてきた。緊張から解き放たれ、疲労が眠気となって押し寄せてくる。気を抜くと寝入ってしまうので、息の整った者から態勢を整え、周囲の警戒にあたった。

イリスはあらためて、オル爺にちゃんとした治癒を施し始める。先ほどまで何度も咳き込んでいたが、次第に呼吸は落ち着いていく。あの様子ならもう安心できるだろう。彼女に治癒を任せておけば万事解決で、もはや俺が心配するのさえおこがましい。

「……アリア様、ずっと起きないです」

「だね……。顔色も悪いし、早くちゃんとした場所で休ませてあげなきゃ」

むしろ心配すべきなのはアリアのほう。顔色は青く、肌は冷たい。時折苦しげなうめき声が血色を失った唇から漏れている。イリスが傍についているとはいえど、楽観視していい容態ではなかった。

過度に失われた体力は、聖女の力を持ってしても即座に回復はできない。人間が本来持つ、自己の治癒力に依存してしまう。安息な場所での休養こそがアリアには必要なのであって、冷たい風の吹きつける野外では、時間が経てば経つほどいたずらに彼女を苦しめるだけである。

「じゃな。わしはイリスちゃんのおかげでもう大丈夫じゃ。異論がなければ、すぐにでも村へ戻るとしようぞ」

座り込んでいたオル爺が立ち上がり、率先して移動を促した。自分も心配される立場なくせして、弱った姿は微塵も見せようとしないその姿勢に、全員がもうひと頑張りだと奮起する。俺も地に根付く足に力を込め、頬を叩いて襲いくる睡魔を退ける。

「よくよく考えてみれば、ゼインが単独とは限らないものね。あの場には彼ひとりだったけれど、仲間がいたっておかしくないわ。なら無理をしてでも、ここからすぐ移動したほうが得策ね」

お嬢の危惧はもっともだ。ただでさえ皆へとへとなのに、疲弊しているところを襲われちゃ堪らない。考えたくはないが、もしゼインと同格の実力者が現れでもしたら、今度こそお終いだからな。

方針が定まると、さっそく行動を開始する。本来、夜間の移動は避けるべき行為。山下りともなればもってのほかだ。だが、どちらにせよ危険が付きまとうのであればやむを得まい。意識のないアリアはアッシュに任せ、今度は俺とシュリのふたりで先頭を担った。

さすが夜の山なだけあって、出るわ出るわの魔物の数々。とりわけ夜行性のためか、蟲型の魔物の襲来が群を抜いていた。遠方からは狼のものらしき遠吠えが木霊し、夜を生きる獣たちの存在を浮き彫りにさせる。

「おい、シュリ。足元がふらついてんぞ。眠いのはわかるが、あとちょっとだけ頑張れ！」

頭からシュリにかぶりつこうと、大顎を広げ迫る百足型の魔物。石を投げて処理し、反応が鈍くなりつつあるシュリに檄を飛ばす。

「ふぁひ⁉　は、はいです！　狼さんも狩りの時間だと叫んでますし、狩られないためにもがんばるです！」

自ら頬をつねり、涙目になりながらも睡魔を抑えるシュリ。後ろを振り返ればイリスもまた両の頬を赤くし、頭をふらつかせながら辛うじて強行軍にくらいついていた。

誰もが口数は減る一方。足取りは遅く、少しでも気を抜けばもつれそうになる。……事実、後ろではイリスが何度か派手に転んでいる。おかげで服が泥だらけだ。俺がおぶってやりたいが、襲い来る魔物の露払いを担う手前そうもいかず、かといってほかの者には荷が重い。オル爺なら背に当たる感触に喜んで引き受けそうだが、無理をして腰を痛められたんじゃ本末転倒だ。

やがて空が白み始めた頃、つらい強行軍にようやく終わりが訪れる。温かいスープに柔らかいベッドが待つ村へと、誰ひとりとして欠くことなく辿り着けたのであった。

（四）命を無視する狂者

早朝の村には朝霧が立ち込めていた。十歩先が霞んで見える濃霧で、歩くのさえ困難となり、厄介極まりない。ただ霧が出ているのは冷える朝のうちだけで、日が昇って気温が上がれば、自然と晴れてくるだろう。

人が日常を送る領域に安堵し、厄介な霧に物怖じせず村に入る。すると足を踏み入れてすぐ、言葉で言い表せない違和感を覚えた。

「やっと休める……と言いたいところじゃが、得てして物事は上手く運ばんな」

どうやら俺だけでなく、オル爺も不穏な気配を感じ取ったらしい。立ち込めた霧のせいではなく、どことなく異様な雰囲気に包まれた村。なにが、とはっきり明言できなくてむず痒いが、勘が気を抜くなと警鐘を鳴らしている。

もしかすると、村に魔物でも入り込んでいるのか？　……いや、そういった野生的な存在が理由ではなさそうだ。視界は不良ながら、視認できる範囲で家屋が荒らされた様子は見られない。

警戒を厳にしつつ、ダリルさんが待つ宿を目指して人気のない通りを進んで行く。だが宿が管理する併設された馬屋を前にして、異変を決定付ける様相に息を呑んだ。

「なによ、これ……？」

木の扉が破られ、地面にくっきりと残る車輪跡。馬屋の中に置かれていたはずの魔導車が消え去っており、誰とも知れぬ血痕が点々と落ちていた。

「ちょっと、なにがあったっていうのよ⁉　ダリルはなにをしているの⁉　ダリル‼」

「ちょ、お嬢！　待てって！」

狼狽し、動揺を隠せないカルナリア嬢。村に単身残した忠臣の名を呼び、止める間もなく宿の中へ駆けて行ってしまう。

「血痕は宿の建物から伸びているね。誰の血なんだろう？　想像したくはないけど、やっぱりダリルさんの血なのかな……？」

「……この血、まだ新しいですね。たぶんですが、あまり時間は経っていないかと思いますよ」

身をかがめ、地面に残された血痕を観察していたイリス。傷病を癒やすお仕事柄、血を見慣れている聖女様だ。彼女が言うのであれば、間違いないのだろう。

どうしても嫌な予感がよぎってしまう。お嬢をひとりで行かせたままは危ないと判断し、すぐに彼女のあとを追った。

宿に入ると、建物内はとても静かであった。入ってすぐの食堂は椅子や机が乱雑に倒されており、騒動があったことを物語っている。

血の標はなおも奥へと続いていた。事態を知ろうと、大声で宿の主人を呼ぶが返答はない。いるはずのダリルさんからの返事もなく、呼び声だけが虚しく木霊する。

「お嬢は二階の個室かね。俺が様子を見に行ってくるから、皆はここで休んでいてくれ」

「なら、僕は一階を調べてみるよ。師匠、すみませんがこの場をお任せしていいですか？」

「うむ、任された。……やれやれ、よっこらせっと」

円形の机をふたつ並べて簡易なベッドを作り、ひとまずその上にアリアを寝かせる。オル爺は倒れた椅子を起こし、眠る弟子の隣に腰掛けた。イリスとシュリもオル爺に倣って、椅子に体を預け休息を取りはじめる。

寝ずの下山を終えたばかりで全員が疲労困憊だったが、とりわけこの三人は体力が限界を超えている模様。休んでいいと言われ、遠慮をする余裕はないようだ。

「釘を刺すようだが、シュリ。まだ寝るなよな？　イリス、シュリが寝そうになったら頬を張って、無理矢理にでも起こしてやってくれ」

「はい！　任されました！」

「うぅ〜、いい加減寝たいのです……。眠いのです……」

いつも従順なシュリにしては珍しく、駄々をこねる。育ち盛りの少女に起きっ放しは酷とわかっているが、我慢してもらわねば。寝たら死ぬとまで言わないけれど、深く寝入られていざというときに起きないと困るからな。

俺も重たい瞼を何度もこすりながら、二階の客室に向かう。暗い廊下に、一段上るだけで軋む木の階段。個室の扉がずらりと並ぶ中で、ダリルさんの泊まる部屋だけが開け放たれていた。

部屋の中を覗き込めば、呆然と立ちすくむカルナリア嬢の後ろ姿。肝心のダリルさんの姿はそこになく、乾ききらぬ血の臭いが鼻につく。

「お嬢――」

声をかけようと近寄ると、赤く染まったベッドに足が止まった。床にまで血は飛び散っており、誰かと争ったのか荷物があちこちに散乱している。野蛮な物盗りの犯行を疑ったが、ダリルさんの財布は手付かずの状態でベッド脇に置かれたまま。ほかにも金になりそうな物は放置され、見た限りで彼の剣だけがなくなっていた。

「これはいったい……」

「どうしよう、キリク!?　私のせいだわ……！　私が我儘を言って、ダリルをひとりで留守番させたから……！」

止めどなく溢れる涙で目を腫らし、縋るように俺の胸へ飛び込んでくるカルナリア嬢。ダリルさんはお嬢にとって一介の家臣ではなく、彼女が幼い頃から傍にいた、頼れる兄同然の存在でもある。

部屋の惨状からして、ダリルさんの安否に楽観視はできない。考えたくなくても最悪の展開が脳裏に浮かんでしまうからこそ、冷静ではいられないのだろう。

「もし……！　もし、ダリルが死んでいたら⁉　私、どうしたらいいかわからないの……！」

服を掴むカルナリア嬢の手に力が入り、物理的に締め付けられ息苦しくなる。けれど本当に苦しい思いをしているのは、ほかの誰でもなく彼女自身。普段は大人びた振る舞いをしていても、実際は俺と歳の変わらない少女である。感情を御しきれず、取り乱したって仕方のない状況だった。

「落ち着けって。まだダリルさんが死んだって決まったわけじゃないだろ？　死体も見ちゃいないのに、決め付けるには早すぎる」

「でも、血がこんなに……」

「確かに結構な量の血だけど、全部がダリルさんのものとは限らない。剣がなくなっているし、争った跡もある。となれば、返り討ちにした相手の血かもしれないだろ？」

所詮は推測にすぎないが、あながち間違ってはいないはず。都合のいい解釈を織り交ぜちゃいるが、お嬢を落ち着かせるためには必要な憶測だった。決して死んでいたり大怪我を負っているかもだなんて、不安を煽る発言をするわけにいかないからな。

彼女が泣き止むまでしばしの間、拠り所として胸を貸してやる。不安で震える背をさすり、優しくなだめた。一時は決壊した感情だったが、吐き出してしまえば次第に落ち着きを取り戻すだろう。

……急に背後から、人の気配を感じた。最初はアッシュかと思ったのだが、階段を上がる足音は聞こえなかったことに気付き、警戒する。

ゆっくりと音を殺し、後ろから迫る気配。声をかけてこない不審さから仲間ではないと見当をつけ、射程に入った瞬間を見計らい、振り向きながら蹴りを放った。

振り返った先で目にした姿は、無表情で鉈を振り上げる宿の主。蹴りは彼の鳩尾を捉え、勢いよく壁に叩きつける。宿の主人は壁にぶつかった際、同時に頭を強く打ったらしい。力なくうなだれ、完全に意識を失っていた。

「いきなり襲いかかってくるなんて、どういうつもりだ……？」

躊躇なく刃物を振り上げていたのだから、俺たちを殺そうとしていたのは明らか。だがその割に、明確な殺意は感じられなかった。目的はなんなのか、なぜ襲いかかってきたのか。宿の主人の凶行は、行方知れずになっているダリルさんと関わりがあるとみてよさそうだな。

「見て、キリク。この人、上半身が血塗れよ……？　この出血でよく生きてられるわね……」

泣き止み平静を取り戻したカルナリア嬢が、宿の主人の尋常ではない姿を指摘する。彼の服には、肩口から腰までを袈裟懸けでばっさりと、鋭利な刃物で切り裂かれた痕があった。その状態からして、剣で一太刀に斬られたのだとわかる。

「部屋中に飛び散っている血って、ひょっとするとこの人の……？　だとすると、ダリルさんがやったのか……？」

現場の状況から判断するに、最終的にそう紐付いていく。ダリルさんもまた俺たちと同じく、突然宿の主人に襲われて反撃。手傷を負いながらも宿から脱出し、魔導車に乗って逃走した……といったところだろうか。

思案に浸っていると、ドタドタと階段を上る足音が響く。

「キリク君、なにかあったの？　さっきの物音は……うわ⁉」

宿の主人を蹴り倒した際の音を聞き、下にいたアッシュが様子を見にきてくれたようだ。血塗れで壁に寄りかかる男の姿に、口をぱくぱくとさせる。俺がやったと勘違いされては困るので、早とちりされる前に経緯を掻い摘んで説明した。

「そっか、なるほどね。どうして彼は襲いかかってきたんだろうね？　それに、ダリルさんはどこに雲隠れしたんだろう？」

「さぁな、わからん。……一階はどうだった？」

俺の問いかけに対し、無言で首を横に振るアッシュ。事態を知る手がかりはなにも得られなかったようだ。

とりあえず宿の主人は手足を縄で拘束しておく。怪我をイリスに治してもらい、意識が戻り次第彼から事情を聞くとしよう。

両手を縛るさなか、近くで斬られた痕を見て気が付く。大量の血が付着しているものの、あるはずの傷がなかったのだ。派手な出血と服の裂け具合からして、斬られたのは間違いないはずなのに。

俺たちは理解が追いつかず、一様に首をかしげた。誰かに治癒を施してもらったのか？　それにしては、建物内に俺たち以外の人がいる気配はない。そもそもこの寂れた村に、神聖術を扱える者がいるのかすら疑わしい。怪我や病気に対して、民間療法が関の山だろう。

では、怪我人を演じるための偽装だろうか。いや、それこそ意図がわからないな。怪我人を装って油断を誘い、不意打ちしてきたのならまだしも、後ろから無言で襲ってきている。ならわざわざ体を汚す必要はないはず。

「キリクさーん！　すぐに来てくださーい!!」

一階から、俺を呼ぶイリスの声が届いた。声には怯えが混じり、ただならぬ空気を感じさせる。宿の主人がなんの脈絡もなく襲いかかってきた事態を踏まえ、急ぎ一階で待つイリスたちのもとへ。オル爺がついているのでさほど心配はしていなかったが、万が一というのもあり得る。

「どうした、イリス⁉　なにがあった⁉」

「あ、キリクさん！」

食堂に駆けつけると、呼び声の主は自分よりも小さなシュリにしがみつき、情けなく体を震わせていた。抱きつかれる側の少女は眠すぎてどうでもいいのか、半目でやれやれと迷惑そうな表情を浮かべているだけ。

「で、なにがあったんだよ？　なんでそんなにびびってるんだ？」

「外から変な声が聞こえてくるんですよぅ。子供の笑い声みたいで、なんだか怖くって……」

イリスの報告を受け、外に繋がる扉へ目を向ける。扉脇ではオル爺が剣に手をかけ、警戒しつつ外の様子を窺っていた。

俺も窓際に移動し、目を閉じて耳を澄ます。すると微かに聞こえてくる、甲高い不気味な子供の笑い声。正体を探ろうと窓から外を覗けば、霧の中にぼんやりと小さな人影が浮かんでいた。

声がこちらへと近付くにつれ、抽象的だった影はその輪郭を浮き彫りにしていく。目を凝らせば視認できる距離まで影がやってくると、その正体はいつぞやに会った覚えのある人物。背丈と声色から判断して、夜中にアッシュと走り込みをしていたときに遭遇した、あのときの幼い少年だ。

夜明けの時間帯で、ましてや視界の悪い霧の中を子供がたったひとり。怪訝に思いつつも、この子ならなにか知っているかもしれないと考え、宿から飛び出した。少年は笑いを止めず、ずっと俯いたまま。俺の存在には気付いている様子だが、一切顔を上げようとはしなかった。

「なぁ、村でなにがあったのか知らないか？　知っていたら、兄ちゃんに教えてくれ」

「うん、いいよ。えっとねぇ……」

こちらがしゃがんで目線を合わせようと努めているの対し、少年は終始顔を伏せたまま。俺の顔を見ようとしない。単純に恥ずかしがりやなのかと思ったが、どうにも雲行きが怪しい。

「あのね、今は狩りの時間なの。狼のお姉ちゃんが、よそ者を狩りなさいって。だから――」

ようやく少年が顔を上げる。目と目が合い、背筋が凍った。子供らしいつぶらな瞳はそこになく、覗くのは真っ白な眼球だけ。焦点どころか見えているのかすら定かでない白い眼《まなこ》が、口角をつり上げながら俺を見据えていた。

「――お兄ちゃんも、獲物だよ？」

戦慄が走る。同時に、脇腹に熱を感じた。ゆっくりと視線を下ろせば、刃の半ばまで突き刺さる包丁。凶器の柄を握るのは、爛々と白目を輝かせて笑う少年の細い指だった。

咄嗟に目の前の小さな体を突き飛ばす。反射的に勢い強く突き飛ばしたので、軽い子供の体躯は霧の奥まで転がっていってしまった。

遅れて襲い来る痛み。冷や汗を垂らし苦悶を浮かべながらも、脇腹に突き刺さった包丁を引き抜く。栓の抜けた傷口からはじわりと血が滲み、流出を嫌って手で押さえるも、止めどなく溢れ出す。

「おいちびっ子、人を包丁で刺すなんてなに考えてやがんだ……！　それにさっきの言葉、あれはどういう……」

語気を荒げ、凄んだ目つきで幼い少年に真意を問いただす。……が、当の少年はすでに姿をくらませており、どこにも見当たらない。代わりとして霧に浮かぶ無数の人影。クワやスキ、草刈り鎌といった武器とは言えぬ道具を手にし、列を成す村の住人たちだった。

ざっとだが五十人はおり、この寂れた村のどこにこれだけの人数が潜んでいたというのかと驚愕する。村人は皆一様にして目が血走り、老若男女問わず感情の消えた表情を浮かべていた。異様な集団の姿に、さすがの俺も恐怖を覚えた。

「キリク君、僕の肩に掴まって！　逃げるよ!!」

駆けつけたアッシュが膝をつく俺を助け起こし、腕をまわして肩を貸してくれる。二人三脚で仲間が手招きする宿に逃げ込むと、すぐさま扉に鍵がかけられた。続いて建物内に侵入されぬよう、扉だけでなく窓にまで室内にあった家具をあてがい、外と通じる出入り口全てを厳重に封鎖する。

ドンドンと力任せに叩かれる扉、窓、壁。数は次第に増え、四方から打ち付ける音がやまない。

篭城なんて愚かの極み。ろくな備えもないまま行えば、ジリ貧となるのはわかっていた。しかし疲労困憊だった俺たちに、走って逃げ切るだけの余裕がなかったのも事実。そのうえ、刺されて怪我を負った俺の存在が足を引っ張っぱる。

「キリクさん、私に傷を診せてください！　すぐに治しますので、安心してくださいね!?」

俺の返答を待たずして、行動に移すイリス。有無を言わさぬ手際で服をめくり上げ、患部を露出させられた。腹部の刺傷はぱっくりと口を開き、絶え間なく血を吐き出し続けていた。腸《はらわた》が飛び出すほど大きな傷でないのが、せめてもの救いか。

イリスはそっと傷口に指を這わせる。血で汚れることも厭わず優しく手を当て、治癒の神聖術を唱え始めた。手の平から放たれる柔らかな光が、包み込むようにして患部を覆う。痛みはすぐに和らぎ、瞬く間に傷口は癒えて塞がっていく。さすがは聖女様。このときばかりは、イリスの存在が誰よりも頼もしく思える。

「キリク様、大丈夫なのです⁉　死んじゃったりしないです⁉」

負傷した俺の心配をし、涙目で不安がるシュリ。溢れそうになる雫を指で拭ってやり、心配はいらないと頬を撫でてやった。

「この程度の傷で死んでられっかよ。……心配してくれてありがとな、シュリ」

「……はい！」

シュリは尻尾を大きく振り、目を細めて小さく笑みを零す。大丈夫だとわかれば両手を広げ勢いよく飛びつき、これでもかと強く抱きついてきた。まったく、微笑ましい子だよ。

その傍らではイリスが、汚れた手を布で拭いながら不満そうに両頬を膨らませていた。

「ふーんだ。私だって心底心配をしたのに、なにもなしですか。怪我だって私が治してあげたんですから、お礼の言葉くらいはあって然るべきじゃないんですかねー？」

「なに拗ねてんだよ、イリス。ちゃんと感謝してるってば。ありがとな」

シュリの勢いに押され、おかげで後回しにされてしまったイリスは、へそを曲げつーんとそっぽを向いてしまう。俺がどれだけ感謝の言葉を並べても、不満はなかなか収まってくれなかった。

「のう、お前ら。いちゃついておる場合ではないぞ。いい加減、扉が限界じゃ」

「裏口の様子を見てきたけれど、あちらも同じね。破られるのは時間の問題よ」

古い木造建築の宿は堅牢と言い難い。斧や鎌が容赦なく突き立てられ、扉や壁はボロボロの穴だらけ。空いた隙間からは、建物内を窺う無数の目がギョロリと覗いた。

アリアを抱き上げ、二階へと避難する。時を同じくして、一階から扉を破る音が響いた。徐々に逃げ場を失い、奥へ奥へと追い込まれていく。

全員が二階に上がり次第、自慢の投擲で階段を破壊し、道を閉ざしておく。しかしほんの一時凌ぎにしかならないだろう。すぐに梯子なりを用い、登ってくる。

客室の一室に逃げ込み、焼け石に水とわかっていても扉を家具で塞いだ。いよいよとなれば、襲いくる村人たちとの全面衝突を覚悟しなくてはならない。閉所を利用して少数ずつ相手にすれば、比較的安全に戦えるはず。だがあの数を相手に戦うには、疲労が体に重くのしかかる。

行き帰りの山中で遭遇した魔物。予想だにしていなかった、背信者ゼインとの対峙。極めつけが村人総出での襲撃だ。続けざまに訪れる過酷な試練に、体だけでなく心さえ休める暇がない。

さらには子供相手に、油断から負ってしまった手痛い傷。流した血量。主戦力となる俺とオル爺は、半ば気力だけで動いている状態だった。

とち狂っているとはいえ、たかが武装した村人の五十人程度。全員が本調子であれば難なく勝てる。しかし現状の疲労困憊な身では、犠牲なしに勝利できるか怪しい。もしイリスを守りきれなければ、村人全員を退けたとしても負けなのである。

どうしたものか、とうなだれる。刻一刻と悪戯に時間が経過していく。村人たちはその間にも、崩れた階段をどうにかし、二階まで上がってくる手筈を整えているだろう。

今すぐにでも客室のベッドに身を投げ、現実を忘れてしまいたい。甘い睡魔のまどろみに、欲望が赴くまま身を任せてしまいたかった。疲れが思考を鈍らせ、絶望感が沈黙となって現れる。

「……ん？　あの光はなんだろう？」

重々しい空気のなか、声を発したのは窓の外を眺めていたアッシュ。指さす先を見れば、霧の中を横にふたつ並んだ金色の目が光っていた。

「あれって……！　間違いないわ、あれは魔導車が灯すランプの光よ！　きっとダリルだわ!!」

喜色に頬を綻ばせ、童心に帰ったように飛び跳ねるカルナリア嬢。ことさら暗く沈んでいた彼女の瞳に、いつも通りの光が戻っていた。垣間見えた光明は重い空気を吹き飛ばし、お嬢だけでなく俺たちの中にも希望が芽生えていた。

魔導車は霧を突き抜け、肉眼で視認できる距離まで宿に接近。お嬢が大きな声で呼びかけると、彼女に声に応じて車窓からダリルさんが半身を乗り出し、俺たちに向け手を振った。

「お嬢様、皆さん！　急いでこちらへ、早く!!」

声を張り上げるダリルさんだが、必然的に村人も彼の存在に気付き、何人かが宿から飛び出し武器を片手に走って行く。視界に現れた人影に、慌ててダリルさんは魔導車を急停止させた。

動きの止まった隙を見逃さず、先頭を走っていた村人が車体に取りつく。ダリルさんはすぐさま舵をきり、視界の悪いなか激しく蛇行して振り落とすと、そのまま踵を返して霧の向こう側へ。追ってくる村人を振り切り、走り去ってしまう。

「……っく！　すみません、お嬢様！　こちらからは近付けそうにありません！　私は村の入り口付近にて待機し、皆さんの到着をお待ちします！　どうか、ご武運を……！」

「ちょ、ダリル!?　待ちなさいよ、薄情者ー!!」

去り際にダリルさんが残していった言葉。お嬢は薄情者と罵ったが、この有り様では仕方がない。外は霧で視界が悪く、村人の接近を察知しづらい状況下である。無理にとどまって、魔導車を破壊されでもしたらそれこそ本末転倒。逃げる足を失ってしまう。騒動の輪から離れて待つのが最善と、そうダリルさんが判断したって仕方がなかった。

なにはともあれ、窮地から脱出できる希望を見つけた。逃げるため、宿の外に出ることを決意する。部屋にあるベッドのシーツなどを使い、結び合わせ一本の太いロープを拵えた。柱に括り付け試しに引っ張る。強度を確認できたら窓から外に垂らし、逃げ道を作りあげた。

外界と地獄を繋ぐ細道。さながら一本の白い蜘蛛の糸。

お嬢、シュリ、俺の順で先に降り、周囲の安全を確保する。お荷物状態のアリアは、前にイリスを背負って行動した実績のあるアッシュに任せた。そのあとにイリスが続き、殿はオル爺に託す。

手順が決まれば、早速行動を開始だ。高所とはいえ、所詮は二階。お手製ロープで地面までの距離を少しでも稼げれば、残りは壁を蹴ってジャンプし、悠々と着地できる。身軽なシュリはロープすら使わず、窓から直で飛び降りていた。アリアを背負ったアッシュは慎重に、無茶はせず安全を最優先。足が地につく最後まで、ロープを伝い地面に下りてくる。

残すはイリスとオル爺のふたり。この段になるとさすがに村人にも勘付かれ、あっという間に数人に取り囲まれてしまった。

カルナリア嬢が愛槍を手元に呼び寄せ、威勢よく横薙ぎに振るって牽制する。範囲の広い攻撃に、村人たちはおいそれと近寄れず二の足を踏んだ。どうしても生じてしまう大振りの合間を、剣を抜いたアッシュとシュリが補った。

俺は長物の武器を持った相手を率先して狙い、危険を排除していく。手加減はしていられない。容赦のない攻撃に、頭のない骸《むくろ》が増えていった。

驚いたことに村人たちは、同郷の知人が目の前で凄惨な死を遂げたというのに、尻込みどころか表情ひとつ変えやしない。ひとりふたり見せしめにすれば、怯えて逃げだす奴が現れると見越していただけに、目論みが通じずつい舌打ちをしてしまう。

「イリス！　下は気にせず、ゆっくりでいいから着実に下りて来い！　焦る必要はないからな！」

怖がりながらも窓から身を乗り出し、ロープを伝い自力での降下を試みるイリスに声をかける。彼女の身体能力からして、ひと思いに飛び降りろと言えず、焦らなくていいとだけ伝えた。

イリスがロープを下り始めた直後。家具で塞いでいた扉が破られたのか、部屋の中から重く質量のある音が外にまで響いた。金属同士を打ち付ける音があとに続き、男女問わず何人もの悲鳴が窓から漏れる。オル爺が一歩も退かず、迫り来る村人たちをせき止めてくれているのだろう。

上と下、どちらでも小競り合いが始まり、慌しくなる。中間に位置するイリスは頭でわかっていても、焦りと怯えから手が震え、萎縮して動きを止めてしまう。窓から出てすぐの場所で身動きできず、必死にロープにしがみついて小さな背を震わせていた。

順番を待つオル爺が、息を切らせた声でまだかと急かす。イリスが位置する場所は、下から見上げるとたいした高さではない。だが心理的に追い立てられ、余計に恐怖を煽られたのだろう。

「ったく、しょうがないな。おい、イリス！　俺が下で受け止めてやるから、思いきってそこから飛び降りろ！」

「ふぇ⁉　そんなぁ、無理ですよぅ……」

俺の呼びかけに振り返り、下を見て涙目となるイリス。しがみつく手により一層力が込められ、凍えた芋虫のように縮こまってしまった。

「大丈夫だ、安心しろって。絶対に受け止めてやるから！　それとも、俺が信用できないか？」

「うぅ、キリクさん……。し、信じてますからね！　絶対、絶対に受け止めてくださいよ！　私を地面に落としたりしたら、承知しませんからね！」

見つめ合うこと数秒、ようやくイリスは覚悟を決めてくれた。俺は腰を深く落とし、両手を大きく広げて受け止める体勢をとる。高らかに宣言し、いつでも来いと身構えた。

ぶつぶつとなにやら天に祈りを捧げ、深呼吸を済ませるイリス。次の瞬間思いきり壁を蹴り、少女の体が宙を舞った。落下地点を見極めて素早く位置を調整し、落ちてくるイリスをがっちり受け止める。だが蓄積された疲労から足の踏ん張りが利かず、受け止めたはいいものの勢いのあまり尻餅をついてしまった。

「いてて……。なぁ、イリス。帰ったらご飯の量を減らして、少し痩せような？」

「ふぇ!?　な、なんてことを言うんですか!?　わた、私、そんなに重くないですよ!?　重くない……ですよね？」

慌てて自分のお腹をさすり、肉の付き具合を確かめる聖女様。ぷにっと腹の肉が摘めてしまい、口を真一文字にし顔を青ざめさせていた。

イリスが無事に宿から脱出でき、あとはオル爺さえ無事に脱出すれば全員が揃う。外で取り囲む村人の半数近くは、すでに無力化。加勢が来る前に魔導車まで逃げ切り、乗り込んでしまえば勝ちだ。イリスを受け止めた衝撃で足が笑っちゃいるが、あともうひと踏ん張り。この窮地を乗り切れば、存分に体を休められる。

余裕が生まれ、気を抜いたのも束の間。背後から砂を踏む音が聞こえて振り返ると、俺の頬を鋭い穂先が撫でた。イリスを抱えたまま慌てて飛び退き、頬をさすった手には血が付着する。

肌を掠めたのは、農具である四本歯のフォーク。俺がさっき殺めたはずの農夫が、上半身を自らの血で赤く濡らし、両手で農具を槍のように構えた姿で立っていた。

「なっ⁉　嘘だろ、確かに俺は頭を潰したはずだぞ……⁉」

しかし現実に、首を失い死んだはずの男が起き上がっている。あろうことか肉片となった頭部が再生し、息を吹き返したのだ。いまだ皮膚が張られていない、筋肉が剥き出しとなったままの顔。人相や表情なんてあったものではなく、血走った目がギョロリとこちらを直視し続けてくる。

「ああ、痛かった。痛かったぞ、小僧。死ぬほどになぁ……」

生き返った村人は、この農夫だけではない。周りを見れば、ほかにも失った体の部位を再生させ立ち上がる村人がいた。

お嬢に槍で腹部を貫かれ、息も絶え絶えになっていた老婆。アッシュが振るった剣で片腕を斬り落とされ、地面を転げていた老夫。シュリが容赦なく薙いだ短剣で喉を裂かれ、一撃で絶命した若者。深手を負い、立ち上がるのさえ困難だった者たちが、武器を手に再び起き上がっている。

「おいおい、勘弁してくれよ……。まさかこの村の連中、全員が不死者《アンデッド》ってやつだったりするのか？」

人が死後、真っ当に弔われずにいると、不死者となって蘇る場合がある。死後の強い念、戦場跡といった血や恨みで汚染された土地、立ち込める瘴気といった、多種多様な負の要素が重なって不死者が発生する原因となるのだそうだ。ほかにも亡骸に寄生する魔物や、死者を弄ぶ外道な術士といった、第三者の手によって蘇る場合もあるのだとか。

総じてこの手の類には、神聖術による浄化が極めて有効とされる。都合よくこちらには不死者に特攻能力を持つ聖女様が控えており、彼女に任せれば簡単に片がつく。

「い、いえ。もしそういった不浄の類であれば、私がわからないはずありません。それに不死者であれば特有の腐敗臭がありますし、あんなに傷が元通りに治るのもおかしいですよ。……彼らは間違いなく、〝生きた人間〟です」

生きた人間だって？　あれが？　……俺の知っている人間と、随分違っているんだが？

俺が知る範疇では、大抵の生物は頭を潰されれば死ぬ。当然、人間だってご多分に漏れず。なのに彼らは、死ぬどころか傷を負ったそばから再生を始めている。普通ではあり得ない自然治癒速度。いったいどういったからくりが……？

ふと、脳裏にとある化物の存在がよぎった。首を落としても死なず、手足をもごうが新たに生え変わり地を踏み鳴らした怪物。四枚の大翼で空を縦横無尽に飛びまわり、撒き散らす腐臭でティアネスの町に惨劇をもたらした、名前すら知らないあの異形の化物だ。

村人はあの化物ほどでないにしろ、近しい不死の再生力を有している。ほかに類似した点は見られないが、人智を凌駕した驚異的な能力に、似通ったものを感じずにはいられなかった。

人と化物。そもそもの種族からして違う二者の存在だが、経験則から滅する手段は心得ている。どこまで参考になるかは怪しいが、あながち外れではないはず。

「もしそうだとしたら、死ぬまで殺し続けなけりゃいけないのかね」

村人を全員となれば、気が遠くなる。とてもじゃないが相手をしていられないな。何度でも起き上がってくるのなら、実質何倍もの人数を相手にするのと同じ。先にこちらの体力が尽きてしまう。

殺そうが起き上がってくるという、身の毛がよだつ事態。動揺と焦りから、否が応にも脳が暗い未来を連想する。芽吹いてしまった悲観的な思考は、瀬戸際で堪えていた肉体の疲労を強めた。意識しないよう努め、気合だけで持たせていたが、いよいよと限界。急激に体が重くなり、頭は鈍りだし靄がかかり始める。

フォークを手にした農夫が、こちらへとにじり寄ってくる。皮膚の張り切らぬ剥き出しの歯を三日月に歪め、隙間からは恐怖を煽る笑いを漏らしながら。

抗わねばならないのに、逃げねばならないのに、体が意思を拒む。腕が思うように上がらず、足は地面に縫い付けられてしまったのか動こうとしない。

四つ並んだ鋭利な先端が、眼前に突きつけられた。醜く歪んだ醜悪な笑み。頭を潰されたお返しとばかりに、俺を串刺しにしたくて堪らないのだろう。

「キリク君！　イリスさん‼」

「なにをしているの⁉　早く逃げなさいな！」

「キリク様ッ！」

俺たちの窮地に気付き、仲間が叫ぶ。だがアッシュとお嬢は、絶え間なく襲い来る魔の手から背負ったアリアを守るので精一杯。シュリもまた、ひとりで五人もの数を相手取っており、助けにこれるだけの余裕はない状況であった。皆が皆手一杯で、どうにもできない。もはやこれまでなのか。せめてイリスだけは、体を盾にしてでも守りきる。あわよくば一矢でも報いたら上等だ。

腹を括り、怯えて縮こまる少女を背にふらつく足取りで一歩前へ。気力を振り絞ってククリナイフを構える。柄を握る指に力が入らず、俺の体は世話になった相棒の重さすら満足に支えきれなくなっていた。おかげで刃こぼれした切先は、焦点が定まらずふらついてしまっている。

相手からすれば、さも滑稽に映っているのだろう。今の俺は恐怖と怯えから尻尾を丸め、それでも懸命に抗おうとする弱者。そう捉えられても仕方がなかった。これまでも何度か苦戦する場面はあったが、まさか農夫を相手に死を覚悟する日がこようとは。

光を遮り、頭上に影がさす。見上げれば、空から舞い降りてくる人影があった。影が着地する間際、落下する勢いのまま振り下ろされていた剣。刃は農夫の頭頂部から股にまでかけ、垂直な赤い線を残して大胆に振りきられていた。

農夫の動きがピタリと止まる。次の瞬間、線を境に体がずれ、ずるりと崩れる。二分にされた彼の体は、半身ずつ左右に分かれて倒れこんだ。断面は背骨にいたるまで見事に両断されており、生々しく鮮やかな臓物が顔を覗かせる。数秒遅れて斬り口から、鮮血が噴水となって噴き出した。

「魔物や獣は数えきれぬほど殺めてきたが、今日ほど人を斬ったのは久方ぶりじゃて」

影の正体は古豪の猛者。全身を返り血で真っ赤に染め、修羅の面構えをしたオル爺であった。その姿から、二階の部屋はさぞかしおぞましい惨状となっているのは想像に難くない。

オル爺は息つく間もなく、続けざまに近くの村人まで駆け、次々と返り血を塗り重ねていく。その光景は悪魔の所業と称しても過言ではなく、一方的な蹂躙。もはや殺戮とまでいえた。

あの老体のどこに、走り回る体力が残っていたというのか。負った傷や蓄積している疲労を鑑みれば、俺と同じく立っているのさえやっとのはず。にもかかわらず、オル爺は止まらない。限界を超え、無茶をしているのは明らか。灯る命の火に、油をぶっかけて勢いづけているような状態だ。いつ燃料が切れ、燃え尽きたって不思議ではなかった。

思わず見惚れていると、二階の窓から、オル爺に斬られたのであろう血だらけの村人が落下してくる。ひとりふたりではなく、後追いで何人も。体がまだ再生しきらず満足に動けないからか、彼らは受身すらまともにとっていない。

加勢にきたのだろうが、なにがそこまでして彼らを突き動かすのか。痛みに呻きながらも、落ちた数秒後には体を起き上がらせてくる。落下の衝撃で腕や足があらぬ方向へ曲がっているというのに、恐ろしい執念だ。

「ふぉっふぉっ。好きなだけ斬り放題とは、随分と豪勢じゃの。年甲斐もなく、血湧きよるわ」

斬り捨てた村人が再び起き上がれば、また斬り殺す。何度でも、何度でも。どれだけ刃に血糊が塗り重なろうと意にも介さず、斬れ味が鈍ろうがオル爺は止まらず、悪魔となり続けた。

「童ども、この戦場はわしがもらうぞ！　老い先短い命じゃ、最後にどれだけ世界を赤く染められるか、試してくれるわ!!」

孤軍奮闘する勇姿に感化され、俺もまた体に動けと鞭を打つ。左右の腿を拳で叩き、無理矢理にでも言うことを聞かせる。湧き上がる気力を糧に、重い体を動かした。

イリスの手を引き、仲間とともにオル爺が拓いた活路をひた走る。目指すのは霧の先で、俺たちを待っているであろう希望。光る双眸に救いを求め、がむしゃらに足を動かす。決して後ろは振り返らなかった。時折足がもつれ、転びそうになりながらも動かし続ける。

辿り着いた先に、望みがあると信じて……。

「――ふぅ、もう一生分は人を斬ったかの。斬りすぎて、さすがに飽いてしもうたわ……」

血の海で両膝をつき、肩で息をする老勇オルディス。折れた愛剣を手にうな垂れ、備えとして忍ばせていた短剣でさえも、武器としての役目を終えていた。

もはや指一本動かせず、武器まで無くしては成す術なし。しかしそんな死地に身を置きながらも、彼の表情はやり遂げた満足感から清々しいものであった。

村人たちは力尽きたオルディスを大勢で取り囲み、徐々に包囲の輪を狭めていく。衣服を真っ赤に染めた人だかりの輪は、正気の沙汰ではない。何度も斬り殺された恨みで、彼らの目にはどす黒い殺意が宿っていた。受けた苦痛を倍にして味わわせてやると息巻きながら、じわじわと老人との距離が詰められる。

この老人をどう料理してやろうか。

簡単に死なせてしまってはつまらない。

指を一本ずつ落とすか、少しずつ肉を削いでいくか。

いっそ皮を剥いで、剥製にするのはどうだ。

オルディスの耳に、抑揚のない声で村人たちの会話が聞こえてくる。どれもろくでもない内容で、聞くに堪えない。自分が死ぬ運命は変わらず、違いがあるとすればその過程だけ。敵愾心を煽るためとはいえ、彼らに対し過剰なまでに残虐な行いをしたのは事実。どんな仕打ちが待っていようと、とうにオルディスは受け入れる覚悟を決めていた。

彼に気がかりがあるとすれば、老体の身を投げうって逃がした仲間の安否。

孫のように可愛がっていた聖女は無事か。次代を託した若人たちは、彼女を連れて逃げおおせただろうか。犠牲が老いた身ひとつで済んだのなら、安いものだと笑みを浮かべる。

村人たちの話に耳を傾けるのをやめ、逃げたイリスたちの行く末を思い、霞む目で天を仰ぐ。あたりは霧が晴れつつあり、空には顔を出した太陽が彼を見下ろしていた。

肌を撫でる風を感じながら、黄昏れるオルディス。ふと気付けば、村人たちのよからぬ会話は慌しい喧騒へと変わっていた。何事かと思い、オルディスは耳を澄ませる。彼の耳に入ったのは、遠くから大地を駆る車輪の音。それは凄まじい速度で近付いてくる。

やかましさに紛れ、幾重にも風を切る音をオルディスは聞き逃さなかった。その風切り音がするたび、ひとり、またひとりと彼を囲う村人の頭が爆ぜ、血を噴き上げ倒れていく。

気付けば、彼を包囲する村人の輪に道ができていた。手薄な穴に遠方から迫る巨体が突っ込み、大きな衝撃を発生させる。数人の村人が弾き飛ばされ、宙を舞う姿が彼の目に映った。

鉄の車体が、オルディスの前で停車する。人を撥ねた衝撃で前面を大きく凹ませてはいたが、見紛うことなく仲間が乗る魔導車。後ろの扉が開くと車内からひとりの若者が飛び出し、死に体の彼に手を伸ばした。

「師匠、ご無事ですか⁉　生きてますね⁉　なら早く、この村から一緒に逃げましょう！」

霞む目に逆光が加わり、若者の顔が見えなかった。けれど聞き慣れた声で、手を伸ばした主が誰かを察するオルディス。赤毛の髪をなびかせ、中性的な顔立ちをした若者。彼が最後の弟子と定めた、青二才のアッシュである。

思わぬ展開に、オルディスは面食らい呆然とする。自分の命を対価に仲間を逃がしたのだ。彼としては、ここで果てる覚悟でいた。それなのにあろうことか、彼らは自分を救うためわざわざ舞い戻ってきた。手遅れだとは考えなかったのかと、オルディスは呆れてしまう。

馬鹿な真似を、と怒鳴りかけるオルディス。しかし声が詰まり、言葉がうまくでない。音にならない声を吐く師に、アッシュは悠長にはしていられないと言葉を遮った。

「僕はまだ師匠に剣を教わっている途中なんですから、こんなところで死なれちゃ困ります！　剣だけじゃない、ほかにも教わりたいことが山ほどあるんです！　だから、さあ早く！」

拒否権はないとばかりに、有無をいわさぬ強い口調で捲し立てるアッシュ。まだまだ自分を必要とする弟子の言葉を聞き、皺の刻まれたオルディスの口元が綻ぶ。

「……やれやれ、ようやく休めると思うた矢先じゃったのに、この老骨にまだ働けというのか。まったく、人使いの荒い弟子じゃな」

差し伸ばされた手をとるオルディス。老体の手は力強く、先ほどまでと打って変わって生気に満ち溢れていた。アッシュに引かれ立ち上がり、魔導車の中へと誘われる。車内では彼が案じていた者たちの顔ぶれが揃っており、生還を果たしたオルディスに対し歓声が上がる。

「ほら、ダリル！　用事は済んだわ、すぐに魔導車を発進させなさい！」

「はい、お嬢様！　皆様、飛ばしますのでしっかりと捕まっていてください‼」

血でぬかるんだ泥を激しくかき上げ、急発進する魔導車。進路を塞ごうと村人が前に立ちはだかるも、躊躇なく跳ね飛ばしていく。何人か指をかけ車体に取り付くが、激しく舵をきる蛇行に振り落とされてしまう。動きだした鉄の巨躯は、もはや人の手では止められやしなかった。

徐々に遠のく鉄の馬車。村人たちは必死に追い縋るが、悲しいかな隔たれた距離は際限なく広がっていく。オルディスは哀れな彼らの姿を、魔導車の窓から遠い目で眺め続けた。

豆粒より小さくなったかと思えば、あっという間に視界からいなくなった村人の影。彼方まで轟いていた怨嗟の声は、いつしか風にかき消されていた。


最高速度で平野を爆走し続けた魔導車だったが、太陽が高く昇ったあたりで煙を吐き、不調をきたし始める。このまま走り続けては危険と判断し、整備のため停車を余儀なくされた。

「どう？　ダリル。かなり無茶をさせちゃったし、やっぱり故障かしら？」

「……いえ、どうやら動力部の過熱が原因みたいです。最高出力で稼動させ続けたわけですからね、冷却が間に合わなかったのでしょう。しばらく休ませれば問題ないでしょうが、念のためほかも点検しておきます」

手を油塗れにし、たどたどしい手つきで魔導車の機関部をいじるダリルさん。彼の腕には自分で手当てしたのであろう、不格好な包帯が巻かれていた。怪我は腕だけでなく、体中のあちこちに大小さまざまな傷を負っている。

移動中の車内で、互いに離れていた合間の出来事を報告をしあい、ダリルさんもまた村の者たちに襲われたと語った。彼は寝込みを宿の主人に襲撃されたそうなのだが、幸いにして寝入りが浅く、間一髪で反応できたのだと。急な事態に動揺しながらも、最初は相手に説得を試みたダリルさんだったが……。結果は俺たちがすでに知っている通り。

ダリルさんは揉みあううちに、止むなく宿の主人を斬り伏せ、外に助けを求めた。しかし彼を待ち受けていたのは、同様に豹変した村人たち。肌身離さずに魔導車の鍵を持っていたおかげで、咄嗟に魔導車に乗って難を逃れたのである。車庫代わりにしていた馬小屋の扉が破られていたのは、悠長に開けている余裕などなかったからであった。

以上の経緯でひと足先に村から脱出したダリルさんだったが、事情を知らない俺たちを危険な場所に残し、そのまま逃げるわけにはいかなかった。村から少し離れた場所で身を潜め、様子を窺い俺たちの帰りを待つことに。彼が窮地に颯爽と現れたのは、そういった背景があったからである。

「お疲れさまです、ダリルさん。作業をしながらでかまいませんので、怪我の治療をいたしますね」

救出したオル爺に治癒を施したあと、意識を失い眠ってしまったイリス。彼女はダリルさんの怪我には気付いていたが、極度の疲労からくる睡魔に抗えなかったのだ。イリスは遅くなったことを詫びてから、作業する彼の隣に腰をおろし、傷元に手を翳した。

「ありがとうございます、イリス様。助かります。……オルディス様はもうよろしいので？」

心配そうな眼差しで、木陰に横たわる老体に目を向けるダリルさん。オル爺は血で濡れそぼった衣服を全て脱ぎ捨て、肌着の上から予備の外套を毛布代わりに被り、寝入っている。精根尽き果て、死んでいるのかと疑うほど静かな寝息だった。

「……はい。これ以上、私がオル爺様にしてあげられることはありません。勇者様同様、落ち着ける場所で養生してもらうほかないです」

「そうですか。では魔導車が動かせるようになり次第、すぐヴァンガルの領都へ向かいましょう」

ダリルさんは額に浮き出た汗を腕で拭ってから、前に向き直して作業に集中する。傍らでイリスとカルナリア嬢が見守るなか、彼は無言で手を動かし続けた。

一連の彼らのやりとりを、眠るオル爺の傍らから眺めていた俺とアッシュ。俺の膝元では、シュリが俺の腿を枕に小さな寝息を立てている。柔らかい髪とふさふさの耳が愛おしく、優しく撫でてやればぴくりと反応して面白い。荒んでいた心が癒やされる。

「あーあ、やっとぐっすり眠れると思ったのにな。まだまだおあずけか」

「なに言ってるのさ。君は移動中、ずっと寝てたじゃない。その間も僕は、師匠からお叱りを受けていたんだよ？　おかげでほとんど眠れず、へろへろさ」

爽やかな顔には疲れが見て取れ、目の下には隈が浮いている。アッシュは赤くなった頬をさすり、少しは労ってくれとふてくされてしまった。頬の腫れはオル爺を救出したあと、師直々に引っぱたかれた痕である。なぜ危険を省みずに戻ってきたのか、老骨を捨て置き逃げなかったのかと、声が枯れるまで咎められたのだ。主に説教を受けたのはアッシュだが、助けに戻ったこと自体は全員の総意。危ない賭けをしたのは否定しないが、終わりよければなんとやらだ。

「あんなの、仮眠のうちにも入らないって。ちゃんとした寝床じゃなきゃ、この疲れは取れそうもないしな。……まだ頬が痛むんなら、我慢せずイリスに治してもらえよ」

「うーん……。いや、やめておくよ。この痛みを、もうしばらく味わっていたいんだ」

どんな性癖だよ、なんて野暮な突っ込みはなしだな。オル爺が生きていなければ、その痛みは存在していなかった。生きていたからこそ、得られた実感。あわやすんでのところで失いかけた師との日常を、アッシュは噛み締めているにほかならない。

アッシュが物思いに耽り、会話が止まる。俺も来た道を振り返り、現状を整理した。

あの村の奴らが、俺たちを追いかけているとは考えにくい。仮に執念深く諦めていないにしても、ここまで辿り着く頃には夜を迎えているはず。それでも油断は禁物として、魔導車の整備が終わるまで俺とアッシュで周囲の見張りをしている。危険なのは、なにもあの村の人間だけじゃない。人を襲う魔物や獣は、集落の外ならどこにでもいるからな。

「……しっかし驚いたよな。まさか体内に魔石を持つ人間がいたなんてさ」

右手に握っていた綺麗な石を空高く宙に放り、受け止める。この石は、オル爺が斬り捨てた村人の切断面から見つけたもの。魔石とは本来、一部の魔物のみが体内で生成する結晶体。人間の体が魔物のように、魔石を生成したなんて前例は聞いたことがない。したがってオル爺は、人間の体内に存在するはずがない不純物に疑問を抱き、手を突っ込んで抉りとったそうだ。

「キリク君は、『晶石』って知ってる？　その昔、他国と戦争をしていた時代に使われた、魔石によく似た石らしいんだけど……」

「いや、知らん」

ルルクス国が戦争していた時代って、いったいいつの話をしてんだよ。俺たち若い世代には無縁な、化石時代の話だ。そんな古い歴史の話を持ち出されたって、知らなくて当然だろう。

「あはは、だろうね。僕も君が寝ている間に師匠から聞かされただけなんだけど、晶石は体内に取り込んだ生物の肉体を著しく活性化させて、限りなく不死身に近くする代物らしいんだ」

「は……？　てことは、村の奴らが死なないかったのって……」

「そう。この石を、村人全員が体内に取り込んでいた可能性が高い。勿論この石が、本当に『晶石』だって確証はないけどね」

手に掴んだ石を見つめ、ごくりと生唾をのむ。人間から取れた世にも珍しい魔石程度の認識だったが、よもやそんな血生臭い代物とは。

ということは、この石を飲み込めば俺にもあんな不死の力が……？　非力な者が不死身になったところで、たかが知れている。しかし真に強い者がその力を得たなら？　答えは言わずとも明白。まさしく勇者に聖剣、オーガに金棒だ。

「一応言っておくけど、必ずしも恩恵を得られるとは限らないからね？　体が石の力に耐え切れず、死んでしまう人ばかりだったそうだよ。危ないから、くれぐれも変な気は起こさないでね？」

「お、おう。わかってるって」

そりゃそうか。簡単に力を得られるなんてうまい話、そうありはしないよな。もしあったとしても、この晶石のように対価や代償を求められて当然か。

愛想笑いで相槌を打ちながら、晶石を腰に下げたポーチにしまい込む。そのポーチを目撃したアッシュが、信じられないとばかりに驚いた顔をする。

「あぁ!?　それ持ってきちゃったの!?」

「だってこんな便利なポーチ、あのまま捨てるにはもったいないだろ。石入れの袋が古くなってきてたから、ちょうど新しいのが欲しかったんだよ。これなら、数に困らないほど入れられるしな」

アッシュが驚くのも無理はない。このポーチは、もとはゼインが所持していたもの。奴から奪ったあと、捨てずにこっそりもらっておいたのだ。いわば戦利品というやつである。死ぬほどの思いをさせられたのだから、これぐらいの役得はあって然るべきだろう。

魔導車を休ませている間、警戒のため見張りを務めちゃいるが目下のところ平和のひと言。ちらほらと生き物の姿は視界に入るけれど、襲ってくる気配はなく、遠巻きに姿を見せるだけ。暇を持て余していた俺は、弾となる石拾いに没頭した。

(五) 不吉な残滓

キリクたちが立ち去ったあと、誰もいなくなったはずの晶窟に、動く人影があった。黒衣を纏う少女。ピンと立った黒い耳に、褐色の肌。村を出発するとき出会ったシュリの馴染み、黒狼族のクルゥである。

彼女は偽祭壇の間で、土砂に塞がれた隠し通路の前に立ち舌を打つ。

「ひでぇ状態だな。っち、めんどくせぇ……」

転がる石を蹴っ飛ばし、八つ当たり気味に鬱憤を晴らす少女。石は壁に当たって跳ね返り、転がる音が晶窟内で物悲しく木霊した。しかし愚痴を吐いたとて状況は変わらず、やむなしとばかりに少女は黒衣を脱ぎ捨てる。

「あー、もう！　うだうだしてたってしょうがねぇ、やるしかないか。……うおおぉぉぉッ!!」

少女らしからぬドスの利いた声で雄叫びを上げると、彼女の体に変化が現れる。二足歩行から四足歩行へ。人の姿から、獣の姿への変化。少女は全身に漆黒の毛を生やした、黒い狼の姿となった。

一部の才ある獣人だけが扱える、『獣化』である。だが少女の行った『獣化』は、普通とは異なっていた。シュリが体格相応の小柄な狼に変化するのに対し、クルゥが変化した狼は元の体格より遥かに大きい。赤子であれば、容易く丸飲みにできてしまう大狼である。

『獣化』した少女は太い獣の腕で、道を塞ぐ土砂を掘り起こし始める。岩が進路を遮ろうと強靭な爪で砕き、ものともしない。慣れた手つきで、驚くべき速さで掘り進んでいく。

適度に休みを挟みつつだったとはいえ、一昼夜が経つ頃には少女は目的の最奥に到達していた。

『……お、いたいた。ったく、世話かけさせやがって』

掘り進めた土砂の中から、お目当てを見つけた少女。周囲の土砂をどけて強引に引きずり出すと、大きな口でくわえて外まで運んでいく。

『ボロボロのぐちゃぐちゃだな。これで生きてるってんだから、気持ち悪いったらありゃしねぇ』

少女が土砂の中から発掘してきたのは、鎧を着込んだ首のない人間の体。純白だった騎士鎧は土で汚れ、傷だらけ。おまけにあちこちが陥没しており、見る影もない。中の人体はというと、押し潰された挽き肉状態。全身の骨が砕け、関節は機能を失っていた。あまりにも酷い損傷ぶりである。

普通に考えれば、間違いなく死んでいる。誰がどう見ても死体だ。にもかかわらず、挽き肉の体は鼓動を打っていた。指先をわずかに動かし、生きていると主張している。

全身を押し潰していた土の牢獄から解放され、ゆっくりとした速度で再生を始める肉体。少女は男の纏う鎧が再生する妨げになると判断し、強引に剥ぎ取る。下に着込まれた鎖帷子は、自慢の牙で噛み千切った。おかげで肉体は露出し、空気に触れてより回復が早まっていく。

首を失った体であったが、半日も経てば失われていた頭部が新たに形成。とうとう言葉を発するまで復元してしまった。

「……たすか、りました、よ。クルゥ」

形成されたばかりの声帯に慣れないのか、喋りがぎこちない。けれどそれも最初だけ。すぐ勘を取り戻し、元通り流暢に話し始めた。

『そりゃどーも。それにしても無様な姿だな、旦那。せっかく捕まえた勇者に、逃げられちまったみたいだな？』

「……その件に関しては、弁明の余地がありませんね。師と本気で剣を交えられるまたとない機会に、つい興が乗ってしまいました。……我ながら、馬鹿な真似をしたと反省していますよ」

口ではそう言いながら、言葉とは裏腹に男からは反省の色がみられない。自らの行いに、後悔はしていない様子であった。それ以降男は口をつぐみ、体の回復に専念する。

少女は呆れつつも、まだまだ衰弱したままの男を介抱した。彼が水を求めれば川から運んでき、自慢の毛皮で男の体を温める。時折魔物が血の臭いを嗅ぎ付けて寄ってくるが、全て追い払った。

少女の献身的な介抱は続けられ、男を救い出してから丸二日が経った。

時の経過に応じて、男は傷を癒やしていく。無残だった彼の体は、常に生き物のように蠢き続けていた。少女の介抱の甲斐あって、やがて自らの力で起き上がれるまでに至った。

男は五体満足となった四肢をぎこちなく動かし、治った体の具合を確かめる。

「……ふぅ、まるで生まれ変わった気分ですね」

『実際その通りだろ、頭が生え変わってんだから。でもまさか、あんたがやられるとはな』

「……私も、自分が負けるとは露ほども考えておりませんでした。私に敗北を贈ってくれたあの少年には、いつかお返しをせねばなりませんね」

暗く淀んだ瞳で、握りしめた拳を見つめる男。師に勝利した優越感と、年下の生意気な少年にしてやられた屈辱感。称賛と憎悪。相反する気持ちがひしめき合い、男の胸中を埋め尽くした。

「……くくく。まったく、これだから世界は広くて面白い」

男の浮かべた薄ら笑いに、傍らの少女は全身の毛を逆立たせる。普段の彼は口数少なく、そのため笑う声など少女は聞いたことがなかった。付き合いこそ短いが、出会ってからは長く行動をともにしていた少女。彼女は初めて見る男の姿に、不気味さを感じずにはいられなかった。

『でよぉ、これからどうすんだ？　麓の村にいる連中に狩れと合図を出しておいたが、報告にきた奴の話じゃ、まんまと全員に逃げられちまったみたいだぜ』

「……でしょうね。肉体が晶石に適合したとはいえ、精神までは耐えられなかった失敗作たちです。……出来損ないには、最初から期待しておりませんよ」

少女の報告を受け、結果を予想していた男は冷静に受け止める。

村の者たちは、昔からこの地に住まう本来の住人ではない。大抵の者が日々の食事にすら事欠き、我が身を売った貧困者。売られた先で晶石を用いた人体実験を受け、生き残った者たちである。

とはいえ、精神の汚染までは耐えられなかった半端者の集まり。なかには人格をなくし廃人と化した者までおり、多くは命令に従うだけの人形となっていた。彼らを処分するにはもったいないとの判断から、廃村寸前の村に居住させたにすぎない。奥地にて幽閉した勇者のため、不測の事態に備えた保険として活用したのである。

また彼らは、滅多に訪れない外部からの人間と接する玄関口も兼ねていた。比較的正常な者が対応をし、目的のいかんによっては追い払う役目を担っていたのである。

『ったく、なにが薬草を採取しに来ただけの冒険者だよ、純真な子供に嘘つきやがって。つーか旦那も旦那だぜ。死なないのなら、その不死身の体で返り討ちにしてやりゃよかったんだ』

「……私の体が不死といえど、その力に頼った戦法はとれません。……私が持つ不死の力は、ニル様より授けられた加護による賜物。晶石がもたらす紛いものの不死性とは、似て非なるものです。それゆえニル様が蘇らぬ限り、受けられる恩恵は微弱でしかないのですよ」

悔しいが、自分が出来損ないと蔑む村人たちに再生力で劣ると男は説明する。彼の体は、復活に時間を要する。晶石の適合者と比べれば、その速度は雲泥の差であった。即時性を求められる戦いの場では、実用性に乏しい。

しかし、男は晶石の力なしで不死性を有しているのである。力の根源たる神が復活せねば非力と語るが、蘇った暁にはいかほどの力を発揮するのか。少女には想像がつかないでいた。

「……それにしても、最後はお師匠様に首を落としてもらえて幸いでしたね。私を捕縛すると言い出したときは、肝を冷やしましたよ。牢に投獄されると、あとが面倒ですから。……おかげで私は、死んだものと思われているはずです」

負けはしたが、捕まる事態だけは避けられてよかったと男は話す。仮に彼が捕まっていた場合、両腕を落とされたうえで反抗の意思をみせずとも、かの少年と師だけは最後まで気を緩めなかっただろう。それでも意表を突き、逃れる自信が男にはあったが、身に宿す不死の力は隠しておきたかった。彼にとって最大の切り札で、できる限り伏せておくに越したことはない。

「……そもそも、あなたこそどこで油を売っていたのです？　最後まで姿を見せませんでしたね。私を責めるのは結構ですが、相応の納得できる理由があるのでしょうか？」

『村まで食料を補充しに行ってたんだよ。毎日毎日、湿気でかびたパンなんて食いたかねぇからな。オレが帰ってきたときにゃ、あとの祭り。決着がついちまってた。だから連中が去るまで、薬で臭いを消して身を隠したのさ。あっちには鼻の利くやつがいたからな』

文句を言われる筋合いはないと少女は吐き捨てる。単独では勝ち目が薄いと、彼女は判断したのである。だから男も強く少女を責めはせず、それ以上の言及はしなかった。

「……とにかく、行動を始めましょう。……私の記憶が正しければ、聖女一行のなかにヴァンガル家の令嬢がおりました。ならば逃げた彼らは、領都に向かうでしょう」

『つまり、時間が経てば村に兵が派遣されてくるってわけか』

「……そういうことです。出来損ないとはいえ、彼らをむざむざ捨て置くわけにはいきません。急ぎ山を下り、迎えに行きますよ」

『あいよ。運んでやるから、さっさと背中に乗りな』

お座りの体勢から、姿勢を下げ、地に伏せる黒狼の少女。彼女に促され、男は慣れた身のこなしで大きな狼の背に跨る。男がしっかりと体毛を掴んだのを確認し、黒狼の少女は立ち上がった。強靭な足で地を蹴り、馬も真っ青な速度で山を駆け下りて行く。

「……私の行いが明るみとなるのも時間の問題、ならば急がねばなりませんね。……クルゥ、あなたには頑張ってもらいますよ。出来損ないたちに指示を出したあと、働いてもらいます」

『お？　もしかしてあいつらを追って、領都に向かうのか？　勇者を奪い返すだけでなく、聖女も攫っちまえば一石二鳥だもんな』

「……違いますよ。アリアにお師匠様、それとキリク。彼らを相手するのに、私たちだけでは無謀です。ましてやヴァンガルの兵は武に秀で、練度が高いと聞きますからね。……なのでここは一旦、悔しいですが諦めます」

意外な答えに、黒狼の少女は耳を疑った。この男のニル神に対する執心は、相当なものだったからだ。信仰する神のためとあらば、多少の無茶なら厭わないと踏んでいたのである。

『おいおい、いいのかよ。旦那が信奉する神様を復活させるのに、必要なんじゃなかったのか？』

「……依り代は必ずしも、勇者である必要はありません。聖女に関しても、考えがあります。……どちらも妥協案となるので、私は好みませんがね」

男からしても、その胸中は複雑であった。敬愛する神に最高の肉体を用意し、最高の贄を捧げたかった。それが彼の本心である。だが順調だった計画に、陰りが見え始めているのも事実。彼は最善を求めるより、目標を下げて現実的な実現を選んだのだ。

「……諦めるといいましたが、今回だけです。私は最後まで、最良を諦めませんよ。……今はニル様を蘇らせるため、最低限の準備を優先するだけです」

男は眉間に皺を寄せ、複雑な顔をする。落ち着き払っているが、内心は穏やかでない。しかし装備を失った彼に、どのみち戦う選択肢は取りようもなかった。

「……さぁ、お喋りはお終いです。……あなたには王都まで私を乗せ、全速力で走ってもらいますからね。時間が惜しいので、休憩はろくに取れないでしょうから覚悟しておいてください」

『うへぇ……』

心底嫌そうにする黒狼の少女。残念ながら彼女は男に逆らえない立場にあり、従うほかなかった。

「……奪われたなら、奪い返す。それが別の形であれ、ね。……もう暫しお時間をください、敬愛せし我らが神よ。不肖このゼインめが、必ず役目を果たしてみせましょう」


（第二巻　了）

『必中の投擲士 ～石ころ投げて聖女様助けたった！～　2』で活躍するキャラクターをご紹介。松堂氏によるデザインラフも大公開です！

カルナリア・ヴァンガル

名門貴族で武を誉れとするヴァンガル侯爵家のひとり娘で、15歳にして魔導車の集団を束ねる気丈な少女。魔槍『リグレシオン』を使う。

ダリル・ダラン

カルナリアの部下で、お目付け役。恵まれた体躯を持った戦士だが、性格は温厚で、日頃はカルナリアに振り回されがち。

オルディス・シグナリオ

通称オル爺。先代勇者で、凄腕の剣士。勇者になったアリアに剣の手ほどきをした師匠でもある。アッシュの才能を見出し、弟子に。

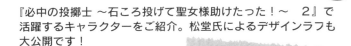

必中！キャラクターデザイン公開

クルウ

勝気な獣人の少女。白狼族を狙った獣人狩りの巻き添えを食った黒狼族のひとりで、シュリたち白狼族を恨んでいる。

アリア

キリクの幼馴染みの少女。10歳のときに、勇者の証とされる固有スキル『聖剣の担い手』を持っていることがわかり、次代勇者になる。

ゼイン

顔を覆う兜と白銀の鎧を纏った騎士。勇者一行のひとりとして、アリアとともに旅をしていたが、消息を絶つ。素顔はまだ謎。

あとがき

皆様、お久しぶりです。餅々ころっけでございます。このたびは「必中の投擲士」二巻をお買い上げいただき、まことにありがとうございます。心より感謝を申し上げます。

前巻の発売から約一年。長らくお待たせしてしまいました。昨年はやんちゃ盛りで、一巻の著者校を破いた愛猫のたぬきちも、一年経った今では随分と落ち着いております。

さてさて本作も二巻目となり、続々と新キャラが登場いたしました。貴族家のお嬢様に、その従者。老いて引退した先代の勇者と、彼らの活躍はいかがだったでしょうか？　またキリクたちの明確な敵対者として、騎士ゼインが登場しましたね。こちらのゼイン。本編では兜着用のため素顔を晒しておりませんが、松堂様によってすでにデザインされています。きっと作中でも兜の下で、あの腹黒そうなにやけ顔をしていたのでしょうね。

それから本書の終わり際に、満を持して登場いたしました幼馴染みのアリアさん。ひと言も台詞を喋る機会がなく、姿見せだけにとどまってしまいました。目覚めた彼女が今後の展開で、どう絡んでくるのか。続く三巻に是非ご期待していただければと思います。

一巻に引き続き、尽力してくださいました新紀元社様、ならびに桜雲社様。素敵なイラストを描いてくださいました松堂様。本書を店頭に並べてくださいました各書店様。本作を応援してくださっている読者の皆様。全ての方々に最後にもう一度、あらためて感謝を。本当にありがとうございました。今後とも本作をよろしくお願いいたします。

餅々ころっけ

勇者アリアを救い出したキリクたちだが
世界を巻き込む陰謀が動き始め――!?
必中の投擲士
～石ころ投げて聖女様助けたった!～
3
一撃必殺の第3巻、注力して制作中!
続報を待て!
著者:餅々ころっけ/イラスト:松堂/発行:新紀元社/定価:本体1,200

必中の投擲士 ～石ころ投げて聖女様助けたった！～ 2

2018年6月9日 初版発行

【著者】餅々ころっけ

【イラスト】松堂
【編集】株式会社 桜雲社／新紀元社編集部／弦巻 由美子
【デザイン・DTP】株式会社明昌堂

【発行者】宮田一登志
【発行所】株式会社新紀元社
〒101-0054　東京都千代田区神田錦町 1-7　錦町一丁目ビル 2F
TEL 03-3219-0921 ／ FAX 03-3219-0922
http://www.shinkigensha.co.jp/
郵便振替　00110-4-27618

【印刷・製本】株式会社リーブルテック

ISBN978-4-7753-1593-4

※本書は、「小説家になろう」（http://syosetu.com/）に掲載されていたものを、改稿のうえ書籍化したものです。